Hommes et femmes du Nouveau Testament

Du même auteur

Jésus, maître de vie
Salvator, 2010

Claude Flipo

Hommes et femmes du Nouveau Testament

Cinquante portraits bibliques

Éditions du Seuil

La première édition de cet ouvrage a été publiée,
avec 16 illustrations en noir et blanc in-texte,
en 2006 aux éditions du Seuil.

ISBN 978-2-7578-1939-5
(ISBN 2-02-084882-1, 1re publication)

Abréviations

Ac	Actes des Apôtres
Ap	Apocalypse
1 Co	1re Épître aux Corinthiens
2 Co	2e Épître aux Corinthiens
Col	Épître aux Colossiens
Ct	Cantique des Cantiques
Dt	Deutéronome
Ép	Épître aux Éphésiens
Éz	Ézéchiel
Ga	Épître aux Galates
Gn	Genèse
He	Épître aux Hébreux
Is	Isaïe
Jn	Évangile de Jean
1 Jn	1re Épître de Jean
Jr	Jérémie
Lc	Évangile de Luc
Mc	Évangile de Marc
Mt	Évangile de Matthieu
Nb	Nombres
Os	Osée
Ph	Épître à Philémon
1 P	1re Épître de Pierre
Ps	Psaumes

1 R	1er Livre des Rois
2 R	2e Livre des Rois
Rm	Épître aux Romains
1 S	1er Livre de Samuel
1 Th	1re Épître aux Thessaloniciens

Avant-propos

Voici cinquante portraits évangéliques, les portraits de ces hommes et de ces femmes que Jésus a rencontrés. L'entreprise est risquée, tant l'évangile est sobre. Le risque est, en effet, d'en rajouter. Et pourtant, l'Écriture ne dit pas tout. Elle laisse place à la différence, comme Matthieu, Marc, Luc et Jean ont chacun laissé place à leurs différences. Les quatre évangélistes ont mis par écrit, sous l'inspiration de l'unique Esprit, les « mémoires des apôtres », avec le souci de répondre aux situations particulières des premières communautés chrétiennes. C'est pourquoi ils voient parfois les mêmes personnes sous des angles différents. Ainsi, le texte des évangiles est ouvert. Il fait place à la situation singulière de celui qui le médite. En regardant les personnes, en écoutant ce qu'elles disent, en considérant ce qu'elles font, comme le propose saint Ignace dans les *Exercices spirituels*, il se rend présent à l'événement, ou plutôt, il réalise dans la foi que l'événement lui est présent dans le Christ, toujours vivant, le même hier et aujourd'hui. C'est pourquoi nous appelons les événements évangéliques des mystères, des expressions de l'unique Mystère du Christ qui nous porte tous en lui.

Dieu s'est fait conversation. En Jésus, son fils, il a pris le chemin des hommes, et s'est comporté avec eux de telle façon que chacune de ses rencontres devienne une aventure spirituelle. Il a guéri les uns, appelé les autres, révélé à tous l'amour miséricordieux du Père, et ouvert ainsi à chacun un extraordinaire possible, un dépassement, quelque chose de plus grand, de plus noble, qui n'était pas monté à son cœur. Les uns l'ont suivi, d'autres se sont écartés. Il a été signe de contradiction. Ainsi, les rencontres de Jésus sont des événements qui nous concernent et ne peuvent nous laisser indifférents. Car Jésus ne s'est pas seulement révélé sur la montagne, quand il apparut transfiguré à ses disciples et que la voix de son Père se fit entendre : « Celui-ci est mon Fils bien-aimé, écoutez-le ! » Il s'est aussi révélé en partageant la vie des hommes. C'est en voyant leurs peines et leurs espoirs, en se laissant toucher, atteindre, en répondant à leurs questions et à leurs attentes qu'il a manifesté, par ses réactions, les sentiments qui l'habitaient et l'esprit qui l'inspirait. C'est pourquoi le portrait de ceux qu'il a rencontrés nous intéresse. Dans les relations qu'ils nouent avec Jésus s'expriment les désirs et les craintes, les élans de confiance et les doutes, les résistances et les consentements qui sont aussi les nôtres.

En les regardant et en les écoutant, nous nous sentons rejoints. Notre intelligence s'éclaire et notre désir s'éveille sous la motion divine. La contemplation évangélique nous met ainsi en quête de notre propre désir, de notre place, de notre « vocation » dans le Mystère du Christ qui se développe aujourd'hui dans l'Église et pour le monde. Elle nous invite à répondre, en entrant nous-mêmes dans le dialogue intérieur de la prière.

Ces pages n'ont d'autre propos que d'introduire le lecteur dans cette démarche. Elles n'ont pas d'autre prétention exégétique que celle d'être fidèles au fondement historique de ces portraits. Leur visée est autre, celle de renouveler le regard habitué et d'amorcer une réflexion personnelle, en brisant l'écorce du texte comme on casse une noix pour l'offrir. De sorte que le lecteur, mis en appétit, cherche par lui-même, goûte les choses intérieurement et trouve le chemin d'une intime et divine conversation.

Zacharie ou la foi difficile

Au seuil du Nouveau Testament, Zacharie. Un personnage hiératique qui, après un long silence perplexe, ouvre solennellement la porte à celui qui sera le Précurseur, son fils Jean-Baptiste, en chantant le cantique de bénédiction. Et pourtant, tout fleure la morosité dans ces premières phrases de l'évangile : « Il y eut aux jours d'Hérode, roi de Judée, un prêtre du nom de Zacharie, qui avait pour femme Élisabeth. Ils étaient justes devant Dieu, mais n'avaient pas d'enfant. Élisabeth était stérile et tous deux étaient avancés en âge » (Lc 1,7). Mais c'est alors que tout commence. C'est ainsi, en effet, que tout recommence dans la Bible, quand Abraham est sans enfant dans sa vieillesse, les Hébreux sans liberté en Égypte, Israël sans terre ni temple à Babylone ; c'est alors que retentit la voix dans le désert : « Préparez les chemins du Seigneur ! »

Zacharie était le type même du bon Israélite, aux yeux usés d'avoir scruté les Écritures, qui plus est prêtre de la classe d'Abia, époux d'Élisabeth, une descendante d'Aaron, frère de Moïse. Il assurait pour une semaine, au tour de sa classe, le service du Temple, renouvelant la braise sur l'autel de l'encens dans le Saint des Saints. Mais la braise de son cœur était presque éteinte et sa pratique de la loi, après tant d'années de supplication sans effet et de service sans récompense, n'était plus qu'un devoir. Il y a longtemps qu'il avait perdu l'espoir d'une descendance, ces fils qui sont l'héritage de Yahvé « comme des flèches en la main du héros » (Ps 127). Non, Zacharie n'en avait pas rempli son carquois. Irréprochable, il ne lui restait, en ses vieux jours, que la fidélité.

Mais voici que, debout à la droite de l'autel, lui apparut l'Ange du Seigneur : « Sois sans crainte, Zacharie, car ta supplication a été exaucée ; ta femme Élisabeth t'enfantera un fils, et tu l'appelleras Jean. » Jean le Baptiste, le plus grand des prophètes, le Précurseur qui marchera devant le Christ pour lui préparer un peuple bien disposé. Un fils dans sa vieillesse, comme Abraham, et quel fils ! C'en était trop, trop beau pour être vrai, trop bouleversant pour cet homme qui avait pris ses mesures : « À quoi reconnaîtrai-je cela ? »

La réponse de l'Ange semble ici faire écho à celle d'Isaïe au roi Achaz : « Écoutez donc, Maison de David ! Est-ce trop peu pour vous de lasser les hommes que vous fatiguiez aussi mon Dieu ? C'est le Seigneur lui-même qui vous donnera un signe. » Et ce signe sera pour le roi la naissance d'un enfant, Emmanuel, « Dieu avec nous » (1 S 7,12). En attendant, pour Zacharie, le signe sera d'être réduit au silence pour avoir douté, sans pouvoir parler jusqu'au jour de la naissance de l'enfant. De quoi a-t-il donc douté ? Il était juste et sa prière a été exaucée, dit l'ange Gabriel. Une prière qui, sans doute, avait pour objet la venue du Messie, qu'il devait, comme prêtre en Israël, demander avec ferveur. Mais il n'a pas d'abord cru qu'il était directement concerné par ce salut, et que Dieu avait besoin de lui pour accueillir et éduquer cet enfant, le Précurseur, en vue de sa mission.

Il faut imaginer Zacharie muet, pendant tout ce temps, comme sidéré par ce qui lui arrive, dépassé par un événement qu'il médite en son cœur sans pouvoir encore y adhérer, au point d'être surpris au sixième mois par la visite de la petite cousine Marie et par les paroles d'accueil d'Élisabeth : « Heureuse es-tu, toi qui as cru en l'accomplissement de ce qui t'a été dit de la part du Seigneur ! » Zacharie impuissant et muet, incapable de louer Dieu devant Marie qui chante son *Magnificat*…

L'incrédulité entraîne le mutisme. Voilà ce que nous apprend l'aventure de Zacharie. Et le mutisme, c'est l'impuissance à reconnaître le don de Dieu et à le louer. Thérèse d'Avila, réfléchissant sur sa propre expérience, disait qu'il y a comme trois grâces : celle de la visite de Dieu, celle d'en prendre conscience, et celle enfin de pouvoir en parler dans la joie de la reconnaissance. C'est en effet la reconnaissance, dans les deux acceptions du terme, à savoir l'identification du donateur et la gratitude à son égard, qui ouvre à la relation et suscite l'amour. S'il est un mot que la liturgie chrétienne a repris de Jésus lui-même pour signifier ce miracle, c'est bien le mot « *Epphata* ». « Ouvre-toi ! », dit-il au sourd-muet. C'est pourquoi la parole de louange est une parole de vivant, une parole ressuscitée, arrachée à la morosité des jours sans soleil. C'est une parole renaissante qui manifeste la joie du cœur, une parole offerte, un « sacrifice de louange ». Ce miracle de la langue déliée va se produire pour Zacharie, grâce à la joie contagieuse de ces deux femmes, Élisabeth et Marie, vaquant durant trois mois dans sa propre maison aux soins du ménage et à la préparation de l'accouchement. Leur allégresse viendra à bout de la tristesse, leur foi de l'incrédulité, leur communication spirituelle de l'incompréhension de la Promesse en train de s'accomplir sous ses yeux : la rencontre du Prophète et du Messie, en la personne de ces deux croyantes et des enfants qu'elles portent en elles.

Aussi, au jour de la circoncision, le père du Baptiste lui imposa un nom nouveau, non pas celui de la tradition familiale, mais celui que l'Ange lui avait donné d'avance : « Tu l'appelleras Jean », c'est-à-dire « Yahvé est favorable ». Et la bouche de Zacharie s'ouvrit, et sa langue se délia. Rempli de l'Esprit Saint, comme Élisabeth au jour de la Visitation, Zacharie se mit à louer Dieu : « Béni soit le Seigneur, le Dieu d'Israël, qui visite et rachète son peuple. »

Et depuis lors, depuis que la première communauté des croyants fut à son tour « remplie de l'Esprit Saint » (Ac 2,4) au jour de la Pentecôte, ce sont ces deux cantiques, celui de Marie et celui de Zacharie, qui scandent la liturgie des heures de l'Église : le *Benedictus* aux Laudes, le *Magnificat* aux Vêpres. La maison de Zacharie est devenue la « maison de David », où le Dieu d'Israël ne cesse de susciter une puissance de salut, selon la promesse faite à Abraham « de nous accorder que, sans crainte, délivrés de la main de nos ennemis, nous le servions en justice et sainteté devant sa face tout au long de nos jours ».

Zacharie est l'image d'Israël, en attente de la consolation promise, hésitant dans sa foi traversée d'obscurité et d'épreuves, une foi mûrie par la longue patience jusqu'à ce que vienne la plénitude des temps. Israël, témoin de l'espérance du monde, mais surpris par un accomplissement qui la déborde tellement qu'il a peine à reconnaître le jour où il fut visité. Ainsi, Zacharie est aussi, pour nous-mêmes, celui qui nous apprend à reconnaître le jour où nous avons été visités, et à ne pas laisser passer en vain la grâce de Dieu.

Élisabeth, visitée par Marie

Au premier plan de ce qu'on appelle l'« évangile de l'enfance » selon saint Luc, deux femmes : Marie et Élisabeth. Deux femmes qui chacune ont reçu une heureuse annonce venue d'en haut, et qui vont accoucher d'un enfant : Jean-Baptiste et Jésus. Les époux, eux, sont à l'arrière-plan : Zacharie, devenu muet pour n'avoir pas cru, et Joseph, le grand silencieux. Luc a soigneusement composé son récit : les deux annonciations à Zacharie et à Marie, puis leurs cantiques d'action de grâces, et, entre les deux, la rencontre des deux femmes.

Élisabeth est une femme âgée. On l'appelait la stérile. Elle et son mari, malgré leur tristesse de vieillir seuls et sans visites, sont de vrais fidèles : « Ils étaient justes devant Dieu et suivaient tous les commandements du Seigneur d'une manière irréprochable. » Mais ils n'avaient pas d'enfants. La conception de Jean-Baptiste est ainsi annoncée comme un miracle, une intervention divine. Élisabeth, durant les six premiers mois de sa grossesse, gardera la chose secrète, à côté d'un vieillard qui ne pouvait lui parler que par signes, tout en se demandant en son silence ce que serait cet enfant.

C'est alors que Marie fut visitée par l'ange Gabriel : elle va, par la puissance du Saint-Esprit, devenir la mère de Jésus, la mère du Christ. « Et voici, poursuit l'Ange, qu'Élisabeth, ta parente, est elle aussi enceinte d'un fils dans sa vieillesse, et elle en est à son sixième mois, elle qu'on appelait la stérile, car rien n'est impossible à Dieu. » Aussitôt, Marie partit en hâte, quittant Nazareth pour se rendre dans le haut pays, dans une ville de Juda proche de Jérusalem, et elle entra dans la maison de Zacharie. Quel contraste entre l'annonce à Zacharie, au cours de la solennelle liturgie du Temple, et l'annonce à Marie, dans la simplicité de la maison de Nazareth ! Et quelle leçon pour nous !

Un récit prosaïque nous aurait sans doute raconté que Marie, apprenant que la grossesse de sa cousine est avancée, et sachant que son mari n'est plus tout jeune, se mit en route pour donner un coup de main, s'occuper du ménage et des courses ! Saint Luc, d'emblée, nous entraîne sur un autre plan. Marie salua Élisabeth ! Elle la bénit, lui dit sa joie et son secret. « Et lorsque Élisabeth entendit la salutation de Marie, l'enfant bondit dans son sein et Élisabeth fut remplie de l'Esprit Saint » (Lc 1,41). L'échange est le plus beau, le plus gracieux, l'un des plus allègres dialogues du Nouveau Testament. Et l'un des plus riches aussi en révélation, dans une simplicité qui coule de source. « Tu es bénie entre toutes les femmes, et le fruit de ton sein est béni ! » La parole d'Élisabeth est passée dans la prière la plus commune de l'Église, la plus familière après le « Notre Père » : le « Je vous salue, Marie », prière par laquelle toutes les générations proclament Marie bienheureuse.

Alors Élisabeth, prolongeant sa bénédiction, exprime son étonnement débordant de reconnaissance : « Comment m'est-il donné que vienne à moi la mère de mon Seigneur ? Car, vois-tu, dès l'instant où ta salutation a retenti à mes oreilles, l'enfant a tressailli d'allégresse en mon sein. » La mère de mon Seigneur ! La mère du Christ, que l'Église reconnaîtra comme la « Mère de Dieu », en insérant cette profession de foi dans la seconde partie de sa salutation : « Sainte Marie, Mère de Dieu, priez pour nous pauvres pécheurs… »

Élisabeth ne s'est pas repliée sur sa joie. Avec une intuition lumineuse, elle voit que la venue de Marie jusqu'à elle contient la rencontre de deux enfants : Jean-Baptiste et Jésus, celui qui attend et celui qui vient, l'Ancien Testament et le Nouveau, l'espérance des prophètes et la venue du Royaume. Au cœur du mystère de la Visitation s'accomplit le dessein de Dieu, et Élisabeth le proclame la première, au nom de l'humanité tout entière : « Comment m'est-il donné que la mère de mon Seigneur vienne à moi ? » Comment nous est-il donné que la Mère de Dieu vienne nous donner son Fils ?

Oui, « bienheureuse celle qui a cru », ajoute Élisabeth. Bienheureuse es-tu d'avoir cru en l'accomplissement de la parole qui t'a été dite de la part du Seigneur. C'est la plus grande des béatitudes, celle de la foi, qui inclut toutes les autres, attachée pour toujours à la personne de Marie et à son *Magnificat*.

Marie demeura trois mois avec Élisabeth, jusqu'à la naissance de Jean-Baptiste. Et Zacharie lui fit bon accueil dans sa maison. Marie ne s'impose pas. Mais quand on l'accueille comme aux noces de Cana, quand on la prend chez soi comme le disciple à qui Jésus la remit sur la croix, quand on la garde dans sa prière comme les apôtres au Cénacle, la présence de Marie, la mère du

Seigneur, permet que l'eau soit changée en vin, l'accablement en confiance, la tristesse en bénédiction. C'est ce qui arriva à Zacharie. Dès la naissance de son fils, il écrivit d'une main ferme sur la tablette le nom qui signifie la faveur de Dieu, que l'Ange lui avait donné : « Jean est son nom. »

Alors, la langue de Zacharie se délia, et, rempli de l'Esprit Saint, il s'exclama d'une voix assurée : « Béni soit le Seigneur, le Dieu d'Israël, de ce qu'il a visité son peuple. » Et ce fut le tour d'Élisabeth d'être étonnée, bientôt émerveillée, en écoutant Zacharie louer Dieu de tout son cœur et de toute sa sagesse prophétique : « Il a fait surgir la force qui nous sauve… Il donne à son peuple de connaître le salut par la rémission de ses péchés, grâce à la tendresse, à l'amour de notre Dieu, quand nous visite l'astre d'en haut, pour illuminer ceux qui habitent les ténèbres et l'ombre de la mort, pour conduire nos pas au chemin de la paix. »

Bientôt, Jésus lui-même enverra ses disciples visiter les bourgs et les villages : « Dans quelque maison où vous entrerez, dites : paix à cette maison ! » Il voudra que les visites du ciel soient liées aux visites de la terre. Car nos vies sont tissées de rencontres et de salutations, qui, lorsqu'elles sont habitées par la ferveur de l'Esprit, deviennent pour les autres comme pour nous-mêmes de petites visitations. « Va trouver mes frères, et dis-leur… », demandera Jésus ressuscité à Marie Madeleine. Ainsi vont s'inaugurer ces suites de visites qui, de proche en proche, font jaillir l'allégresse.

L' Église, dont Marie est la figure, est appelée à prendre ces mêmes chemins pour visiter ceux qui souffrent et qui doutent, cherchant à tâtons lumière et réconfort. Car, comme l'a exprimé Jean-Paul II, il faut que les hommes reconnaissent le cœur du Christ dans le cœur de l'Église. Mais nos visites sont-elles toujours à l'image de celle de Marie à Élisabeth ? Est-ce toujours de leur faute si les hommes d'aujourd'hui, trop souvent assis à l'ombre de la mort, ne reconnaissent pas le temps où ils sont visités (voir Lc 19,44) ?

Les bergers, premiers évangélisateurs

Il est beaucoup question de bergers dans la Bible. L'image du berger se précise, se charge de sens, depuis Abraham, le pasteur en marche vers la promesse, avec Moïse, veillant sur les brebis de son beau-père Jéthro, quand Yahvé lui apparut au Buisson ardent pour lui confier de mener son peuple à travers le désert, et jusqu'à David, le petit dernier que le prophète fit chercher derrière le troupeau pour lui conférer l'onction royale. Depuis lors, en effet, le roi est le berger de son peuple. Et Dieu lui-même sera appelé le Berger d'Israël, le vrai pasteur qui, à la différence de ces mauvais pasteurs qui régissent le troupeau avec dureté et violence (Éz 34,2), est attentif à chaque brebis, portant les agneaux fragiles sur son cœur (Is 40,11). À sa naissance, Jésus sera désigné par l'Ange comme celui qui accomplit la figure du roi, le bon berger, né à Bethléem, la ville de David.

Il n'est pas fortuit que les premiers témoins de sa naissance soient justement des bergers. Des gens peu considérés, des petits, des pauvres vivant en marge. Entre bergers, on se comprend ! Saint Luc voit en eux les premiers messagers de la Bonne Nouvelle. Dans son récit, il anticipe la mission des apôtres qui proclameront la résurrection du Christ et deviendront à leur tour les pasteurs du troupeau. Les deux événements, ici, l'enfantement du fils premier-né de Marie, là, la résurrection de Jésus, le premier-né d'entre les morts, sont annoncés par l'Ange. Même signe : ici les langes, là le linceul. Même joie communicative à annoncer « la bonne nouvelle de Jésus » (Ac 8,35). Luc, qui a accompagné Paul et vu la naissance des premières communautés chrétiennes, fait ainsi refluer sur l'événement de Bethléem la lumière de Pâques, désignant les bergers comme les premiers évangélisateurs.

Les bergers, des gens sans importance ni prétention, comme les apôtres, « gens sans instruction ni culture » (Ac 4,13), sont l'image du « petit reste » d'Israël, ces pauvres de Yahvé à qui est promis le Royaume. Ce sont des veilleurs. Des sentinelles attentives à ne pas laisser percer la clôture de leur enclos « durant les veilles de la nuit », jusqu'à ce que le jour commence à poindre. Ainsi veillaient les premiers chrétiens, destinataires du récit de Luc, durant les « vigiles » où l'on se préparait dans la prière au retour du Christ, Soleil levant. C'est à ces guetteurs qu'est annoncée la Bonne Nouvelle, l'accomplissement de la promesse faite à Abraham : « Aujourd'hui vous est né un sauveur, le Christ, le Seigneur. »

N'est-ce pas déjà la proclamation que fera Pierre, l'apôtre, à la foule rassemblée pour la fête de la Pentecôte : « Ce Jésus que vous avez crucifié, Dieu l'a fait Christ et Seigneur » (Ac 2,36) ? Déjà, il est le Christ, déjà, il est le Seigneur, celui-là qui naît dans une mangeoire et qui sortira vivant du tombeau. Déjà, il est le grain broyé, le pain offert pour la vie du monde. L'iconographie chrétienne s'est plu à prolonger ce lien entre les deux « naissances » du Christ en figurant la crèche sous la forme d'un tombeau.

Voilà donc le signe qui leur fut donné : « Un nouveau-né enveloppé de langes et couché dans une crèche. » La disproportion est flagrante entre la solennité de l'annonce et l'humilité du signe. Aussi, tous s'étonneront de ce que diront les bergers ; comme Nathanaël s'étonnera de ce que lui dira Philippe : « Nous avons trouvé le Messie ! C'est Jésus, de Nazareth. » – « De Nazareth, peut-il sortir quelque chose de bon ? » ; comme s'étonneront encore les membres du grand conseil, le Sanhédrin, devant l'assurance avec laquelle Pierre et Jean, ces gens sans instruction, témoignent de la résurrection.

Un tel étonnement peut conduire au scepticisme ou à la foi. C'est ce que nous explique Luc : la foi, qui voit Dieu dans l'humble signe, doit d'abord écouter avant de voir, se rendre docile à la Parole pour que les yeux s'ouvrent. Saint Bernard décrira cette ouverture des yeux de la foi avec une grande profondeur : « L'oreille s'ouvre la première à la vie, parce qu'elle fut la première porte de la mort (quand elle se prêta aux insinuations du serpent, au jardin d'Éden). L'ouïe qui troubla notre vue doit lui rendre sa clarté, car si nous ne commencions par croire, nous ne comprendrions pas. Il faut donc que la foi clarifie l'œil pour qu'il voie Dieu. En attendant que la vue soit mise au point, il faut d'abord éveiller l'ouïe et l'exercer à recevoir la vérité. Je serai digne de voir si, avant de voir, je sais écouter et obéir, et je pourrai contempler en paix Celui devant lequel m'aura précédé l'offrande de ma soumission » (*Commentaire du Cantique*, 28,5).

Ils vinrent donc en hâte, obéissant à la parole de l'Ange, et ils virent en cet enfant le Messie Seigneur. Ainsi firent Pierre et l'autre disciple après avoir entendu l'annonce du tombeau vide par Marie de Magdala. Ils coururent en hâte, et le disciple, apercevant les linges et le suaire, s'ouvrit à la foi : « Il vit et il crut » (Jn 20,8). À travers l'humble signe, ils voient le don de Dieu, le fils unique, livré dans l'extrême de la fragilité, remis entre leurs mains. Au long des siècles, l'Église ne cesse de chanter cette naissance comme sa propre naissance et celle de ses enfants : « Nés de Dieu, dira saint Jean, non de la chair, ni d'une volonté humaine, mais de Dieu. » Ce qu'Origène, un des premiers Pères de l'Église, expliquera ainsi aux néophytes, le lendemain de leur baptême : « Toi aussi, si tu possèdes l'Esprit d'adoption, Dieu t'engendre sans cesse dans le Fils. Il t'engendre d'œuvre en œuvre, de pensée en pensée. Voilà la nativité que tu reçois. » Voilà ce que continue de transmettre et de célébrer la foi chrétienne au long des générations humaines, l'ayant appris des bergers. À savoir, le lien, l'unité profonde qui relie les trois naissances du Verbe, le Fils de Dieu : sa génération du sein du Père dans l'éternité de Dieu, sa naissance du sein de Marie dans le temps de notre histoire, et son engendrement par l'Esprit d'adoption dans le cœur du croyant : trois naissances inséparables.

« Ayant vu, ils firent connaître ce qui leur avait été dit de cet enfant. Et tous ceux qui les entendirent en furent étonnés… Puis ils s'en retournèrent, louant Dieu pour tout ce qu'ils avaient entendu et vu. » On ne peut décrire plus sobrement le mouvement de la Bonne Nouvelle : entendre, voir, annoncer. « Je vous ai transmis ce que j'ai moi-même reçu », dira Paul. Les bergers nous apprennent ce qu'est la tradition, qui, des apôtres jusqu'à nous, fait joyeusement connaître l'événement qui est au centre de l'histoire humaine, comme il devient par la foi le centre de la vie du croyant : Dieu fait homme dans un enfant, donné aux hommes, pour que tous ceux qui l'accueillent reçoivent le pouvoir de devenir enfants de Dieu (Jn 1,12). Voilà pourquoi on ne peut entrer dans le Royaume des Cieux sans se faire comme un petit enfant, comme un petit serviteur qui, avec les bergers, contemple l'enfant, et Marie, et Joseph, comme s'il était présent, là, au milieu d'eux, et qui les sert dans leurs besoins.

Les mages, entre deux rois

Leur plus belle représentation est celle qui figure sur un chapiteau d'Autun. Trois rois couronnés dorment sous un grand drap. L'Ange du ciel d'une main les éveille, et de l'autre leur indique l'étoile. Les bergers étaient juifs, les mages sont païens. Ils sont les prémices des Nations. Aux bergers, l'Ange annonce la naissance du Messie dans la ville de David. Aux mages, l'astre indique celle du roi des Juifs. Ils viennent d'Orient, de Perse ou d'Arabie, ces sages qui cherchent des signes dans le ciel. Astrologues, oniromanciens, adeptes de Zoroastre ? Un peu de tout cela à la fois, sans doute, comme beaucoup de nos contemporains qui, tout bardés qu'ils sont de modernité et de sciences exactes, fréquentent les devins et se piquent d'ésotérisme. Ont-ils existé en chair et en os, ces mages dont on fit des rois, auxquels la tradition a donné les noms de Gaspar, le Noir, Balthazar et Melchior ? Peu nous importe qu'ils soient des personnages symboliques et que leur histoire ait un sens figuré. Car les paraboles sont souvent plus vraies que les récits : elles nous disent notre histoire à nous. Ils s'étaient sans doute reconnus dans la prophétie de Balaam, le devin des bords de l'Euphrate qui, sommé par les ennemis d'Israël de maudire le peuple, le bénit au contraire en disant : « Je le vois – mais non pour maintenant –, je l'aperçois – mais non de près –, un astre issu de Jacob devient chef, un sceptre se lève, issu d'Israël » (Nb 24,17). Et ils avaient emporté de l'or, de l'encens et de la myrrhe pour cet enfant roi qui était plus qu'un roi ordinaire, et pour ce Dieu qui devait subir la mort pour la vaincre.

Ils avaient donc vu son étoile se lever en Orient. Et cette petite lumière si fragile, venue du cosmos, les fit se lever eux aussi, car elle reflétait la gloire du Créateur. Assez pour qu'ils se mettent en route. Pas assez pour les conduire jusqu'à Bethléem. Ils arrivent donc à Jérusalem, disant : « Où est le roi des Juifs qui vient de naître ? Nous avons vu, en effet, son astre à son lever et sommes venus lui rendre hommage » (Mt 2,2). Voilà la grande leçon que veut nous donner saint Matthieu : c'est pour le Christ que tournent les galaxies, brassant de leurs ailes géantes la matière première dont le Créateur façonne le monde des vivants, ce berceau où pourrait naître son Fils. Saint Paul le dira autrement, voyant en lui « le premier-né de toute créature : tout a été créé par lui et pour lui, Trônes, Seigneuries, Principautés » (Col 1,15). Et le concile Vatican II l'a exprimé de façon lyrique : « Le Seigneur est le terme de l'histoire humaine, le point vers lequel convergent les désirs de l'histoire et de la civilisation, le centre du genre humain, la joie de tous les cœurs et la plénitude de leurs aspirations » (*Gaudium et spes*, 45,2). Ah ! Si tu déchirais les cieux et si tu venais ! soupirait le prophète Isaïe. Il venait de naître, leur disait l'étoile. Les astres chantaient la gloire de Dieu, mais c'est l'humble étoile qui les mit en chemin. Ayant accompli son office, elle disparut. Car la science, même celle des astres, a ses limites. Elle suscite l'étonnement, elle éveille un sentiment d'admiration, mais elle ne peut par elle-même répondre aux questions que lui pose la Création. Il y faut une révélation. Il faut que Dieu lui-même se révèle, non seulement en ses œuvres, mais en son Fils. Il faut qu'il déchire les cieux et qu'il vienne en personne. Aussi les mages vont-ils à Jérusalem demander : « Où est le roi des Juifs qui vient de naître ? »

Ayant appris la chose, un autre roi dressa l'oreille et fronça les sourcils, non pas Hérode Antipas, le tétrarque de Galilée, ce « renard », qui fit décapiter Jean-Baptiste et se moqua de Jésus. Non pas celui-là, qui vécut jusqu'en l'année 39, mais son oncle, Hérode le Grand, bien plus cruel et plus ambitieux encore, l'Iduméen parvenu qui, à coup de flatteries et de bassesses, avait obtenu de l'empereur romain de régner sur la Judée, la Samarie, la Galilée et d'autres régions voisines. Le potentat d'un petit empire oriental. Son règne dura trente-cinq ans. Le temps d'épouser dix femmes, de faire périr ses derniers descendants et une de ses épouses, Mariamne, et de bâtir des forteresses et des théâtres, des parcs et un somptueux palais royal. C'est lui qui fit construire la forteresse Antonia et entreprit la magnifique restauration du Temple, que les disciples admiraient, et qui ne fut terminée que sept ans avant la destruction de Jérusalem par Titus en l'an 70. Jéricho, ville d'eaux et de jardins, était sa place favorite. Étranger, helléniste de cœur, il n'eut jamais le soutien du peuple juif qui le haïssait. Mais il avait le pouvoir de désigner et de révoquer les grands prêtres. Durant sa dernière maladie, deux légistes juifs incitèrent le peuple à abattre l'aigle doré qui ornait la porte du Temple. Il se vengea en ordonnant qu'ils soient brûlés vifs.

Hérode, donc, intrigué, se sentant déjà menacé par la naissance d'un autre roi, « assembla tous les grands prêtres avec les scribes du peuple, et il s'enquit auprès d'eux du lieu où devait naître l'enfant. – À Bethléem de Judée, lui dirent-ils, ainsi qu'il est écrit par le prophète :

“Et toi, Bethléem, terre de Juda, tu n’es nullement le moindre des clans de Judée ; car de toi sortira un chef qui sera pasteur de mon peuple Israël.” » Alors Hérode convoqua secrètement les mages et se fit préciser par eux le temps de l’apparition de l’astre, ajoutant : « Allez vous renseigner exactement sur l’enfant. Et quand vous l’aurez trouvé, avisez-moi afin que j’aille, moi aussi, lui rendre hommage. » Ruse d’un esprit cruel et ambitieux, que les mages, rompus au discernement, eurent tôt fait de deviner et de déjouer habilement.

Et pourtant, sur ces paroles des docteurs, ils se remirent en route vers Bethléem, éclairés cette fois par l’Écriture. C’est la deuxième leçon que nous donne l’évangéliste : le même Esprit créateur qui gouverne le cosmos est celui qui inspire les prophètes et toutes les Écritures. C’est désormais par l’obéissance de la foi en la Parole de Dieu qu’ils se laissent conduire. « Et voici que l’astre qu’ils avaient vu à son lever les précédait jusqu’à ce qu’il vînt s’arrêter au-dessus de l’endroit où se trouvait l’enfant. » Les mages partirent, mais les docteurs restèrent à Jérusalem, eux qui pourtant scrutaient savamment les Écritures, et dont Jésus lui-même dira : « Faites tout ce qu’ils vous disent, mais ne faites pas comme ils font ! » Ainsi, comme ils marchaient, l’astre qui tirait derrière lui toute l’armée des puissances cosmiques se leva aussi dans leur cœur, les éclairant d’une joyeuse lumière, tout intérieure.

« Entrant alors dans le logis, ils virent l’enfant avec Marie sa mère, et, se prosternant, ils lui rendirent hommage. Puis, ouvrant leurs cassettes, ils lui offrirent en présents de l’or, de l’encens et de la myrrhe. » Les trésors des nations que le prophète avait appelés sur la fille de Sion et sur son humble roi : « Lève les yeux et regarde ! Tes fils viennent de loin… Alors tu seras radieuse, ton cœur tressaillira et se dilatera, car les richesses des nations viendront chez toi. Des multitudes de chameaux te couvriront. Tous viendront de Saba apportant l'or et l'encens et proclamant les louanges de Yahvé. Les fils de l'étranger rebâtiront tes remparts et leurs rois te serviront » (Is 60).

Voilà ce que nous apprennent ces mages : la pérégrination de la foi à la lumière de l'étoile et de l'Écriture. L'étoile nous guide : sensible au cœur, elle figure la motion divine, le pressentiment d'un amour qui nous attend et nous attire vers lui. L'Écriture nous enseigne et parle à notre intelligence, elle nous explique le dessein de Dieu et nous indique le chemin, nous faisant marcher dans la foi quand la motion divine se fait discrète. C'est ainsi que l'Esprit Saint éduque les croyants, faisant alterner l'une et l'autre, jusqu'à nous conduire au Christ vivant, dans l'Église.

Mais déjà, comme si la naissance d'un enfant Dieu qui vient parmi les siens pouvait menacer les puissances établies, de noirs nuages montaient de l'horizon. Hérode, voyant qu'il avait été joué, fut pris d'une violente fureur.

Joseph, le silencieux

On le représente assis, la main derrière l'oreille, songeur. Car c'est en songe qu'il est averti. Dans une époque récente qui a promu la dignité du travail manuel, on l'imagine plutôt debout, tenant d'une main la varlope et posant l'autre sur l'épaule de Jésus apprenti. Ou encore, marchant vers la crèche devant l'âne, et Marie enceinte sur l'âne. Rarement, pour ne pas dire jamais, aux côtés de son épouse. C'est bien dommage, car l'art aurait beaucoup à exprimer sur ce couple insolite. Joseph, ce fils d'Abraham, de la maison de David, est donc seul, la main derrière l'oreille pour mieux écouter. Il médite, cherchant à comprendre ce qui se passe sous ses yeux. Un tympan d'une église d'Auvergne le montre dans l'étable de Bethléem, avec l'âne et le bœuf, en train de regarder, toujours songeur, la mère et l'enfant nouveau-né, et lui, cherchant sa place.

Car il est l'homme aux songes, comme Joseph, le fils d'Isaac, son patron. Ses songes, en effet, ne sont pas le fruit de son imagination. Ils désignent l'état d'une conscience profondément recueillie où l'Ange du Seigneur lui parle, par trois fois, pour lui indiquer sa mission. En premier lieu, devant Marie enceinte : « Ne crains pas de prendre chez toi Marie, ton épouse, car ce qui a été engendré en elle vient du Saint-Esprit. » Puis, après le départ des mages : « Lève-toi, prends avec toi l'enfant et sa mère, et fuis en Égypte ; et restes-y jusqu'à ce que je te le dise. » Enfin, après la mort d'Hérode : « Lève-toi, prends avec toi l'enfant et sa mère, et mets-toi en route pour la terre Israël, car ils sont morts, ceux qui en voulaient à la vie de l'enfant. »

Joseph est donc muet, comme Zacharie, non par doute, mais par obéissance. Il est en personne l'obéissant, tout entier au service du dessein de Dieu. Et son obéissance est d'être époux et père, comme en retrait, à distance, dans la figure de la chasteté parfaite, faite de tendresse et de force, d'autorité et de soumission. « Ton père et moi, nous te cherchions », dit Marie à Jésus, quand ils le retrouvent après trois jours au Temple de Jérusalem. Et Jésus, douze ans, de leur répondre : « Ne saviez-vous pas que je dois être aux affaires de mon Père ? » Extraordinaire dialogue, où Jésus rappelle à sa mère l'origine de sa maternité, et à son père la source de sa paternité. Extraordinaire liberté de Jésus à douze ans. Mais dans le mouvement même où Jésus affirme sa filiation divine, il descend avec ses parents à Nazareth dans la grâce d'une obéissance librement consentie : « Et il leur était soumis. »

Car Jésus a voulu apprendre ce que c'est qu'être fils en se soumettant à Joseph et à Marie, et en donnant ainsi à Joseph d'être son père par adoption. C'est ainsi que Joseph a exercé sa paternité. Il s'est reconnu dans les paroles d'Isaïe, il a fait siens ces mots de tendresse que le prophète mettait dans la bouche de Dieu : « Quand Israël était enfant, je l'aimai. D'Égypte, j'ai rappelé mon fils. J'ai appris à marcher à Éphraïm. Je le prenais par les bras, je le menais avec des attaches humaines, avec des liens d'amour. J'étais pour lui comme celui qui soulève un nourrisson tout contre sa joue. Je m'inclinais vers lui et le faisais manger » (Os 11). Il se serait encore reconnu dans ces expressions de Boris Cyrulnik[1], suggérant les attitudes différentes du père et de la mère vis-à-vis de leur petit. La mère soulève l'enfant et le berce. Mais le jeu spécifiquement masculin, ajoute-t-il, c'est le lancer de bébé : « Il soutient le petit à bout de bras et le fait monter et descendre comme dans un ascenseur », jusqu'à parfois le lâcher un instant au sommet de sa course avant de le rattraper, pour le plus grand plaisir de l'enfant. « Ce qui constitue pour ce dernier une information du plus grand intérêt », à savoir qu'il peut faire confiance à son père, et que la force de celui-ci est au service de sa faiblesse, jusqu'à ce qu'il puisse voler de ses propres ailes.

La mère donne à l'enfant son corps charnel ; et le père l'introduit au corps social. C'est là sa fonction propre : « N'est-il pas le fils de Joseph, le charpentier ? » dira-t-on de Jésus. Le père est le passeur, qui renvoie à plus grand que lui, à la loi, à la tradition reçue, au lien social. Il est celui qui fait passer l'enfant d'une rive à l'autre, sur ses épaules d'abord, le tenant par la main ensuite, le laissant enfin suivre sa route à lui, heureux de le voir prendre sa vie en ses propres mains. Jésus s'en souviendra, quand il restera à Jérusalem à l'insu de ses parents à l'âge de douze ans, âge de la majorité religieuse en Israël. Il s'en souviendra encore lorsque, si souvent, il passera avec ses disciples d'une rive à l'autre, les faisant passer d'Israël aux païens, des justes aux pécheurs, de la mort à la vie… Comme l'a fait finement remarquer Xavier Lacroix[2], le père est celui

1. B. Cyrulnik, *Sous le signe du lien*, Paris, Hachette, 1989.

2. X. Lacroix, *Passeurs de vie. Essai sur la paternité*, Paris, Bayard, 2004.

qui est capable d'une parole d'appel, une parole qui fait grandir. Plus tard, dans son adolescence, l'enfant pourra aussi entendre de lui cette invitation au dépassement de soi qui mène au grand large.

Il est difficile d'être père aujourd'hui. Notre génération est orpheline de père. On l'a tellement vilipendé, comme trop autoritaire, ou trop faible. Le XXe siècle a été celui de Freud, le siècle du complexe d'Œdipe, du père rival qu'il fallait supprimer. Aussi l'image que s'en font les enfants de ce temps est-elle mal définie : elle oscille entre celle du père tyrannique et celle du père absent, ou ultra libéral. Ce qui n'est pas sans conséquence sur leur conception de la paternité de Dieu, qu'ils se figurent à l'image de leur propre père.

Pour Jésus, ce fut l'inverse qui arriva. Sa conscience d'être le Fils unique, tout entier consacré dès sa conception aux affaires de son Père, fut la première. Mais elle ne se développa dans sa psychologie humaine qu'à mesure qu'il croissait « en sagesse, en taille et en grâce devant Dieu et devant les hommes » (Lc 2,52). Lui qui était fils « en forme de Dieu » (Ph 2,6), avec la conscience unique d'être le Fils unique, il a voulu apprendre de Joseph et de Marie ce que c'est qu'être fils à la manière des hommes. Lui que le Père des Cieux engendre sans cesse dans son éternité, il a voulu être engendré dans la succession du temps et de la maturation humains, de pensée en pensée, d'œuvre en œuvre. Il a voulu grandir en sagesse, apprendre des hommes, et d'abord de ses parents, comment traduire dans notre humanité l'attitude juste d'un fils des enfants des hommes, au point de vouloir se nommer lui-même « le Fils de l'homme ». Et c'est de Joseph qu'il apprit ce que veut dire, dans le langage des hommes, la parole fondatrice : « Tu es mon fils bien-aimé. » C'est de lui qu'il reçut le nom de Jésus, nom qui veut dire « Yahvé sauve » (Mt 1,21).

Si le silence tient une grande place dans la vie de Joseph, dont l'évangile ne rapporte aucune parole, c'est qu'il a compris qu'il était tout entier au service du Verbe fait chair, la Parole de Dieu faite homme, et qu'il a voulu s'effacer devant elle. « Il est par excellence, remarque Sylvie Germain, un homme du silence, de l'effacement, et encore plus de l'écoute. Son ouïe est d'une finesse extrême, sur le plan tant spirituel qu'affectif ; il écoute "la voix de fin silence" qui bruit en son esprit, qui remue en son cœur. Il l'écoute, la reçoit, la médite, et y répond par des gestes, des actions… Chacun de ses gestes est de soutien et de protection. Il n'agit que pour le bien de l'enfant et de la mère, tout en se tenant légèrement en retrait : le recul du guetteur, l'ombre où se tient le veilleur[1]. »

La généalogie de Jésus, placée par saint Matthieu en tête de son évangile, exprime bien ce « pas de côté » de Joseph, qui, en retrait, laisse advenir le Christ : après l'énumération des ancêtres, Abraham engendra Isaac, Isaac engendra Jacob, Jacob engendra Juda, etc., vient une sorte de rupture dans la succession des générations : « Matthan engendra Jacob, Jacob engendra Joseph, l'époux de Marie, de laquelle est né Jésus, que l'on appelle Christ. » Par son humilité, Joseph a préparé le cœur humain de Jésus, son enfant, à exprimer pour nous l'humilité de Dieu.

1. Revue *Christus*, n° 202. Voir aussi son petit livre suggestif sur Joseph : S. Germain, *Célébration de la paternité*, Paris, Albin Michel, 2001.

Siméon, l'espérance en personne

Il est là, comme un veilleur, murmurant nuit et jour les paroles du psalmiste : « Mon âme attend plus sûrement le Seigneur qu'un veilleur n'attend l'aurore. » Le vieillard Siméon, dont le nom signifie « Dieu a écouté », personnifie l'attente séculaire d'Israël, tendue depuis Abraham vers l'accomplissement de la Promesse. Il est la figure de l'espérance ou, pour mieux dire, l'Espérance en personne : « Il attendait la consolation d'Israël et l'Esprit Saint reposait sur lui » (Lc 2,25). La consolation ! Cet exaucement du cœur exilé que les prophètes avaient annoncé au peuple avec tant de force et d'allégresse (Is 40), la joie du retour à Jérusalem, la gloire de Yahvé venant lui-même rassembler son troupeau dispersé et le conduire avec douceur, tel un berger ses agneaux. Siméon vint donc au Temple, « divinement averti qu'il ne verrait pas la mort avant d'avoir vu le Christ du Seigneur », et voici que la Gloire d'Israël venait à lui sous les traits d'un enfant.

Siméon, qui avait sa vie durant médité la Promesse dans un cœur fervent et droit, était monté sur les épaules des prophètes. Aussi était-il nettement en avance sur les autres pour comprendre les choses de l'invisible. Il voyait plus loin, plus profond. Aussi, « quand ses parents apportèrent le petit enfant Jésus au Temple pour le présenter au Seigneur, selon les prescriptions de la Loi du Seigneur, Siméon le reçut dans ses bras et bénit Dieu ». Avec une immense tendresse, il reçoit dans ses bras l'Agneau de Dieu, l'enfant de la Promesse, et accueille avec émotion la Gloire d'Israël et la lumière des nations. Mais, déjà, il voit en lui l'Agneau immolé, celui qui, livré aux mains des hommes, révélera par son innocence les pensées intimes de bien des cœurs. « Et toi-même, dit-il à Marie sa mère, une épée te transpercera l'âme. » Tel sera le fils, telle sera la mère, la joie dans la douleur, l'allégresse en butte à la contradiction.

Telle est aussi le propre de l'espérance chrétienne, une espérance éprouvée, la petite fille espérance plus têtue, plus forte que la mort même, dont Péguy disait qu'elle étonnait Dieu lui-même. Il peut nous sembler qu'aujourd'hui l'espérance est bien fragile, diluée dans une sorte d'indifférence généralisée : « Le Fils de l'homme, quand il viendra, trouvera-t-il la foi sur la terre ? » (Lc 18,8). Le monde qui nous entoure, grisé par un mouvement qui va toujours plus vite, semble ne plus rien attendre que le fruit décevant de sa propre agitation. Vers quel but courons-nous, sans boussole ?

C'est pourquoi la figure de Siméon nous est précieuse. Elle nous rappelle que nous allons vers la Promesse, vers la rencontre bienheureuse de celui qui est à l'origine et au terme de l'histoire. Et elle nous dit notre mission dans le monde, qui est de veiller : « Heureux celui que le maître en arrivant trouvera en train de veiller » (Lc 12,37). Toute la vocation de Siméon, toute sa raison d'être fut de tenir haut l'espérance, de voir plus loin, plus profond. N'est-ce pas le propre de l'Église et sa raison d'être, de tenir haut dressée l'espérance dans un monde sans horizon, dont la vue s'arrête à l'apparence des choses ? L'Église, communauté de l'espérance, qui célèbre son Seigneur venu dans l'humilité du serviteur, et qui attend son retour dans la gloire, a de l'avance, elle aussi, pour comprendre les choses de l'invisible et annoncer le monde qui vient. Telle est sa mission, anticiper, figurer d'avance parmi les hommes de ce temps le Royaume promis, en travaillant à bâtir une civilisation de l'amour. Dans la joie et dans la douleur, avec Marie, comme la prophétesse Anne qui, servant Dieu nuit et jour dans le jeûne et la prière, survient à cette heure même pour louer le Seigneur et parler de l'enfant à tous ceux qui attendaient la délivrance d'Israël.

Alors Siméon dit : « Maintenant, ô Maître souverain, tu peux laisser s'en aller ton serviteur en paix, selon ta parole. Car mes yeux ont vu ton salut, que tu prépares à la face des peuples, lumière pour éclairer les nations et gloire de ton peuple Israël. » L'Église a inséré ce chant de louange pour l'accomplissement des promesses dans sa prière du soir, appelée justement les « Complies ». Elle nous invite ainsi à terminer nos journées par la reconnaissance du don de Dieu : « Aujourd'hui, j'ai vu ton salut. » Heureux celui qui reconnaît ce salut à l'œuvre dans l'aujourd'hui de sa vie, et qui peut alors s'endormir dans la confiance, sûr que Dieu conduira à son accomplissement l'œuvre qu'il a commencée.

Jean-Baptiste, la voix dans le désert

L'icône orientale de la *Deisis* le représente, avec la Mère de Dieu, entourant le Christ. La Mère et le Prophète, celle qui nous l'a donné et celui qui nous l'a montré. Il est tout entier dans ce doigt qui montre le Christ. Et c'est pourquoi il est le plus grand des enfants des hommes. À plusieurs reprises, Jésus rendra témoignage au Baptiste. « Le baptême de Jean, demande-t-il aux grands prêtres, était-il du Ciel ou des hommes ? » (Mt 21,25). En venant se faire baptiser par Jean, Jésus manifeste que son baptême était du Ciel. C'est pourquoi il dira aux foules : « Qu'êtes-vous allés voir au désert ? Un prophète ? Oui, je vous le dis, et plus qu'un prophète… En vérité, parmi ceux qui sont nés d'une femme, il n'en a pas surgi de plus grand que Jean le Baptiste » (Mt 11,2-15). Il est le messager que Dieu envoie en avant de lui. Il est la voix qui crie dans le désert : « Préparez le chemin du Seigneur, rendez droits ses sentiers. » « Que dis-tu de toi-même ? », lui demandent prêtres et lévites envoyés par les autorités juives : « Je suis la voix de celui qui crie dans le désert. » Il se définit par cette voix qui l'habite, et qu'il fait retentir comme le tonnerre.

Au bord du Jourdain où les foules silencieuses et pénitentes se pressent pour être baptisées, trois voix se répondent : la voix de Jean-Baptiste qui appelle à la conversion en annonçant la venue du Christ : « Moi, je vous ai baptisés d'eau, mais lui vous baptisera d'Esprit Saint » ; la voix du Père qui vient du ciel : « Celui-ci est mon Fils bien-aimé » ; et la voix de Jésus qui bientôt attire à lui les foules et que Jean lui-même se met à écouter : « Qui a l'épouse est l'Époux, dira-t-il. Mais l'ami de l'Époux qui se tient là et qui l'entend est ravi de joie à la voix de l'Époux. Telle est ma joie et elle est complète » (Jn 3,29). Ainsi, la vie de Jean-Baptiste va parcourir trois étapes : celle du précurseur dont la voix annonce le Christ, celle du témoin qui écoute la voix de Dieu, celle enfin de l'ami qui se réjouit en entrant dans le silence pour écouter la voix de l'Époux : « Il faut que lui grandisse et que moi je décroisse ! »

Il est d'abord le Précurseur, celui qui marche devant : les événements de sa naissance sont une ébauche de ceux de la naissance de Jésus, comme le souligne saint Luc dans un parallélisme frappant. Et l'histoire de Jean dispose les cœurs à l'histoire de Jésus. Après l'intervention divine qui a présidé à sa naissance, Luc ajoute : « L'enfant grandissait, et son esprit se fortifiait. Et il demeurait dans les déserts jusqu'au jour de sa manifestation à Israël. » Nous connaissons ces années obscures de Jean par ce que nous savons de l'existence de tout enfant juif de ce temps, vivant dans un milieu fervent comme pouvait l'être la famille de Zacharie, prêtre du Temple. Il a été instruit de la foi de son peuple et de son espérance. Il a fréquenté la synagogue, où il est devenu familier des Écritures, ces textes d'Isaïe, de Michée ou du Cantique des Cantiques dont il comprendra qu'ils s'appliquent à lui-même. Il a fréquenté le Temple de Jérusalem et son culte, dont la célébration lui a inspiré le respect de la Majesté divine, comme on peut le déduire de la description que nous en a donnée Aristée, un Juif d'Égypte, dans une lettre célèbre : « Il y a un silence absolu, à croire qu'il n'y a personne, alors que les officiants sont environ sept cents... Quiconque aura assisté à ce spectacle sera frappé d'une indicible admiration, remué intérieurement par ce qui se dégage de sacré dans l'ordonnance de chaque détail. »

Aux grandes fêtes qui ponctuaient l'année, le Temple devenait le centre de la vie d'Israël et des foules nombreuses y montaient pour célébrer les grands événements de son histoire : la Pâque rappelait comment Yahvé les avait délivrés de la tyrannie de Pharaon, la Pentecôte comment il leur avait donné la Loi au Sinaï, les Tabernacles comment ils avaient traversé le désert en y campant sous la tente avant de parvenir à la Terre promise. Et ces fêtes les ouvraient à l'espérance d'une libération plus profonde et plus universelle, celle que réaliserait le Roi messianique en établissant le Royaume de Dieu, par le jugement du monde et la glorification des siens.

C'est dans cette espérance et cette ferveur que l'âme de Jean se fortifiait. Bientôt, il ira méditer la Parole de Dieu en fréquentant les esséniens, cette communauté ardente que nous connaissons mieux depuis la découverte des manuscrits de la mer Morte. Elle était répandue dans les villages de Judée, mais son centre était le monastère de Qûmran, près de l'embouchure du Jourdain. Les esséniens formaient un milieu particulièrement fervent. À la différence des pharisiens, des sadducéens ou des zélotes, ils avaient en quelque sorte rompu avec le sacerdoce officiel auquel ils reprochaient ses compromissions politiques et sociales, pour se tourner vers la venue imminente du jugement de Dieu. Les exégètes ont remarqué des analogies frappantes entre le discours de Jean et l'esprit des esséniens tel qu'il se manifeste dans les parchemins découverts dans les grottes de Qûmran. Ainsi, Zacharie, le père de Jean-Baptiste, apparaît très proche des prêtres de Qûmran par les termes qu'il emploie dans le Cantique que Luc met sur ses lèvres. Et il semble bien que Jean lui-même, durant ses années de formation, ait été un familier des pieux esséniens. Luc, en effet, nous dit qu'il demeurait dans les déserts. Ces déserts où était située leur communauté monastique, déserts où plus tard Jésus lui-même sera tenté, au long des rivages de la mer Morte. C'est là que Jean vécut dans une intense ferveur religieuse ; là que, vêtu de poil de chameau et se nourrissant de sauterelles et de miel sauvage, il viendra baptiser ; là qu'il dénoncera les fastes des riches de Jérusalem et de la cour d'Hérode, menant grande vie à Jéricho, la ville des roses toute voisine ; là enfin qu'il viendra mourir quand Hérode lui fera trancher la tête dans son palais de Machéronte qui domine la côte est de la mer Morte.

Là, en effet, nous dit Luc, « en l'an quinze du principat de Tibère César, Pilate étant gouverneur de Judée, Hérode tétrarque de Galilée… sous le pontificat d'Anne et de Caïphe, la parole de Dieu fut adressée à Jean, fils de Zacharie, dans le désert. Et il vint dans toute la région du Jourdain, proclamant un baptême de repentir pour la rémission des péchés ». Précision de la date et du lieu : c'est dans ce moment de l'histoire du monde et du peuple d'Israël qu'intervient la Parole de Dieu, pour annoncer l'accomplissement des promesses. Charnière de l'histoire, passage de l'Ancien au Nouveau Testament.

Les foules venaient à lui, tout Jérusalem et tout le pays de Judée, dit Marc, les pharisiens et les sadducéens, dit Matthieu, et le peuple était en attente, se demandant si Jean n'était pas le Christ, ajoute Luc. Et le Baptiste les apostrophait : « Engeance de vipères ! N'allez pas dire en vos cœurs : Nous avons pour père Abraham ! Produisez donc des fruits du repentir. Car vient derrière moi Celui qui est plus fort que moi, et la cognée se trouve déjà à la racine des arbres stériles. »

Le voilà tout entier, dans cette voix qui crie dans le désert. Ce désert n'est pas le lieu où il n'y a personne pour entendre. Il n'est pas non plus le retrait paisible où, loin du bruit et de l'agitation de la grande cité, on jouit du repos de l'esprit et du recueillement. C'est le désert biblique, qui symbolise la rupture avec un monde perverti, livré aux mensonges du serpent et aux faux-semblants des apparences vertueuses. C'est le désert de l'épreuve, où la Parole de Dieu pénètre jusqu'à la jonction de la moelle et des os, mettant chacun en demeure de choisir entre la lumière et les ténèbres. C'est là que crie la voix du prophète et que les foules se pressent, petites gens, pauvres et riches, publicains et soldats, peuple en attente de la Consolation d'Israël. Jean ne demande pas aux pécheurs d'être des justes, mais il leur demande de se reconnaître pécheurs, de détester leurs péchés et d'avoir soif d'en être libérés. L'obstacle n'est pas seulement la mauvaise volonté individuelle. Il est cet ensemble d'habitudes et de compromis collectifs, incrustés dans les mentalités par une sorte de sédimentation sociologique : injuste répartition des biens, abus de pouvoir, dépravation des mœurs que la coutume et l'opinion ont fini par acclimater à la culture ambiante, et que Jean appelle le péché du monde. L'heure n'est plus aux apparences de justice. Dieu vient, le Saint, le Juste, dans l'intensité de sa Gloire éclatante, pour juger et pour susciter un peuple nouveau, une race de fils, baptisés, non seulement dans l'eau de la conversion, mais dans le feu et l'Esprit Saint. Et tous se faisaient baptiser par Jean dans les eaux du Jourdain, en confessant leurs péchés.

Alors Jésus vint, de Galilée, pour être baptisé lui aussi. Et Jean entendit la voix du Père et rendit témoignage : « J'ai vu l'Esprit descendre, telle une colombe venant du ciel, et demeurer sur lui. C'est lui qui baptise dans l'Esprit Saint. » Voyant Jésus venir à lui, Jean-Baptiste fut stupéfait : « C'est moi qui ai besoin d'être baptisé par toi. Et toi, tu viens à moi ! » – « Laisse faire pour l'instant, lui répond Jésus, car c'est ainsi qu'il nous convient, à toi et à moi, d'accomplir toute justice. » Une manière de faire justice que Jean n'avait pas prévue, qui n'était pas montée jusqu'à son cœur : c'est en descendant dans l'eau parmi les pécheurs que Jésus fait justice en prenant sur lui le péché du monde. Alors Jean-Baptiste comprit qu'il était l'Agneau de Dieu. « Où est l'agneau pour l'holocauste ? », demandait Isaac, portant le bois du sacrifice, à son père Abraham. Et celui-ci lui répondit : « C'est Dieu qui pourvoira à l'agneau pour l'holocauste, mon fils ! » Jean le Baptiste, voyant Jésus venir à lui, se rappela les Écritures et dit : « Voici l'Agneau de Dieu, qui enlève le péché du monde. »

Il lui restait d'entrer dans le silence, lui qui se disait l'ami de l'Époux et qui se réjouissait de voir que tous le quittaient pour aller à Jésus. Il demeure sur le seuil, il écoute l'Époux et se réjouit de voir passer devant lui les enfants du Royaume. Jésus dira de lui : « Il est le plus grand parmi tous les enfants des femmes, et pourtant, le plus petit dans le Royaume des Cieux est plus grand que lui. » Et Jean acquiescera, devenant le prototype du vrai serviteur du Christ : « Il faut que lui grandisse et que moi je décroisse. »

Le démoniaque, rendu à lui-même

La sainteté dérange ! Elle attire et inquiète tout à la fois. Jésus, ayant appris l'arrestation de Jean-Baptiste, regagne la Galilée et s'établit à Capharnaüm. C'est là qu'il inaugure sa prédication dans la puissance de l'Esprit et appelle ses quatre premiers disciples. Alors, pour la première fois, Jésus entre dans la synagogue de Capharnaüm, et tous sont frappés de son enseignement, « car il les enseignait comme ayant autorité, et non pas comme les scribes ». Mais aussitôt, un homme possédé d'un esprit impur s'écria : « De quoi te mêles-tu, Jésus de Nazareth ? Tu es venu pour nous perdre. Je sais qui tu es : le Saint de Dieu. » L'Impur et le Saint, face à face ! Au désert, Jésus avait rencontré Satan face à face. Mais ici, Satan prend forme humaine et défend son territoire : « De quoi te mêles-tu ? Ne nous tourmente pas avant l'heure. » Ce n'est donc pas par hasard que le premier miracle de Jésus est la guérison d'un démoniaque. Ils sont là, les démons, tranquillement installés dans leurs possessions, tirant les ficelles des passions humaines, suscitant le désordre et la violence. Et ce sont eux, c'est Satan et leur chef que Jésus est venu dépouiller (Mc 3,23). Il va démanteler leur royaume : « Personne, en effet, ne peut entrer dans la maison d'un forcené et piller ses biens, s'il n'a d'abord ligoté le forcené. Alors, il pillera sa maison. » Ainsi,

Jésus, après avoir ligoté Satan au désert en persévérant dans le jeûne et la prière, manifeste son autorité sur les esprits impurs : « Tais-toi et sors de cet homme ! » L'esprit impur le secoua avec violence et il sortit de lui en poussant un grand cri (Mc 1,26). Jésus, dans son ordre de sainteté, dira Pascal, terrible aux démons. Non point sur le plan du pouvoir politique, ni sur le plan de la science, mais dans son ordre à lui, celui de la sainteté : « Il n'a point donné d'invention, il n'a point régné, mais il a été humble, patient, saint, saint à Dieu, terrible aux démons, sans aucun péché. »

Cela dérange ! Des cœurs s'ouvrent, d'autres se ferment. Des gens de sa parenté disent : « Il a perdu la tête ! » Des scribes, descendus de Jérusalem, médisent : « C'est par Béelzéboul, le chef des démons, qu'il chasse les démons. » C'est la tempête. D'un côté comme de l'autre, on veut l'assagir, le faire rentrer dans l'ordre établi, une religion sage, une société disciplinée, préférant, aurait dit Emmanuel Mounier, le « désordre établi » à l'irruption de la sainteté de Dieu. Mais Jésus, bientôt, passera sur l'autre rive à travers la tempête, en apaisant le tumulte des flots comme il avait réduit au silence l'esprit impur : « Silence, tais-toi ! »

De l'autre côté du lac s'étend le pays païen, que l'évangéliste nomme le pays des Géraséniens, où les démons semblent exercer souverainement leur tyrannie. Saint Marc le manifeste à travers une mise en scène spectaculaire : la rencontre du Saint et de l'Impur prend ici les proportions d'un drame social (Mc 5,1-20). « Mon nom est Légion, dit le possédé, car nous sommes nombreux. » Une légion romaine comprenait six mille hommes : c'est donc à une armée que Jésus s'affronte, l'armée en désordre des passions déchaînées qui font de cet homme un forcené que personne ne peut maîtriser : « Il avait rompu chaînes et entraves et habitait les tombeaux, poussant des cris nuit et jour et se déchirant avec des pierres. » Voyant Jésus de loin, il s'écria d'une voix forte, comme l'avait fait le possédé de Capharnaüm : « De quoi te mêles-tu, Jésus, Fils du Dieu Très-Haut ? Je t'adjure par Dieu, ne me tourmente pas. »

Ce personnage étrange, qui semble totalement insociable et se détruit lui-même, est tellement hors de lui que l'on ne sait qui parle : lui ou la légion. Jésus nommera ces mauvais esprits qui suscitent les désirs pervers et souillent le cœur de l'homme : « débauches, vols, meurtres, adultères, cupidités, méchancetés, ruse, impudicité, envie, diffamation, orgueil, déraison, toutes ces mauvaises choses qui sortent du dedans et souillent l'homme » (Mc 7,20). Et voici que Jésus, avec cette autorité qui étonne les scribes, dit au possédé : « Sors de cet homme, esprit impur ! » Il y avait à proximité un grand troupeau de porcs, et les esprits mauvais sortirent, entrèrent dans les porcs, et le troupeau se précipita dans la mer : « Il y en avait environ deux mille, et ils se noyaient dans la mer. »

Image saisissante de l'anarchie des désirs et des passions, qui, comme des bêtes immondes, se retournent contre la personne possédée pour la dévorer. Ce n'est pas que les désirs des sens et les passions de l'âme soient mauvais en eux-mêmes. Mais ils ont besoin d'être apprivoisés, réintégrés, unifiés sous l'emprise de l'esprit, pour être au service de l'amour agissant. Ainsi, Jésus au désert, conduit par l'Esprit, totalement docile à l'Esprit, « était avec les bêtes sauvages, et les anges le servaient » (Mc 1,13). Saint Jean de la Croix a magistralement éclairé le rôle des passions dans la vie spirituelle, passions de la sensualité (que les anciens nommaient le pôle de la concupiscence) et passions de l'agressivité (le pôle de l'irascibilité), sans lesquelles nous ne pourrions ni désirer le bien, ni lutter contre le mal. Citant le commandement de l'amour : « Tu aimeras le Seigneur de tout ton cœur, de toute ton âme et de toute ta force », Jean de la Croix explique que la force de l'âme consiste en ses facultés supérieures, mémoire, intelligence, mais aussi en son affectivité, passions, sentiments et désirs, et que tout cela doit être gouverné par la volonté : « Quand donc la volonté dirige à Dieu ces facultés, passions et désirs, et les détourne de tout ce qui n'est pas Dieu, alors elle garde la force de l'âme pour Dieu et se porte ainsi à l'aimer de toute sa force[1]. » Pour aimer ainsi, ajoute-t-il, l'âme doit être purifiée de toutes ses affections désordonnées, d'où naissent les désirs impurs. C'est pourquoi saint Ignace propose un chemin pour se dégager avec la grâce divine de ses attachements désordonnés, et une fois libéré, chercher et trouver la volonté de Dieu dans la disposition de sa vie. En homme pratique et en bon pédagogue, il note que la tentation faiblit et disparaît lorsqu'on lui fait face franchement en lui opposant diamétralement l'inverse. « Si, au contraire, celui qui s'exerce commence à avoir peur et à perdre courage sous l'assaut des tentations, il n'y a pas sur la face de la terre bête plus féroce que l'ennemi de la nature humaine, pour poursuivre son intention maudite avec une immense perversité[2]. »

Voilà donc notre homme « assis auprès de Jésus, vêtu et dans son bon sens, lui qui avait eu la Légion ». Les gens de la ville et des fermes environnantes, alertés par

1. Saint Jean de la Croix, *Montée du Carmel*, 3,16.
2. Saint Ignace de Loyola, *Exercices spirituels*, 325.

les gardiens du troupeau, accoururent et, le trouvant si calme, furent saisis de frayeur. C'est qu'ils payaient cher cette victoire contre le mal. Le troupeau de porcs, symbole vivant de l'impureté aux yeux des Juifs, mais pour eux-mêmes objet d'une activité lucrative, était anéanti : « Alors, ils se mirent à prier Jésus de s'éloigner de leur territoire. » L'évangéliste n'aborde guère la question du dommage causé et de la réparation. Ce n'est pas son problème. Le possédé est pour lui la figure du paganisme, en proie à l'esclavage des passions, que symbolise ici le troupeau de porcs. Ce qu'il veut manifester, c'est le salut et la libération apportés par Jésus au monde païen, au-delà des frontières d'Israël : salut anticipé par l'exorcisme, signe de la victoire contre le mal que Jésus réalisera dans sa Passion. Il était le médecin, et il est venu guérir l'homme d'une terrible blessure, source de toutes les passions déréglées, la blessure de l'orgueil : Dieu est venu sur terre et il y a été humble pour guérir l'homme de l'orgueil qui le ferme à la puissance de la grâce divine. Il a été insulté, explique saint Augustin, et il n'a pas répondu : « De même en effet qu'un médecin ne s'inquiète pas des injures et des coups que lui porte un forcené, mais de la manière dont il va le guérir, ainsi le Seigneur est venu vers un malade, un énergumène, bien décidé à mépriser tout ce qu'il entendrait et souffrirait de sa part, pour lui enseigner par cela même l'humilité, afin que, instruit par cette humilité, le malade guérît de son orgueil[1]. »

Jésus a payé cette guérison de sa propre vie. Mais accueillir le Christ dans sa vie personnelle, dans l'ordre de ses activités professionnelles et sociales, peut aussi coûter cher. Sa venue, qui apporte la paix et la réconciliation, le

1. Saint Augustin, *Sur le Psaume 35*.

bon sens et l'équité, commence souvent par inquiéter. Il secoue le désordre établi. Lui qui vient tout arranger et mettre les choses « dans leur bon sens » commence par déranger. C'est une évidence pour ceux qui cherchent d'abord à servir leur intérêt propre : voici que leur petit royaume est menacé, leur tranquille assurance ébranlée. Comme les Géraséniens, « ils prient Jésus de s'éloigner de leur territoire » (Mc 5,17). C'est encore vrai pour ceux qui, voulant servir Dieu, le font de façon oblique : ayant choisi en premier lieu leur carrière, leur style de vie et leurs affections, ce qui est un moyen pour aller à Dieu, ils choisissent en second lieu le service de Dieu dans cet état. « Ces gens-là, disait saint Ignace, ne vont pas droit à Dieu, mais ils veulent que Dieu vienne droit à leurs attachements désordonnés, en faisant de la fin un moyen et du moyen une fin. » Mettre en premier la volonté de servir Dieu, qui est la fin, voilà ce qui peut déranger bien des situations acquises. Tel est le prix de la grâce, à savoir ce combat spirituel que chacun doit mener dans sa vie, humblement, avec la force de Dieu.

Ainsi l'épisode du possédé de Gerasa invite le lecteur à s'asseoir dans son bon sens, auprès de Jésus, pour lui demander ce qu'il convient de faire pour ordonner sa vie, et par quel chemin servir le Royaume de Dieu en ce monde. À cet homme, Jésus répondit : « Va plutôt chez toi auprès des tiens, et annonce-leur tout ce que le Seigneur a fait pour toi dans sa miséricorde. » À chacun son appel, et sa mission dans le monde. Pour y répondre, il y a une sorte de pas à franchir ou de libération à vivre, un dégagement de ce qui semble être le cours habituel du monde. Mais ce pas franchi, quelle liberté pour travailler, et pour aimer !

Le paralytique de Capharnaüm

Le récit du paralytique pardonné et guéri est bien connu : quel enfant du catéchisme n'a dessiné la maison de Capharnaüm à la terrasse trouée, semblable à celles dont les fouilles ont mis au jour les murs de fondation, et qui excitent encore aujourd'hui l'imagination des pèlerins ? C'était, suggère Marc, la maison de Simon et d'André, les deux premiers disciples, celle-là même où Jésus avait peu auparavant guéri la belle-mère de Simon, au bord du lac et de son petit port de pêche. Jésus devait bien souvent y trouver l'hospitalité, comme il la trouvera plus tard dans la maison de Lazare et de ses deux sœurs.

Comme la foule l'entourait au point qu'il n'y avait plus de place, même devant la porte, les quatre hommes qui lui amenaient un paralytique eurent toutes les audaces. On imagine les gravats tombant de la terrasse, annonciateurs de la descente acrobatique du brancard aux pieds de Jésus. Stupéfaction de tous ces gens massés dans l'espace étroit pour écouter la Parole, atermoiement du maître de maison ! Et Jésus, « voyant leur foi ». Voilà ce qui retient son regard, au milieu du désordre : le rayon de lumière qui, par le trou du toit, vient illuminer le visage de cet homme et de ses compagnons, si assurés de son accueil. Car, ils le savent, c'est bien la foi qu'est venu chercher le

Fils de l'homme, la foi qu'il suscite par sa parole, la foi dont il s'étonne qu'elle soit si rare ou si fragile. Et dès qu'il la trouve, audacieuse et confiante, son cœur s'ouvre et l'amour se répand : « Mon enfant, tes péchés sont remis. »

Voilà ce pour quoi il est venu : remettre les péchés, recréer le cœur de l'homme comme à l'origine, à l'image et à la ressemblance de son Créateur. Et voilà le vrai miracle, celui d'un amour assez puissant pour ressusciter un cœur paralysé, dur comme pierre. « Change ces pierres en pains ! » lui disait le Diable, et tu les convaincras. Mais c'est pour changer des cœurs de pierre en cœurs de chair que le Fils de Dieu s'est fait le Fils de l'homme. C'est pour lui communiquer, à cet homme paralysé, sa manière divine d'aimer, un cœur en tout semblable au sien. Et c'est pourquoi il lui dit : « Tes péchés sont remis ! »

L'évangéliste saint Marc a composé son récit des premiers miracles de Jésus selon une progression significative qui va de l'extérieur à l'intérieur. Quatre guérisons que l'évangéliste encadre de deux appels, celui des premiers disciples et celui de Lévi (l'apôtre Matthieu), comme s'il voulait qu'ils en soient les témoins avant d'être envoyés eux-mêmes pour guérir. C'est d'abord le possédé, délivré d'un esprit impur qui l'aliénait ; puis la belle-mère de Simon, libérée d'une fièvre qui l'empêchait de servir ; puis le lépreux, guéri d'une maladie qui l'excluait de la communauté des hommes, enfin le paralytique à qui les péchés sont remis. Jésus va au-dedans, et jusqu'au plus intime, car il sait ce qu'il y a dans l'homme : « C'est du dedans, disait-il, du cœur des hommes que sortent les desseins pervers : débauches, vols, meurtres, adultères, envie, orgueil… » (Mc 7,21).

Et c'est pour montrer qu'il a reçu le pouvoir de restaurer ce cœur humain dans sa dignité de fils qu'il déclare : « Eh bien ! Pour que vous sachiez que le Fils de l'homme a le pouvoir de remettre les péchés sur la terre, je te l'ordonne, dit-il au paralytique, lève-toi, prends ton grabat et va-t-en chez toi. »

On ne saurait dire plus clairement que la guérison est le signe d'un miracle beaucoup plus extraordinaire. Les guérisons du corps, on en rencontre dans l'Ancien Testament, et les guérisseurs, dans bien des sanctuaires religieux du paganisme. Mais le pouvoir de pardonner jusqu'à guérir un cœur atteint par le mal, endurci, paralysé par la haine ou par l'orgueil, ce pouvoir-là, murmuraient les scribes, n'appartient qu'à Dieu ! Telle est l'autorité que Jésus revendique, dès le début de l'évangile, et qui va lui attirer l'opposition de plus en plus farouche des autorités en place.

Quant au paralytique, il ne dit rien, on ne connaît même pas son nom. Un homme quelconque, tout homme, vous ou moi. On sait seulement qu'il avait des amis, des compagnons qui le portaient, et que ceux-ci avaient une foi à transporter les montagnes. Ainsi disons-nous au Seigneur, en nous approchant de lui : « Ne regarde pas mes péchés, mais la foi de ton Église. » C'est bien la foi de l'Église qui nous porte jusqu'à lui, alors même que la nôtre est encore fragile, et que notre cœur est bien pauvre en amour. Se laisser porter par les autres, c'est se laisser conduire jusqu'au Seigneur, comme les catéchumènes et les repentis, comme chacun d'entre nous, aux jours de tiédeur et de doute. Car avant de marcher « devant tout le monde » et de porter son grabat, il faut accepter de se laisser porter, et ce n'est pas le plus facile, quand la vanité s'en mêle, et la suffisance…

Portant son grabat, il sortit. Ce n'est plus le grabat qui le porte, ni la communauté de ses amis. C'est lui, désormais, qui va porter les autres. Telle est encore la leçon du récit : en consentant d'abord à nous laisser porter, en acceptant nos blessures et nos failles, nos limites et tout notre passé dans la miséricorde du Seigneur, nous pouvons apprendre à porter les autres à notre tour. Ces quatre hommes qui portaient le brancard étaient des gens qui avaient d'abord appris à s'accepter eux-mêmes, et ainsi à porter les fardeaux les uns des autres avec amitié et compassion. Voilà ce que fait la grâce : elle ne réconcilie pas seulement avec Dieu et avec les autres, mais encore avec soi-même. Ainsi que l'écrivait Bernanos : « La grâce est de s'oublier. Mais si tout amour-propre était mort en nous, la grâce des grâces serait de s'aimer humblement soi-même, comme n'importe lequel des membres souffrants de Jésus-Christ. » S'aimer soi-même pour pouvoir aimer son prochain comme soi-même.

Tel est le miracle que Jésus opéra dans la maison de Simon, celui à qui il allait bientôt transmettre le pouvoir de pardonner les péchés en son nom. C'est pourquoi saint Matthieu, l'évangéliste de l'Église, conclut son récit par ces mots : « Les foules glorifiaient Dieu d'avoir donné un tel pouvoir aux hommes. »

Matthieu, le publicain

Le Caravage, peintre italien du XVIIe siècle, a magistralement fait le portrait de Matthieu, le publicain Lévi, fils d'Alphée, saisi sur le vif au moment où il est appelé par Jésus. Ce chef-d'œuvre se trouve dans l'église Saint-Louis-des-Français à Rome, dans la chapelle Contarelli. Le tableau, réalisé en 1600, mesure 340 centimètres sur 322. Le Caravage a représenté l'événement de la vocation de Matthieu comme la rencontre intense et silencieuse de deux regards. Lévi – tel est son nom avant qu'il ne devienne l'apôtre Matthieu – est assis à son bureau de douane, entouré de quatre auxiliaires occupés à compter la recette du jour. Son visage, vivement éclairé, est levé vers celui de Jésus, debout dans l'encadrement lumineux de la porte. Leurs yeux se croisent. Le Christ est entré, avec Simon-Pierre dans son ombre, et d'un mouvement de la main droite, puissant et décisif, il appelle Lévi. Celui-ci, ébloui par la lumière soudaine et comme stupéfait, amorce un geste de recul et, de sa main gauche retournée vers sa poitrine, semble dire : « Moi ? », alors que sa main droite agrippe encore la pièce de monnaie qu'il vient de compter. Le doigt de Jésus, dont la majesté traverse en quelque sorte l'espace du tableau, évoque irrésistiblement le doigt de Dieu appelant l'homme à l'existence, dans *La création d'Adam* de

Michel-Ange, à la chapelle Sixtine. Et le doigt de Pierre, sous le sien, semble acquiescer à l'appel du Christ et adopter Lévi comme compagnon.

Tout le mystère de la vocation divine s'exprime en cet instant décisif, que le récit évangélique narre en quelques mots rapides : « En passant, il vit Lévi, le fils d'Alphée, assis au bureau de la douane, et il lui dit : "Suis-moi !" Et, se levant, il le suivit » (Mc 2,14). Évidence de l'appel, chez un homme qui semble à mille lieues de s'y attendre, lui, le publicain, le fonctionnaire d'Hérode Antipas, réputé faire un métier de « pécheur public ».

Lévi menait bonne vie et aimait joyeuse compagnie. Facilement dépensier, il n'était pas de ce genre d'hommes avares et solitaires qui sont fascinés par Mammon. Il ressemblait plutôt à cet intendant infidèle de la parabole, qui se fait des amis avec l'argent malhonnête. Il était enfant de ce monde, un homme habile et quelque peu corrompu, qui savait faire profiter les autres de ses affaires lucratives et s'était acquis de la sorte une clientèle peu scrupuleuse. Chose facile, quand on a acheté la charge de prélever les taxes de douane dans cette localité frontalière de Capharnaüm où le commerce allait bon train.

Et pourtant, il n'était pas fier, notre Lévi, pas méprisant. Il ne se flattait pas d'être juste, de jeûner deux fois la semaine ou de verser au Temple la dîme de ses revenus. Il y avait en lui quelque chose de l'humilité d'un enfant pris en faute. Aussi, quand il allait à la synagogue, il évitait de traverser la place où les pharisiens l'auraient toisé de haut en bas. Il rasait les murs et restait au fond, près de la porte : « Se tenant à distance, il n'osait même pas lever les yeux au ciel, mais il se frappait la poitrine en disant : Mon Dieu, aie pitié du pécheur que je suis ! »

(Lc 18,13). Car, tout en vivant dans le désordre, il était croyant et il craignait Dieu. Il avait bien conscience d'être « comme le reste des hommes qui sont rapaces, injustes, adultères », et de participer à la lèpre qui ronge le corps social. Mais il avait bon cœur et ouvrait volontiers sa table aux miséreux. Lui aussi, depuis sa jeunesse, attendait confusément la Consolation d'Israël, le Messie promis qui viendrait tout remettre en ordre. Et ce qu'on disait de Jésus dans la ville l'intriguait profondément.

Les comptes du jour achevés, il s'était bien souvent glissé dans la foule pour écouter avec avidité le prophète de Nazareth. Lui qui pressurait les contribuables, à la solde de princes qui faisaient bien sentir leur pouvoir, il l'entendait parler d'un autre Royaume, cordial et fraternel, où règnent la liberté, la justice et la miséricorde, le Royaume de Dieu qui vient, et qui déjà prenait forme autour de Jésus. Mais lui, personne ne l'appelait, malgré le désir qu'il en ressentait parfois si vivement. Et il sentait douloureusement la vanité de sa vie. Il aurait bien voulu, comme Simon et André, ses compatriotes, être appelé. Mais personne ne faisait appel à ses services. Il n'osait approcher Jésus, lui, l'exclu. Et en attendant, il ne faisait que s'étourdir, se distraire de ce grand vide intérieur qui l'accablait en secret, alors qu'il organisait les fêtes. Combien, autour de lui, tournaient ainsi en rond dans le sentiment d'être inoccupés, et dépensaient leur énergie à engranger de fausses valeurs, faute de pouvoir engager le meilleur d'eux-mêmes vers un horizon à hauteur d'homme ! Et combien il aurait voulu confusément que l'on fasse appel à ce qu'il y a de meilleur en lui, tout cet amour inemployé, comme en sommeil !

Et voici que le doigt de Jésus avait traversé l'abîme : « Suis-moi ! » Et le cœur de Lévi avait bondi : « Quittant tout et se levant, il le suivit. » D'un regard, d'un mot, Jésus avait rejoint son désir le plus secret, le meilleur de lui-même, l'extraordinaire possible qui sommeillait en lui. Et Lévi s'était senti reconnu, respecté, appelé en ce point intime où tout peut renaître. Lévi brûla ses vaisseaux, d'une façon royale, comme le fera Marie de Magdala en brisant le vase contenant un parfum d'un grand prix. Il offrit à Jésus un grand festin en y dépensant une fortune : il y invita les disciples, et toutes ses connaissances. Si bien qu'il y avait là beaucoup de publicains, ces gens que leur métier rendait « impurs » et écartait du culte, muletiers, bouchers, boutiquiers, collecteurs d'impôts, braves gens, petites gens, infirmes, boiteux…

Un autre peintre, Rembrandt, a admirablement illustré cette foule bigarrée qui se presse autour de Jésus, dans sa gravure célèbre *La Pièce aux cent florins*. D'un côté, les « pauvres de Yahvé », comme les appelle la Bible, la caravane humaine des blessés de la vie. Et de l'autre, le groupe des pharisiens, drapés dans leur vertu, tournant ostensiblement le dos ou marquant leur désapprobation hautaine. Au centre, Jésus, Haute Majuscule plantée au cœur de la composition, selon le beau commentaire de Paul Baudiquey : « Sa présence ne laisse personne indifférent. On se tourne vers Lui, on se détourne de Lui, au gré de la pente profonde qui habite ou déserte le cœur. Il est le "révélateur" des parts d'ombre et de lumière qui se partagent l'inconnu, l'insoupçonné, le dérisoire, mais aussi l'inattendu et le miracle du cœur de chacun… Les vrais, les seuls regards d'amour sont ceux qui nous espèrent[1]. » Ainsi, les scribes des pharisiens – ceux-là qui avaient pour charge d'interpréter et d'enseigner la Loi, le voyant manger avec les pécheurs et les publicains, disaient à ses

1. P. Baudiquey, *Un évangile selon Rembrandt*, Paris, Mame, 1989.

disciples : « Quoi ? Il mange avec les publicains et les pécheurs ? » Jésus, qui avait entendu, leur dit : « Ce ne sont pas les gens bien-portants qui ont besoin de médecin, mais les malades. Je ne suis pas venu appeler les justes, mais les pécheurs. »

Lévi, le publicain, fut mis au nombre des apôtres. On lui donna le nom de Matthieu. Outre ce qu'il a de commun avec les autres, c'est tout ce que l'on sait de lui. Mais c'est assez pour saisir la puissance de l'appel du Christ, quand il survient dans une âme bien disposée. Sans douter, ni pouvoir douter, elle suit ce qui lui est montré. Car l'Esprit Saint entre chez elle comme chez lui, portes ouvertes. Plus tard, Matthieu, de sa belle écriture de comptable, écrivit les « mémoires des apôtres », les paroles et discours de Jésus qu'il avait tant de fois écoutés, racontés, partagés. Et c'est ainsi que naquit son évangile.

Nicodème, chercheur de sens

Des chercheurs de sens ? L'évangile de saint Jean en est rempli. C'est ce qui l'intéresse : le cheminement des esprits et des cœurs en quête de vérité. « Que cherchez-vous ? » Telle est la première parole de Jésus. Sa personnalité intrigue. Certains se mettent à le suivre, et lui se retourne et leur demande : « Que cherchez-vous ? » (1,38). Mais l'originalité de l'évangéliste, c'est d'avoir rapporté non seulement des rencontres de Jésus, mais aussi de vrais dialogues avec des hommes et des femmes en chemin : la Samaritaine au bord du puits, l'infirme sous le portique de la piscine de Béthesda, l'aveugle-né, les sœurs de Lazare, et particulièrement les disciples eux-mêmes durant la dernière Cène. Jésus s'intéresse aux personnes, dans la singularité de leur histoire, de leur soif d'amour et de vérité ; il chemine avec chacun, le rejoignant là où il en est, et lui ouvre un horizon nouveau, quelque chose qui n'était pas monté au cœur de l'homme.

Ainsi, sa rencontre avec Nicodème (Jn 3). Nicodème est l'un de ces chercheurs de sens, honnête et loyal, qui veut trouver la lumière. Il est le premier à aborder Jésus de façon personnelle et même secrète. Ce n'est pas un personnage quelconque : notable juif, pharisien cultivé, membre du Sanhédrin, c'est une personnalité : « Tu es maître en Israël », lui dit Jésus. Un théologien haut de gamme, dirions-nous. Manifestement, il a préparé l'entretien : à la vue des signes que Jésus opérait, il s'interroge. Beaucoup, déjà, en voyant les guérisons, se mettaient à croire en lui. « Mais Jésus n'avait pas confiance en eux, parce qu'il les connaissait tous, et qu'il savait ce qu'il y a dans l'homme », une soif de merveilleux, une curiosité religieuse en quête d'émotion, mais qui n'engage à rien. Nicodème, lui, fait le pas. Il va trouver Jésus de nuit, comme en cachette, prudent et circonspect, mais avec l'humilité de celui qui sait qu'il ne sait pas : « Rabbi, dit-il, nous le savons, tu es un Maître qui vient de la part de Dieu : personne ne peut accomplir les signes que tu accomplis si Dieu n'est avec lui. » Et c'est pourquoi Nicodème nous est sympathique, car sa foi commençante est mêlée de doutes et de sincérité.

Son entretien avec Jésus ne sera pas feu de paille. Nous le reverrons plus tard prendre publiquement position en sa faveur. Lors de la fête des Tentes, durant laquelle on célébrait le séjour d'Israël dans le désert, les notables envoyèrent des gardes pour arrêter Jésus (7,32). Mais les gardes revinrent en disant : « Jamais homme n'a parlé comme cet homme ! » Les pharisiens leur répliquèrent : « Vous vous y êtes donc laissé prendre, vous aussi ! Est-il un seul des notables qui ait cru en lui ? » C'est alors que Nicodème, sortant de l'ombre, leur dit : « Notre loi condamne-t-elle un homme sans qu'on l'entende et qu'on sache ce qu'il a fait ? » Ils lui répondirent : « Étudie ! Tu verras que de la Galilée il ne surgit pas de prophète. » Or, Nicodème a passé de longues années à étudier. Il a scruté les Écritures, les prophètes et les sages, qui annoncent le Royaume de Dieu et la venue du Christ. Mais il reste insatisfait. L'Écriture ne parlet-elle pas de promesse, de figures et d'ombres de la réalité à venir ? Jésus l'attire, irrésistiblement. Il veut l'entendre, il veut savoir : « Tu es un Maître qui vient de la part de Dieu. »

Et Jésus, d'un bond, l'entraîne sur un plan supérieur, comme pour lui indiquer que l'objet de sa quête est au-delà de ses raisonnements : « En vérité, je te le dis, à moins de naître d'en haut, nul ne peut voir le royaume de Dieu. » Naître d'en haut, naître de nouveau ? Découvrir que l'on a une autre origine que la chair et le sang, et que la personne humaine ne se réalise qu'en se laissant engendrer par l'Esprit de Dieu ? Notre homme est perplexe : « Comment cela peut-il se faire ? » C'est la question même que Marie, à l'Annonciation, posait à l'ange Gabriel. Mais alors que Marie accueille et comprend la réponse dans sa foi, Nicodème ne comprend pas. « Tu es maître en Israël, et tu ignores ces choses ! » lui dit Jésus. Nicodème, par deux fois, interroge Jésus. Il nous oblige à prendre au sérieux cette question, qui est la plus fondamentale qu'un être humain puisse se poser devant le mystère de Dieu. Qui donc est Dieu ? Le grand Architecte de l'univers ? Le tout-puissant indifférent au mal dont nous souffrons ? Le juge qui nous poursuit de son regard jusque dans la tombe ? Ou encore le hasard, le destin ? Ou, comme on l'entend dire de nos jours, une réalité inconnaissable et impersonnelle, qui n'a que peu à voir avec nos existences inquiètes ? Naître à nouveau, naître d'en haut, qu'est-ce qu'il veut dire ?

Dieu est père, répond Jésus. Voilà Celui que tu cherches ! Voilà ce qui n'est pas encore monté jusqu'à ton cœur ! Dieu n'est qu'amour. Et c'est parce qu'il est l'Amour en personne qu'il est aussi tout-puissant, qu'il est vrai, qu'il est bonté. Car l'amour en Dieu n'est pas un attribut comme les autres, qui viendrait tempérer sa justice ou sa puissance. L'amour est son essence même. Et c'est pourquoi il engendre, car l'amour est communication de soi, volonté de tout partager. Saint Jean, devenu vieux, méditera longuement ce mystère de l'amour communiqué : « Nous savons, nous, dira-t-il, que nous sommes passés de la mort à la vie parce que nous aimons nos frères… Car celui qui aime est né de Dieu et connaît Dieu » (1 Jn 3,14 ; 4,7).

Nicodème n'en est pas là. Lui aussi est un ancien, rompu à la sagesse de son peuple, mais il est surtout conscient des rides de la vie, du poids des ans et de l'irréversibilité du temps. Peut-on refaire sa vie, « rentrer dans le sein de sa mère et naître de nouveau », alors qu'on est devenu vieux ? Jésus lui répond : « Ce qui est né de la chair est chair, ce qui est né de l'Esprit est esprit. » Il vous faut naître à nouveau, accueillir dans l'intime du cœur ce souffle vivifiant (esprit et souffle s'expriment par le même mot, en hébreu et en grec), qui n'est pas le résultat d'une sagesse laborieuse, mais un don, une grâce venue d'ailleurs : « Le vent souffle où il veut, et tu entends sa voix, mais tu ne sais pas d'où il vient et où il va. »

De nos jours, bien des gens, adultes ou même avancés en âge, ont perçu ce souffle comme un événement qui a transformé leur vie. Philippe Labro a exprimé dans *La Traversée*[1] ce qu'il a vécu dans une salle de réanimation, au long d'un chapitre intitulé « Naître une deuxième fois » : « Il faudra que ce que j'ai dit et fait par orgueil, narcissisme, égoïsme, impatience, négativité, je le défasse puis le refasse en chassant toutes les manifestations de

1. Ph. Labro, *La Traversée*, Paris, Gallimard, 1996.

mon ego. Et que je substitue à l'orgueil un peu de modestie ; au narcissisme un peu de générosité ; à l'impatience un peu de sérénité ; à la négativité un peu d'optimisme. Et je pense que ce sera facile. Ce sera même enfantin ! » Enfantin, certes, pour ce témoin d'un souffle qui, venu d'ailleurs, efface les faux plis, désarme les vieilles rancunes, dépouille du vieux vêtement des mauvaises habitudes.

Rien n'est difficile aux humbles quand ils sont portés par ce souffle nouveau, car ils se désarment facilement, comme des enfants qui ne se sont pas encore construit cet ego redoutable et si encombrant ; ils se laissent aimer et emporter par la confiance. C'est une grande illusion dans la vie spirituelle, et une cause de grand dommage, remarquait Thérèse d'Avila, de croire que c'est la raison qui commande à la volonté. Car ce n'est pas la raison, mais l'amour qui commande. C'est l'amour qui, venant d'en haut, s'empare de notre désir le plus profond et lui fait faire le voyage. Et c'est pourquoi, ajoutait-elle, pour progresser, il ne s'agit pas de beaucoup penser, mais de beaucoup aimer, et aussi de beaucoup souffrir. Car l'amour, lui aussi, engendre dans la douleur et le renoncement. Et c'est pourquoi beaucoup restent sur le pas de la porte.

Nicodème, lui, est entré. Il a même suivi Jésus, sans doute avec prudence et une certaine lenteur. C'est qu'il avait besoin de méditer, d'accueillir la Parole, de la confronter à son expérience intérieure. Il lui fallait guetter dans le silence la venue de cette brise légère qui fait lever les yeux vers le ciel et rend tout facile, jusqu'à pouvoir un jour faire siennes les paroles que Jésus lui disait : « Dieu a tant aimé le monde qu'il a donné son Fils unique, afin que quiconque croit en lui ne se perde pas, mais ait la vie éternelle. Car Dieu n'a pas envoyé le Fils dans le monde pour juger le monde, mais pour que le monde soit sauvé par lui » (Jn 3,16). Peu à peu, Nicodème sortait de la nuit et venait à la lumière. Et quand Jésus, le Fils de l'homme, fut élevé sur la croix, il était là, et il contempla le côté ouvert d'où jaillissaient le sang et l'eau. Il était venu, dit saint Jean, avec Joseph d'Arimathie, en apportant un mélange de myrrhe et d'aloès d'environ cent livres, pour ensevelir le corps de Jésus. Car il pressentait, en roulant la pierre du tombeau, que l'amour est plus fort que la mort.

La Samaritaine et sa cruche

« Si tu savais le don de Dieu ! » Le dialogue de Jésus et de la Samaritaine au bord du puits est l'un des plus beaux de l'évangile. Peut-être aussi l'un des plus difficiles, à cause de sa dimension symbolique qui l'ouvre à plusieurs niveaux de lecture. La scène se passe en Samarie, la province centrale de la Palestine. Jésus, retournant de Judée en Galilée, devait la traverser. Or, les relations étaient tendues entre Juifs et Samaritains. Ces derniers étaient les descendants d'une population immigrée que le roi d'Assyrie y avait jadis déplacée après ses conquêtes en Babylonie, pour occuper l'ancien royaume d'Israël, le royaume du Nord, qu'il avait détruit en 722. Aussi, les Israélites déportés à Babylone, qui revinrent en Palestine après leur retour d'exil en 538, tenaient les Samaritains à l'écart, et les méprisaient cordialement.

Jésus parvint donc près d'une ville de Samarie appelée Sychar, l'ancienne capitale Sichem, non loin de la terre donnée par Jacob à son fils Joseph, là même où se trouve le puits de Jacob. « Fatigué du chemin, Jésus était assis au bord du puits. Il était midi, et les disciples s'en étaient allés à la ville acheter de quoi manger. Arrive une femme de Samarie pour puiser de l'eau. » Commence alors ce dialogue extraordinaire qui n'a pas fini de susciter les commentaires des exégètes et la méditation des croyants (Jn 4).

À leur retour, les disciples s'étonnaient de ce que Jésus parlât avec une femme. Mais c'est précisément une femme, qui plus est une Samaritaine, qui la première va révéler le Christ aux non-Juifs, à ces populations venues de l'immigration, si comparables à celles des banlieues de nos agglomérations. Laissant sa cruche, en effet, elle courut à la ville dire aux gens : « Venez voir un homme qui m'a dit tout ce que j'ai fait. Ne serait-il pas le Christ ? » Alors, ils sortirent et allèrent vers lui.

Tout ce qu'elle avait fait ! Cela tient en peu de mots. Jésus lui avait annoncé le don de Dieu, l'eau vive qu'il donnerait en son nom à ceux qui la lui demanderaient. « Donne-moi donc de cette eau vive dont tu parles, dit-elle, pour que je n'aie plus soif et que je n'aie plus à venir puiser ici. » Mais Jésus parlait d'une source d'eau jaillissant en vie éternelle, une source cachée au plus profond de chacun, tarie, oubliée, depuis qu'on était allé se creuser des citernes fissurées qui ne tiennent pas l'eau (Jr 2,13). Professer que Jésus est vraiment le Sauveur du monde, comme vont bientôt l'affirmer les Samaritains, c'est croire qu'il a le pouvoir de faire jaillir cette source dans des cœurs nouveaux, comme lui-même le proclamera, debout, à Jérusalem, lors du pèlerinage de la fête des Tentes : « Si quelqu'un a soif, qu'il vienne à moi et qu'il boive, celui qui croit en moi. Comme l'a dit l'Écriture : de son sein couleront des fleuves d'eau vive » (Jn 7,37). Et l'évangéliste commente : « Il désignait ainsi l'Esprit que devaient recevoir ceux qui croiraient en lui ; en effet, il n'y avait pas encore d'Esprit parce que Jésus n'avait pas encore été glorifié. »

« Seigneur, donne-la-moi, cette eau-là, afin que je n'aie plus soif et que je n'aie plus à venir ici pour puiser. » Le lecteur chrétien peut alors entendre cette prière comme celle d'une femme qui chemine vers la foi, et qui, déjà, appelle Jésus du nom de Seigneur. Il lui dit alors : « Va, appelle ton mari et reviens ici. » La femme lui répondit : « Je n'ai pas de mari. » Et Jésus reprit : « Tu dis bien : je n'ai pas de mari. Tu en as eu cinq et l'homme que tu as maintenant n'est pas ton mari. En cela tu as dit vrai. » « Seigneur, lui dit la femme, je vois que tu es un prophète ! » Je n'ai pas de mari : petit mensonge que Jésus sauve. Mais peut-être voulait-elle, plutôt que cacher la vérité, tester le secret de cet homme qui lui parlait des choses de Dieu avec une telle familiarité : « Tu n'as pas même un seau, et le puits est profond ; d'où la tiens-tu donc, cette eau vive ? Serais-tu plus grand que notre père Jacob qui nous a donné ce puits ? »

« Appelle ton mari ! » Ainsi, Jésus l'invite à se disposer au don de Dieu en faisant la vérité dans sa vie : pour elle, ce sera de reconnaître l'impuissance d'un cœur qui a voulu s'abreuver à des citernes d'eau morte, et n'a pu y trouver assez d'amour pour garder fidélité à son premier mari. Jésus l'amène à le reconnaître, non seulement sans la juger, mais au contraire en faisant naître en elle la conscience d'un extraordinaire possible. Laissant sa cruche, symbole d'une vie décevante et sans cesse recommencée, elle s'en va dire aux gens de la ville sa folle espérance. Comme Zachée, comme la femme adultère, que la seule présence de Jésus remet debout, elle aussi aura à mettre de l'ordre dans ses amours, pour qu'ils s'accordent à l'unique amour de Dieu.

On a pensé que le récit de la Samaritaine était un récit purement symbolique, évoquant aux yeux des premiers chrétiens l'évangélisation de la Samarie par les apôtres. Les cinq maris représenteraient, outre le Dieu d'Israël vénéré sur le mont Garizim, les divinités païennes importées de Babylonie dont les Samaritains avaient dressé les autels sur les collines environnantes. C'est une interprétation qui a de solides fondements (voir 2 R 17,24-41), et qui correspond bien au génie littéraire de saint Jean, dont les récits se prêtent à une double lecture, littérale et spirituelle. Mais saint Jean n'a rien d'un gnostique, pour qui le fait historique se dilue dans le symbolique, le temps dans l'éternité. Bien au contraire, c'est parce que l'éternel s'est incarné dans le temporel que l'évangéliste voit dans chaque événement historique vécu par Jésus une dimension symbolique qui lui donne une valeur spirituelle universelle : Jésus s'est vraiment assis au bord du puits de Jacob, fatigué de la route. La Samaritaine est vraiment entrée en conversation avec le Christ, elle a vraiment révélé le Christ à ses compatriotes. Mais l'évangéliste voit dans cette rencontre une signification qui s'étend à tous les peuples et à tous les temps : la venue du monde païen vers le Christ et sa conversion à la foi.

Dès lors, la parole de Jésus : « Va chercher ton mari », prend une signification symbolique profondément religieuse. Elle s'adresse, à travers cette femme, à un peuple syncrétiste qui vénère à la fois le Dieu d'Israël et les divinités païennes, un peuple dont la foi est largement contaminée par l'idolâtrie : « En cela, tu dis vrai : tu as eu cinq maris et celui que tu as maintenant n'est pas ton mari. » Jésus fait ici une allusion tout à fait transparente à l'appel que le prophète Osée faisait au peuple d'Israël, qui louchait lui aussi vers les Baals, dieux des récoltes, du sexe et du pouvoir, et mettait en eux son espoir de bonheur. Le premier, Osée compare l'amour jaloux de

Yahvé pour son peuple à celui d'un époux, l'Époux d'Israël, qui cherche à retrouver la fraîcheur de l'amour premier de sa fiancée : « C'est pourquoi je vais la séduire, je la conduirai au désert, et je parlerai à son cœur. Là, elle répondra comme aux jours de sa jeunesse, comme aux jours où elle montait du pays d'Égypte. En ces jours-là, tu ne m'appelleras plus "Mon Baal", mais tu m'appelleras "Mon Mari"... Et tu diras : "Je veux retourner à mon premier mari, car j'étais plus heureuse autrefois qu'aujourd'hui" » (Os 2,16).

Voilà ce que veut insinuer saint Jean par ce récit. Il voit que la conversion des peuples à l'unique Époux, l'Époux de l'Église, et, à travers elle, de l'humanité tout entière, est inséparable de la conversion de chaque personne humaine, dans la singularité de sa vie, à l'unique amour qui, au bord du puits, entre en conversation avec elle et lui promet l'eau vive. C'est pourquoi il nous est permis de nous identifier à cette femme, à sa démarche et à ses paroles, et d'y trouver une profonde résonance spirituelle pour aujourd'hui. « L' heure vient, dit Jésus, où ce n'est ni sur cette montagne ni à Jérusalem que vous adorerez le Père. L' heure vient, elle est là, où les vrais adorateurs adoreront le Père en esprit et en vérité. » À cette femme qui, décidément, pose bien des questions, se laisse entraîner de sommets en sommets et affirme que le Messie, quand il viendra, expliquera tout, Jésus dit alors : « Je le suis, moi qui te parle ! »

Jésus resta deux jours chez les Samaritains, qui l'avaient pressé de demeurer chez eux. Et au terme de son séjour, ils dirent à la femme : « Ce n'est plus seulement à cause de tes dires que nous croyons, nous l'avons entendu nous-mêmes, et nous savons qu'il est vraiment le Sauveur du monde. » On ne saurait mieux exprimer le chemin de la foi. La foi naît de l'écoute de la Parole de Dieu, transmise par l'Église, mais elle ne s'accomplit réellement que le jour où, à travers cette Parole, le croyant entend le Christ lui-même lui parler sans intermédiaire, au fond du cœur. Alors peut se nouer cette conversation intime, que saint Ignace appelait le colloque, ce cœur-à-cœur, comme d'un ami avec son ami ou d'un serviteur avec son Seigneur : ce dialogue où nous faisons la vérité sur notre vie, avec celui dont nous savons qu'il nous aime.

Le centurion ou la foi d'un païen

Nous voici de nouveau à Capharnaüm, centre de l'activité de Jésus en Galilée. Ville frontière, cosmopolite, située sur la rive nord du lac, elle est aussi une cité marchande prospère et fière de l'être. Mais, toute proche, sur la rive gauche, une autre ville se dresse, construite par Hérode Antipas, le tétrarque de Galilée. Il lui a donné le nom de Tibériade pour flatter l'empereur de Rome. Elle est le siège politique du petit royaume. Aussi, une garnison veille sur l'ordre public à Capharnaüm.

Jésus entra dans la ville. Et voici qu'un centurion, un officier ayant cent soldats sous ses ordres, vint trouver Jésus en le suppliant : « Seigneur, mon serviteur gît dans ma maison, atteint de paralysie et souffrant atrocement » (Mt 8,5). Saint Luc, bien renseigné, corrige le récit de Matthieu en le complétant. Ce centurion, qui est un subalterne d'Hérode, n'est pas nécessairement romain, mais il est certainement païen. Et les Juifs ne peuvent entrer dans la maison des incirconcis. Aussi, remarque Luc, ce centurion a envoyé à Jésus une petite ambassade de notables. C'est qu'il est sympathisant du judaïsme. Il ressemblait à un autre centurion, le Corneille du livre des *Actes*, qui était « pieux, craignait Dieu ainsi que toute sa maison et faisait de larges aumônes au peuple juif » (Ac 10,1). Il était allé plus loin encore. Les notables le font valoir à Jésus : « Il mérite que tu guérisses son serviteur, car il aime notre nation. C'est lui qui nous a bâti la synagogue » (Lc 7,5).

Ce centurion est donc bien plus qu'un sympathisant. C'est un croyant, un homme de foi qui, sans appartenir au peuple d'Israël, connaît la loi de Dieu et la pratique autant qu'il est permis à un non-Juif. C'est de plus un homme profondément humble et conscient de son indignité. Au point que, ayant appris que Jésus s'approchait de sa maison, il lui envoie une seconde ambassade pour lui dire : « Seigneur, ne te dérange pas davantage, car je ne mérite pas que tu entres sous mon toit – aussi bien ne me suis-je pas trouvé digne de venir te trouver –, mais dis un mot et mon serviteur sera guéri. » Il est ainsi le premier de ces croyants qui ne mettront jamais les pieds dans une église, mais qui demandent à leurs amis pratiquants de prier pour eux ! L' humilité et la foi extraordinaires de cet homme sont telles que le souvenir de ses paroles s'est transmis dans les premières générations chrétiennes, qui les ont incluses dans la liturgie eucharistique avant la communion : « Seigneur, je ne suis pas digne de te recevoir, mais dis seulement une parole et mon âme sera guérie. »

Ce n'est pas tout. Pour exprimer sa confiance dans la puissance et la bonté de Jésus, le centurion va utiliser une comparaison tirée de sa propre expérience, comme s'il voulait argumenter lui-même avec Jésus pour le convaincre d'agir à distance. Il sait ce que parler veut dire, lui, l'officier. Les ordres de l'empereur ou du tétrarque franchissent terre et mer sans perdre de leur efficacité. Lui-même est obéi au doigt et à l'œil. Combien plus

Jésus, le prophète, l'ami de Dieu, dont la parole est plus efficace encore, dont l'autorité est plus qu'humaine, jaillissant d'une source créatrice. Il savait, ses amis lui avaient raconté… La parole de Jésus chassait les démons, guérissait les malades. Elle mouvait les volontés, elle affermissait les pieds chancelants. Il guérissait tous ceux qui croyaient en lui, en les délivrant de la paralysie la plus intime. Et le cœur des hommes en était si profondément renouvelé que cette force de guérison se propageait, par osmose, de proche en proche, dans tous les replis de l'âme et jusque dans les corps : « Une force sortait de lui qui les guérissait tous ! »

Non, pas tous, il le savait aussi. Car certains scribes venus de Jérusalem disaient par jalousie que c'était par le Prince des démons qu'il expulsait les démons. D'autres, comme les gens de Nazareth, sa patrie, ne voyaient en lui que le fils de Joseph. Mais lui, le païen, l'officier, le subalterne d'Hérode, l'appelait « Seigneur » et déclarait publiquement sa foi : « Dis seulement une parole… Car moi qui ne suis qu'un subalterne, j'ai sous mes ordres des soldats et je dis à l'un : Va ! et il va, et à un autre : Viens ! et il vient, et à mon serviteur : Fais ceci ! et il le fait. » Combien plus, toi, le Seigneur !

Jésus fut dans l'admiration et dit à ceux qui le suivaient : « En vérité, je vous le dis, chez personne je n'ai trouvé pareille foi en Israël. » Jésus se compare lui-même à ce négociant en quête de perles fines de la parabole qui, en ayant trouvé une de grand prix, est ravi de joie (Mt 13,45). Il cherche la foi, il la suscite, l'éduque, la forme patiemment chez ses disciples, et s'étonne de leur lenteur à croire. Il ne la trouve pas chez ses compatriotes de Nazareth, mais il la trouve, admirable, chez un païen. Et il s'exclame : « En vérité, je vous le dis, beaucoup viendront du Levant et du Couchant prendre place au festin avec Abraham, Isaac et Jacob dans le Royaume des cieux, tandis que les fils du Royaume – les héritiers naturels de la promesse – seront jetés dehors dans les ténèbres. »

Jésus lui fit dire : « Qu'il t'advienne selon ta foi ! » Et de retour à la maison, les envoyés trouvèrent le serviteur en parfaite santé. Avec ce centurion, Jésus voyait venir à lui les croyants de toutes les nations qui sont sous le ciel, ceux-là qui, dès le jour de la Pentecôte, commenceront à s'agréger au petit troupeau des disciples. Il devançait un autre centurion qui, voyant comment Jésus était mort, proclamera : « Celui-ci était vraiment fils de Dieu ! » Et un autre encore, le centurion Corneille qui, à Joppé, crut à la parole de Pierre et reçut l'effusion de l'Esprit. Ainsi, le centurion de Capharnaüm représente bien plus que lui. Il est la figure de tous ces hommes de bonne volonté qui n'ont pas les mots pour s'adresser à Dieu, ou qui, pour de multiples raisons, n'iront jamais jusqu'aux sacrements de la foi, mais qui sont proches du Royaume de Dieu. Proches par la foi, au sens élémentaire, au sens premier de ce mot, c'est-à-dire par la confiance en la vie et en la source d'où elle émane, mais aussi fragiles devant l'épreuve, quand la peur ou la détresse semblent tout submerger, et qui ont alors besoin de la parole décisive d'un autre, une parole de lumière, d'encouragement et de réconfort pour passer le cap. Ils ont besoin, nous avons tous alors besoin, d'un passeur, pour continuer de faire confiance. Tel est le « passeur de Galilée », selon l'expression du P. Christoph Theobald, qui suscite la foi, la fortifie et la confirme : « Qu'il t'advienne selon ta foi ! » : « Parole paradoxale qui, tout en suscitant ou ressuscitant la foi d'autrui, avoue *en même temps* que celle-ci est déjà à l'œuvre en lui par sa manière de s'adresser à autrui[1]. » Telle est la foi que Jésus nous transmet et nous appelle à transmettre à notre tour, chacun selon sa grâce. Car telles sont les présences contagieuses qui font des miracles.

1. Chr. Theobald, « La Foi au Christ, transmettre l'intransmissible ? », conférence prononcée dans le cadre des Semaines sociales de France 2005.

Une femme de grande foi

Une foule nombreuse le suivait et l'écrasait. Jésus accompagnait Jaïre, le chef de la synagogue, pour imposer les mains à sa petite fille qui était à toute extrémité, quand survint une femme. Le récit de saint Marc est pris sur le vif. Certainement, il l'a entendu raconter maintes fois par Simon-Pierre, dont il fut le compagnon à Rome. Voici donc qu'une femme, qui souffrait d'hémorragies depuis douze ans, vint par-derrière dans la foule et toucha son vêtement. La remarque de Luc, « ce cher médecin » comme l'appelle saint Paul, est piquante : « Elle avait dépensé tout son avoir en médecins et personne n'avait pu la guérir » (8,43). Elle se glisse donc dans la foule, incognito, elle qui perdait son sang et que la maladie rendait légalement impure, au point qu'il lui était interdit de se mêler aux gens et plus encore d'approcher le prophète.

Mais qui donc l'aurait remarquée ? Cette multitude venue de Judée aussi bien que du littoral de Tyr et de Sidon, les villes païennes, n'avait d'yeux et d'oreilles que pour le maître, le guérisseur : « Toute la foule cherchait à le toucher, parce qu'une force sortait de lui et les guérissait tous. » Et les gens, insiste saint Marc, le serraient à l'étouffer. Peu à peu, elle se faufile, profitant du mouvement pour gagner des places, n'ayant cure de la bousculade. Elle se disait : « Si j'arrive à toucher au moins ses vêtements, je serai sauvée ! » Et de proche en proche, elle parvint à toucher la frange de son vêtement. À l'instant son hémorragie s'arrêta et elle ressentit dans son corps qu'elle était guérie.

L'histoire aurait pu s'arrêter là : celle d'une femme qui vole sa guérison comme on vole un baiser. Mais en fait, c'est alors que tout commence. « Aussitôt, Jésus s'aperçut qu'une force était sortie de lui. Il se retourna au milieu de la foule et dit : "Qui a touché mes vêtements ?" » On imagine facilement la scène : la foule qui s'arrête, interdite, Jaïre impatient, les disciples étonnés, et cette femme, tout à coup découverte, au beau milieu. Jésus cherche la foi, et lorsqu'il la trouve, il l'admire et la montre en exemple : Qui m'a touché par la foi ? Jésus a conscience de cette force qui rayonne de sa personne, cette énergie spirituelle qui restaure ceux et celles qui s'ouvrent à lui, mais reste sans effet devant les cœurs fermés. « À Nazareth, il ne fit pas beaucoup de miracles, note saint Matthieu, parce qu'ils ne croyaient pas. » Mais ici, il a senti la foi de cette femme et la force qui sortait de lui pour se communiquer à elle jusque dans son corps.

Car elle a une foi à déplacer les montagnes. Toute sa démarche le manifeste, si différente, par exemple, de celle du père de l'épileptique disant à Jésus : « Si tu peux quelque chose, viens à notre secours, par pitié pour nous. » Cette foi de l'hémorroïsse inspira à saint Augustin un admirable commentaire : « Croire, dit-il, c'est toucher par le cœur. Cette femme qui a touché la frange du manteau de Jésus, elle l'a touchée par le cœur, car elle a cru. Quelqu'un m'a touché, dit le Seigneur ; elle m'a touché, elle a cru en moi… La foule le presse, mais la foi le touche. Croyez en lui de manière à le toucher. Touchez-le de manière à vous attacher à lui. Attachez-vous à lui de manière à n'en être jamais séparé. »

De fait, ses disciples lui disaient : « Tu vois la foule qui te presse et tu demandes : Qui m'a touché ? » Comme Jésus lui-même va le manifester, il y a une grande différence entre l'enthousiasme collectif, un peu fusionnel, un peu magique, d'une foule galvanisée par un leader religieux, et la démarche discrète, si personnelle, si confiante, de cette femme de grande foi. Jésus ne récuse pas l'élan de la foule, mais il veut lui montrer le chemin qui va de l'émotion religieuse à la foi personnelle.

« Alors la femme, craintive et tremblante, sachant ce qui lui était arrivé, vint se jeter à ses pieds et lui dit toute la vérité. » Voilà jusqu'où l'a conduite l'accueil du Christ qui, après s'être retourné dans la foule pour la chercher des yeux, la fit sortir de l'anonymat. Car sa foi, pour grande qu'elle fût, devait encore être professée publiquement pour s'accomplir pleinement. Alors, ayant exprimé, dans une confiance qui va jusqu'au bout, toute son histoire malheureuse et sa folle espérance, elle se trouva non seulement guérie, mais sauvée. Sauvée de l'exclusion et du malheur, par une relation vivante, une confession de louange « devant tout le peuple ». Et Jésus lui dit : « Ma fille, ta foi t'a sauvée ; va en paix et sois guérie de ton mal. »

Étonnante remarque que celle d'Augustin sur la foi qui touche. La foi a des yeux, nous le savons. Elle fait voir l'invisible, comme le dit de Moïse l'*Épître aux Hébreux* : « Comme s'il voyait l'invisible, il tint ferme »

(11,27). Elle a aussi des oreilles, puisque c'est par l'écoute de la Parole que nous parvenons à la foi. Mais plus encore, peut-être, elle sent, elle touche. Nous disons souvent que nous avons été « touchés » par une parole de l'Écriture, un geste, une démarche du Christ, qu'ils éveillent en nous un sentiment de joie, de paix, d'amour ou de contrition. Mais en retour, la foi vive reçoit de l'Esprit Saint le don, la capacité de toucher le Christ, comme on touche le pain eucharistique que l'on reçoit au creux de sa main, comme Thomas a touché le Verbe de vie, Jésus ressuscité : « Avance ton doigt ici, à la place des clous, cesse d'être incrédule et deviens un homme de foi. » C'est ainsi que la tradition chrétienne a développé l'exercice spirituel de la prière qu'on appelle l'« application des sens ». Nos sens spirituels nous font alors participer de quelque façon à ce qu'ont vécu les apôtres eux-mêmes : « Ce que nous avons entendu, ce que nous avons vu de nos yeux, ce que nos mains ont touché du Verbe de vie, nous vous l'annonçons, afin que vous aussi, vous soyez en communion avec nous » (1 Jn 1,1).

Jaïre et sa fille

Jaïre, un chef de synagogue, un notable estimé ! Tout le monde savait sa petite fille, son unique, gravement malade. Et l'on n'a pas de mal à imaginer combien l'entourage, bouleversé par ce drame, soutenait cette famille croyante et généreuse de sa compassion et de son dévouement. Mourir à douze ans ! Ce père angoissé ne vivait plus. Entendant au loin le bruit de la foule rassemblée autour de Jésus, alors que celui-ci venait à nouveau de débarquer, il court, fend la foule, et, sans égards pour son propre personnage, tombe à ses pieds et le supplie : « Ma petite fille est à toute extrémité, viens lui imposer les mains pour qu'elle soit sauvée et qu'elle vive » (Mc 5,23). Et Jésus partit avec lui.

Que d'obstacles à franchir pour la foi de Jaïre ! L'évangéliste Marc semble n'avoir composé son récit que pour les accumuler. C'est d'abord la foule, qui sollicite l'attention de Jésus. Va-t-il prêter attention à la détresse de Jaïre, accepter de le suivre, alors que tout le monde s'accroche à lui ? À peine en chemin, c'est cette femme malade d'un flux de sang qui vient en cachette toucher son manteau par-derrière : « Qui a touché mes vêtements ? » Les disciples s'interposent, la femme se jette à ses pieds, la foule s'arrête, interdite. On oublie Jaïre !

Jésus est tout entier présent à cette fille d'Israël, comme s'il n'y avait plus qu'elle : « Ma fille, ta foi t'a sauvée. » Là-dessus arrivent des gens de l'entourage du chef de synagogue, qui lui disent sans ménagement : « Ta fille est morte, pourquoi déranges-tu encore le Maître ? » Terrible épreuve, bien faite pour ruiner toute son espérance.

Mais c'est là que le récit rebondit. Jésus a entendu, il a perçu le désarroi de cet homme accablé et vient à son secours : « Sois sans crainte ; aie seulement la foi ! » Extraordinaire parole, qui vient rejoindre ce père tout au fond de sa détresse, pour soutenir la petite flamme de sa foi si éprouvée. Jésus ne lui demande pas des choses extraordinaires, mais seulement de croire, de croire avec insistance et jusqu'au bout : « Aie seulement la foi ! » Et il marche avec lui, à travers sa peur, écartant les obstacles accumulés : les porteurs de mauvaises nouvelles, les moqueries des pleureuses et jusqu'à la réalité de la mort. « Ne pleurez pas, elle n'est pas morte, mais elle dort. Et ils se moquaient de lui, sachant bien qu'elle était morte. » Nous voilà au cœur du récit, le plus vivant peut-être, le plus émouvant de tout l'évangile de Marc. « Arrivé à la maison, il ne laissa personne entrer avec lui, si ce n'est Pierre, Jacques et Jean (les trois qu'il prendra avec lui à la Transfiguration, puis à l'Agonie), ainsi que le père et la mère de l'enfant. » Et, prenant sa main (comme il prendra la main de Pierre sur les eaux), il l'appela : « *Talitha koum* ! Aussitôt la fillette se leva et elle marchait, car elle avait douze ans. » Et il dit de lui donner à manger.

« *Talitha koum*, petite fille, lève-toi » On peut aussi traduire : réveille-toi ! C'est, en araméen, le mot de la résurrection, repris par les premières communautés chrétiennes dans l'hymne pascale : « Éveille-toi, ô toi qui dors, relève-toi d'entre les morts, et le Christ t'illuminera ! » L'hymne que l'on chantait lors du baptême des catéchumènes, en reprenant les mots mêmes de Jésus.

C'est pourquoi ce récit, tel que l'ont compris les premières générations chrétiennes, est l'expression de l'itinéraire du croyant, jusqu'à sa renaissance. Que d'obstacles ne doit-il pas franchir, lui aussi, jusqu'à pouvoir entendre, de ses oreilles intérieures, la parole que le Christ adresse à l'enfant de Dieu qui sommeille en lui, cet enfant qui ne peut naître qu'« appelé » par le Seigneur de la vie ? Obstacle de la foule, de l'agitation et du divertissement qui étouffent le désir de Dieu sous le conformisme ambiant. Obstacle du découragement, attisé par le sarcasme des railleurs. Cet obstacle-là, Thérèse de Lisieux elle-même l'éprouva au cœur de sa nuit, alors que toute jouissance de la foi lui était enlevée. C'était le temps du brouillard et de l'absence : « La pensée du ciel, si douce pour moi, n'est plus qu'un sujet de combat et de tourment, écrit-elle. […] Il me semble que les ténèbres, empruntant la voix des pécheurs, me disent en se moquant de moi : tu rêves la lumière, une patrie embaumée des plus suaves parfums, tu rêves la possession éternelle du Créateur de toutes ces merveilles, tu crois sortir un jour des brouillards qui t'environnent ! Avance, avance, réjouis-toi de la mort qui te donnera, non ce que tu espères, mais une nuit plus profonde encore, la nuit du néant. » Et pourtant, dans ce combat intime où elle se conduit « en brave », elle s'efforce, privée de la clarté de la foi, d'en faire au moins les œuvres : « Je crois, dit-elle, avoir fait plus d'actes de foi depuis un an que pendant toute ma vie. »

Le dernier obstacle, plus rude encore peut-être que celui de Thérèse qui, au cœur des ténèbres, se souvenait des grâces qu'elle avait reçues, c'est celui de la mort, la mort de l'enfant qui sommeille si profondément en soi que l'on n'espère plus rien. C'est la tentation de la désespérance, l'arme suprême du Malin. Cette tentation suprême, Ignace de Loyola l'a éprouvée à Manrèse, quand, rongé par la culpabilité, il pensait à se tuer. Charles de Foucauld l'a évoquée, se souvenant de l'époque qui a précédé sa conversion, ces permissions militaires durant lesquelles, à Paris, il organisait des fêtes mondaines qui lui laissaient dans le cœur un vide douloureux et une tristesse infinie : « Je m'éloignais de plus en plus de vous, mon Seigneur et ma vie, et aussi ma vie commençait à être une mort, ou plutôt c'était déjà une mort à vos yeux [...]. Vous me donniez cette inquiétude vague d'une conscience mauvaise, qui, tout endormie qu'elle est, n'est pas tout à fait morte [...]. Mon Dieu, c'était donc un don de vous. Comme j'étais loin de m'en douter [...]. Oh ! mon Dieu, comme vous aviez la main sur moi, et comme je la sentais peu. »

Chacun doit ainsi faire le pèlerinage intérieur de la foi, pour rejoindre la parole du Seigneur qui l'appelle à la vraie vie. Pèlerinage qui va de la zone superficielle de notre personnalité jusqu'au fond de notre cœur. Car c'est là que Dieu parle, c'est là que, à son écoute, naît le désir de se mettre en chemin. Pour y parvenir, que d'obstacles, en effet, ne faut-il pas franchir ! Quitter le personnage social, le rempart protecteur que chacun se construit pour se grandir à ses propres yeux ; puis le poids du regard des autres, des incompréhensions et parfois même de la dérision ; enfin le découragement, qui est l'arme du Malin. « Si vous ne devenez comme des petits enfants, dit Jésus, vous n'entrerez jamais dans le Royaume de

Dieu. » Mais sur ce chemin, il nous accompagne : « Ne crains pas, aie seulement la foi ! »

Aie seulement la foi, dit le Seigneur. Et au terme de ce pèlerinage intérieur jusqu'au fond ténébreux du cœur, c'est l'éclair de l'éveil qui illumine la nuit, c'est la main qui se tend : *Talitha koum* ! Découverte joyeuse que l'homme ne se suffit pas, qu'il n'a pas en lui la source de la vie et le secret de la joie, mais qu'il peut la recevoir à chaque instant de la main miséricordieuse du Père, dans la merveilleuse confiance de l'enfant qui découvre son origine et l'amour qui l'engendre.

La veuve de Naïn et son fils

Après un père et sa fille, voici une mère et son fils. Le récit est propre à Luc. La scène se passe à Naïn, petite ville située au sud du mont Thabor dans la riche plaine d'Yizréel. Aux portes de la ville, deux cortèges se croisent : les disciples et une foule nombreuse arrivent avec Jésus, tandis que l'on portait en terre un mort, le fils unique d'une veuve, accompagnée d'une foule considérable de gens de la ville (Lc 7,11). Deux cortèges, deux regards se croisent, et Jésus est remué jusqu'aux entrailles par la détresse de cette mère : « Ne pleure pas ! », lui dit-il. Alors, il touche le cercueil et les porteurs s'arrêtent : « Jeune homme, je te l'ordonne, lève-toi ! » Et celui-ci de se dresser sur son séant et de se mettre à parler. Puis Jésus le remet à sa mère.

Un récit bref, saisissant, dont le seul motif est de montrer la compassion de Jésus et son pouvoir sur la mort. C'est pourquoi Luc, dans son récit, nomme Jésus du titre de Seigneur : « En la voyant, le Seigneur fut pris de pitié pour elle et lui dit : Ne pleure plus. » Celui qui, par sa résurrection, sera fait par Dieu Seigneur et Christ (Ac 2,36) anticipe en quelque sorte sa glorification en manifestant son pouvoir sur la mort. Ce que rapporteront les envoyés de Jean-Baptiste, venus aussitôt, depuis sa prison, demander à Jésus : « Es-tu celui qui doit venir ou devons-nous en attendre un autre ? » Un Jean-Baptiste étonné de voir Jésus réaliser une figure du Messie bien différente de celle qu'il attendait. Jésus leur répondit : « Allez dire à Jean-Baptiste ce que vous avez vu et entendu : les aveugles voient, les boiteux marchent, les lépreux sont guéris, les sourds entendent, les morts ressuscitent, la bonne nouvelle est annoncée aux pauvres. » Voilà ce qu'avait dit le prophète Isaïe pour annoncer la consolation d'Israël, voilà ce qu'avait préfiguré le prophète Élie en rendant la vie au fils de la veuve de Sarepta (1 R 17,23).

Mais la résurrection de ce fils était encore, aux yeux des croyants, comme elle le demeure aujourd'hui, la figure de leur baptême, et sa mère, la figure de l'Église : « Jeune homme, je te le dis, lève-toi ! » Ce verbe, se lever ou se réveiller, a été utilisé dès l'origine de l'Église pour exprimer à la fois la résurrection des morts et la nouvelle naissance opérée par le baptême : « Réveille-toi, lève-toi d'entre les morts et le Christ t'illuminera, et ta bouche s'ouvrira pour annoncer sa louange ! » On pense au jeune Augustin, lavé dans les larmes de sa mère, sainte Monique, avant d'être plongé dans l'eau du baptême. Ce fils qu'elle voyait s'éloigner de la foi chrétienne, égaré par les passions et fasciné par la sagesse païenne, elle ne cessait de prier pour lui et d'offrir ses pleurs au Seigneur pour sa conversion, au point que son évêque finit par lui dire : « Aussi vrai que tu vis, il est impossible que périsse le fils de larmes comme les tiennes. »

N'est-ce pas dans les douleurs de l'enfantement que le Christ et l'Église, l'Époux et l'Épouse, nous engendrent selon l'Esprit à la vie filiale ? Et n'est-ce pas par ces mêmes douleurs que tant de mères, aujourd'hui, implorent la toute-puissance de Jésus, le Fils aîné, pour leurs enfants ?

Regardons maintenant l'image, qui se présente comme une bande dessinée. Elle nous montre comment le P. Jérôme Nadal, l'auteur des *Annotations et Méditations sur les évangiles*, se servait des images, à la fin du XVIe siècle, pour aider à méditer les scènes de l'évangile. Sous la lettre A, au loin, Capharnaüm, au bord du lac, là où Jésus avait guéri le serviteur du centurion et d'où il vint à Naïn. Puis, en B, la ville de Naïn entourée de ses remparts, d'où sortent le cortège funéraire et, en C, la mère affligée. Au centre, en D, Jésus qui la voit et la réconforte : « Ne pleure pas ! » Il touche le cercueil, les porteurs s'arrêtent, les gens se retournent. Alors il dit : « Jeune homme, je te l'ordonne, lève-toi ! » Ce miracle le rendit célèbre dans tout le pays, et Jean-Baptiste en fut informé au fond de sa prison, une prison que l'on devine à l'horizon sous la lettre E, dans la forteresse d'Hérode située au-dessus de la mer Morte. Il en prit occasion pour envoyer des disciples demander à Jésus : « Es-tu celui qui doit venir ? » Jésus répondit qu'ils aillent dire à Jean ce qu'ils avaient vu et entendu, selon la prophétie. Invitation qui s'adresse aussi à celui qui contemple l'évangile, qui regarde, qui écoute et tire profit pour lui-même. Ce que Jésus, le Seigneur, confirme en ajoutant : « Je vous le dis : de plus grand, parmi les enfants des femmes, il n'y en a pas ; et cependant, le plus petit dans le Royaume de Dieu est plus grand que lui. »

La pécheresse en dette d'amour

La scène se passe dans la maison du pharisien Simon, qui avait invité Jésus chez lui. Jésus entra et se mit à table. Et voici qu'une femme, une « pécheresse de la ville », ayant appris qu'il était chez Simon, apporta un vase de parfum. Se plaçant tout en pleurs derrière le lit où Jésus se trouvait étendu selon l'usage des repas solennels, elle se mit à lui arroser les pieds de ses larmes. Elle les essuyait de ses cheveux, les couvrait de baisers et les oignait de parfum (Lc 7,36).

La mise en scène est parfaite. Devant l'irruption insolite de cette femme qui s'exprime sans mot dire par ses gestes, Simon se parle à lui-même, et Jésus prend la parole à son tour pour révéler ce qui se passe. Un même geste, deux paroles, trois regards qui se croisent, si différents.

Cette femme, toute la ville la connaît. C'est une pécheresse. À son passage, les yeux s'allument de convoitise ou se détournent de mépris. On ne la regarde que pour la désirer ou pour la condamner : « Si cet homme était prophète, il saurait qui est cette femme qui le touche », se dit Simon en lui-même. N'est-il pas vrai que ses gestes, manifestement audacieux, voire ambigus, prêtent aux interprétations ? Simon a choisi la pire. Mais Jésus voit autrement. Comme l'a écrit le P. Jacques Guillet au sujet de la chasteté de Jésus : « Il la regarde mettre à ses pieds tout ce qu'elle utilisait si bien pour séduire, ses larmes, ses cheveux, son parfum. À ce geste si profondément féminin, le Christ est lui-même profondément sensible et ne cache pas son émotion et son admiration, mais il en livre aussitôt le secret miraculeux de pureté. Il n'y a plus ici de femme faite pour séduire, ni d'homme triomphant fier de laisser éclater sa victoire. Il y a un cœur perdu qui, d'un seul coup, a su aller jusqu'au bout de l'amour, et un cœur assez chaste pour avoir su le reconnaître, l'atteindre et le libérer[1]. »

Le secret de ce geste, Jésus le révèle à Simon par une parabole : « Simon, j'ai quelque chose à te dire. » Une parabole qui, apparemment à distance de l'événement, va permettre à notre hôte de raisonner juste : « Un créancier avait deux débiteurs. L'un lui devait cinq cents pièces d'argent, l'autre cinquante. Comme ils n'avaient pas de quoi rembourser, il fit grâce de leur dette à tous les deux. Lequel des deux l'aimera le plus ? » Et Simon de répondre : « Je pense que c'est celui auquel il a fait grâce de la plus grande dette. »

C'est alors par comparaison que Jésus fait apparaître le secret de cette femme et la réhabilite aux yeux de tous : « Tu vois cette femme ? dit-il à Simon. Je suis entré dans ta maison : tu ne m'as pas versé d'eau sur les pieds, mais elle, elle a baigné mes pieds de ses larmes et les a essuyés avec ses cheveux… Aussi, je te le déclare : si elle a montré beaucoup d'amour, c'est parce que ses péchés, ses nombreux péchés lui ont été remis. Mais celui à qui on remet peu montre peu d'amour. » L'inten-

1. Revue *Christus*, « Affectivité et vie spirituelle », hors-série n° 168.

tion qui l'a conduite à manifester tant d'amour, c'est la reconnaissance, c'est une folle gratitude. À Simon aussi, Dieu fit grâce de ses dettes, mais il avait peu à se faire pardonner. C'est pourquoi il montrait peu de gratitude, car il s'estimait juste, et ne voyait en Jésus qu'un hôte qu'il voulait honorer, un homme qu'on disait prophète, mais que lui, dans son for intérieur, n'avait pas tardé à réduire au rang de ses semblables.

Ce que Jésus révèle à Simon, c'est la secrète suffisance d'une conscience qui n'a de comptes à rendre à personne. Le pire des maux, disait Péguy, c'est une âme habituée, qui ne mouille pas à la grâce, et moins encore à la gratitude. « Car les pires détresses, les pires bassesses, les turpitudes et les crimes, le péché même sont souvent des défauts dans l'armure de l'homme, les défauts de la cuirasse par où la grâce peut pénétrer dans la cuirasse de la dureté de l'homme. Mais sur cette inorganique cuirasse de l'habitude tout glisse et tout glaive est émoussé[1]. » Et Simon le pharisien faisait partie de ces honnêtes gens qui n'ont point de défaut eux-mêmes dans l'armure, qui ne présentent point cette entrée dans la grâce qu'est précisément le péché. Parce qu'ils n'ont rien à se faire pardonner, on ne leur donne rien. Ou plutôt, si, on leur donne autant qu'aux autres, puisque celui qui fait briller son soleil éclaire autant les bons que les méchants. Mais ils ne voient pas que le soleil et la pluie sont une bénédiction, ils ne demandent pas qu'on les aime, mais seulement qu'on les traite selon leur justice, d'égal à égal en quelque sorte, quitte à demander des comptes à leur Créateur, puisqu'il leur semble tout naturel d'être au monde et de respirer, d'avoir la santé et de réussir dans

1. Ch. Péguy, *Note conjointe sur M. Descartes*, *Œuvres en prose*, vol. 1, Paris, Gallimard, coll. « Bibliothèque de la Pléiade », 1957.

la vie. « Parce qu'ils ne manquent de rien, on ne leur apporte rien. La charité même de Dieu ne panse point celui qui n'a pas de plaies. »

Mais cette femme au cœur perdu manquait de tout, et d'abord d'amitié vraie, de dignité et de considération. Et dans le regard de Jésus, elle a croisé l'amour de Dieu. Un converti revenu de loin, après des années de vagabondage mondain, raconte comment il a peu à peu pris conscience qu'il était aimé de Dieu. Les tentations et les drames de l'accomplissement personnel ne l'avaient pas vacciné contre un cruel manque d'amour. Ce fut la longue remontée de l'abîme, les résistances intimes, la rencontre d'un vieux prêtre auquel il se confia, puis, un dimanche, le retour à l'église qu'il avait abandonnée trente ans durant. Au moment du signe de paix, quand le prêtre invita les fidèles à échanger un geste d'amitié, ce fut l'effroi et la paralysie à l'idée de serrer la main de son voisin. « Et puis, j'ai été bouleversé par son visage. Une espèce d'étincelle. Ce qu'il y a d'extraordinaire dans l'homme, c'est qu'on voit furtivement la présence de Dieu dans un visage. J'ai alors pensé que ce minuscule contact était la première phase des réactions en chaîne qui mènent au Royaume et à la transformation de l'être et du monde. J'ai alors changé ma vie. » Lui aussi, il sortit en pleurant. Mais c'était de joie.

Pour cette femme, la présence de Dieu dans le visage de Jésus n'était pas furtive. Telle est la grâce du Christ, tel est le pouvoir de son regard, d'atteindre ce point secret, caché au fond de l'âme, ce point demeuré intact et vierge, à partir duquel tout peut recommencer. Dès lors, elle ne fit plus le compte de ses fautes, mais seulement le compte de ses dettes, devenues par la grâce du Christ des dettes d'amour.

L'infirme qui n'avait personne

Il y avait à Jérusalem, près de la porte nord du Temple, appelée la porte des Brebis, une piscine dite « probatique ». C'était un bassin dans lequel on purifiait les brebis destinées aux sacrifices. Les invalides se rassemblaient au bord de cette piscine dont les eaux avaient des propriétés curatives reconnues. Ils attendaient le bouillonnement de l'eau pour s'y jeter. Car, disait-on joliment, selon une tradition qui avait acclimaté à la foi d'Israël ce vieux sanctuaire païen de guérison, « l'Ange du Seigneur se lavait par moments dans la piscine et agitait l'eau ; et le premier à y entrer alors recouvrait la santé, quel que fût son mal » (Jn 5).

Cette piscine, retrouvée par les archéologues sous les ruines, se présentait comme un rectangle de cent vingt mètres de long sur soixante-dix de large et pouvait avoir huit mètres de profondeur. Elle était entourée de quatre portiques, et un cinquième la partageait en son milieu, confirmant ainsi le récit de saint Jean qui nous parle d'une piscine à cinq portiques : un monument, en vérité, dont la description nous permet d'imaginer cette multitude d'infirmes, aveugles, boiteux, impotents dont nous parle l'évangéliste, qui s'entassaient sur le bord en attendant le bouillonnement de l'eau ! Image de notre humanité malade, en quête de guérison, à laquelle Jésus vient se mêler.

Or, il y avait là un homme infirme depuis trente-huit ans. « Jésus, le voyant étendu et apprenant qu'il était dans cet état depuis longtemps déjà, lui dit : "Veux-tu guérir ?" » Étrange question, en vérité ! Qui donc, dans cet état, ne désirerait recouvrer la santé ? Mais la santé n'est pas seulement physique. Elle concerne toute la personne dans ses dimensions organiques, psychiques et spirituelles, que l'on doit sans doute distinguer, mais que l'anthropologie biblique ne sépare pas. À quoi bon recouvrer la santé du corps si l'on n'a pas le goût de vivre ? Et à quoi bon vivre sans but et sans amour ? La langue espagnole le dit bien, qui n'a qu'un seul vocable, *salud*, pour désigner la santé et le salut. Nos contemporains sont devenus sensibles à cette unité de la personne humaine. Et nous savons d'expérience qu'il n'est pas si facile de vouloir réellement guérir de certaines blessures intimes qui ont des retentissements jusque dans notre corps : quand la bouche ne peut dire, c'est le corps qui parle ! Guérir d'une vieille amertume ou d'un ressentiment qui nous empêche de trouver la joie ou de pardonner du fond du cœur, comme nous y invite l'évangile, n'est pas une petite aventure. Nous y tenons parfois si fort, à ces ressentiments, pour des « bénéfices secondaires » dont nous avons peu conscience, que nous les alimentons de souvenirs et de pensées qui troublent la paix du cœur. Peut-être est-ce envers Dieu lui-même, son Créateur, que cet infirme entretenait des sentiments négatifs, en subissant sa maladie comme une injustice de la Providence. Sentiment d'être séparé de Dieu, oublié, sans espérance, sans amour. Désolation que l'on n'est pas toujours disposé à combattre résolument.

Veux-tu guérir ? La question de Jésus touche l'infirme en ce point sensible où la santé de la personne a une dimension spirituelle : Veux-tu lutter contre ce mal secret qui empoisonne ta vie ? Ce vieux repli du cœur qui t'enferme dans la solitude, ronge ta conscience et débilite ta volonté ? Veux-tu te lever, t'offrir à la puissance divine de résurrection et prendre ton grabat ? Veux-tu vraiment poser les actes qui sont en ton pouvoir, ce moment quotidien de silence et de recul qui permet d'examiner ta vie, ce geste de réconciliation, cette vigilance sur l'huile de ta lampe ? Petits pas quotidiens qui expriment la confiance en Dieu, et sans lesquels celui-ci demeure impuissant à agir.

L' infirme lui répondit : « Seigneur, je n'ai personne pour me jeter dans la piscine quand l'eau vient à être agitée ; et le temps que j'y aille, un autre y descend avant moi. » Je n'ai personne ! Dans ce monde de compétition que figure si bien l'image de la piscine de Béthesda, grouillante de gens qui attendent la solution magique, et qui se précipitent, chacun pour soi, pour passer en premier, cet homme n'a personne qui pense à lui, personne à qui parler. Personne, comme tant d'êtres abandonnés, comme ces détenus de nos prisons qui, du jour au lendemain et souvent pour longtemps, perdent leurs proches, leurs biens et leur travail. Je n'ai personne, à moins d'avoir de l'argent pour payer l'avocat ou le spécialiste…

C'est justement devant cet homme que Jésus s'arrête, devant celui qui n'a personne et qui depuis si longtemps a perdu tout espoir, à force de voir se détourner de lui les passants. Jésus ne lui demande pas quelle est sa faute. Touché de compassion, il s'approche de lui. Chacun n'a-t-il pas un nom inscrit dans le cœur de Dieu ? Chacun n'est-il pas remis à l'attention de ses frères humains, cette attention fraternelle par laquelle la Providence divine veut s'exercer ?

« Lève-toi, lui dit Jésus, prends ton grabat et marche. » Et aussitôt l'homme recouvra la santé : il prit son grabat et il marchait. Mais Jésus, en bon Samaritain, s'était fondu dans la foule. C'était le jour du sabbat, et les Juifs firent grief à cet homme de porter son grabat : c'est le sabbat ! Après cela, Jésus le rencontra dans le Temple, et il lui dit : « Te voilà guéri. Ne pèche plus désormais, de peur qu'il ne t'arrive pire encore. » Et l'homme s'en alla dire aux Juifs que c'était Jésus qui lui avait rendu la santé. C'est pourquoi ils le persécutaient, parce qu'il faisait ces choses-là le jour du sabbat. Mais Jésus leur répondit : « Mon Père agit sans cesse, et moi aussi, j'agis. » Il agit sans cesse et le montre à ses disciples, pour leur signifier qu'il veut agir avec eux, et qu'après sa résurrection il agira à travers eux jusqu'aux extrémités de la terre, et dans nos hôpitaux, dans nos prisons et nos camps de réfugiés, afin qu'aucun être humain ne puisse désespérer en murmurant : Je n'ai personne !

Hérode, ce renard

Ayant appris que Jean-Baptiste avait été livré, Jésus se retira en Galilée, et dès lors il se mit à prêcher le Royaume de Dieu. Saint Luc, voulant ainsi indiquer le passage de l'Ancien au Nouveau Testament, rapporte les faits de façon laconique : « Hérode le Tétrarque, que Jean-Baptiste reprenait au sujet d'Hérodiade, la femme de son frère, et pour tous les méfaits qu'il avait commis, ajouta encore celui-ci à tous les autres : il fit enfermer Jean en prison » (3,19). Un autre récit, celui du grand historien juif presque contemporain des faits, Flavius Josèphe, éclaire l'événement. Après avoir fait l'éloge de Jean, homme juste qui exhortait les Juifs à pratiquer la vertu, il ajoute : « Le peuple se groupait autour de lui et presque tout le monde était saisi par ses discours : Hérode craignit donc qu'il ne se servît d'un tel ascendant pour entraîner les gens à quelque sédition. » Ainsi, Hérode redoute que le succès de Jean ne nuise à sa carrière politique. Il avait, en effet, le projet de restaurer à son profit la royauté de son père sur toute la Palestine.

Mais le conflit qui oppose ce personnage ombrageux à Jean ne se réduit pas à son ambition. Hérode est à la fois troublé et attiré par Jean-Baptiste, comme il le sera par Jésus. Il le redoutait et le protégeait à la fois, l'écoutant avec plaisir et perplexité, dit saint Marc, qui rapporte ainsi l'arrestation : « C'était lui, Hérode, qui avait envoyé arrêter Jean et l'enchaîner en prison, à cause d'Hérodiade, la femme de Philippe son frère, qu'il avait épousée. Car Jean disait à Hérode : Il ne t'est pas permis d'avoir la femme de ton frère ! Quant à Hérodiade, elle était acharnée contre lui et voulait le tuer, mais elle ne le pouvait pas, parce qu'Hérode craignait Jean, sachant qu'il était un homme juste et saint, et il le protégeait » (6,17).

Étrange famille que celle des Hérode, où les intrigues amoureuses ne cédaient qu'aux rivalités d'ambition. Les Hérode étaient des Transjordaniens d'Idumée, qui régnaient, sous protectorat romain, sur de petits royaumes. Quatre d'entre eux sont mentionnés dans le Nouveau Testament. Hérode le Grand, dont le royaume s'étendit sur la Judée, la Samarie et la Galilée, régna sur toute la Palestine de 37 à 4 avant notre ère. C'est lui qui, apprenant la naissance de Jésus, fit massacrer les Saints Innocents[1]. Sous son règne fut entreprise la reconstruction du Temple de Jérusalem, qui sera achevée en l'an 60, et dont les disciples admiraient les pierres (Mc 13,1). Il eut quatre fils, dont Hérode Antipas, notre Hérode, Tétrarque de Galilée au temps de la vie publique de Jean-Baptiste et de Jésus, le royaume de son père ayant été divisé à sa mort entre ses quatre fils. Antipas avait donc plusieurs frères ou demi-frères, dont Aristobule, père d'Hérode Agrippa et d'Hérodiade, et Jules Hérode (appelé Philippe dans l'Évangile), qui épousa Hérodiade.

Une ambitieuse que cette Hérodiade, petite-fille d'Hérode le Grand, tante de Bérénice, la fille de son frère

1. Jésus était né six ans avant l'ère chrétienne, par suite de l'erreur du calendrier fixé par le moine Denys le Petit au VIe siècle.

Agrippa et la future amante de Titus. Jules Hérode, son mari, était un personnage falot et sans avenir. Aussi le quitta-t-elle pour Antipas. Celui-ci rêvait d'un grand avenir. N'envisageait-il pas d'aller plaider à Rome l'élargissement de son pouvoir sur toute la Palestine – une imprudence qui lui vaudra plus tard d'être exilé en Gaule par Tibère ? Ainsi, Hérodiade se voyait déjà reine !

C'est alors qu'intervient Jean-Baptiste, le dernier des prophètes, libre et intransigeant jusque dans sa prison, pour dénoncer les violations de la Loi divine. Face à la corruption de la cour d'Hérode, il est le témoin de la sainteté de Dieu, refusant toute concession à l'esprit du monde et affirmant devant les princes qu'aucune puissance terrestre n'est soustraite au jugement divin. Jean clame la justice de Dieu. Jésus révélera sa miséricorde. Mais Jésus rendra hommage à Jean, venu, dit-il, dans la puissance d'Élie, ce prophète qui devait revenir pour tout remettre en ordre et préparer au Christ un peuple droit. Jean-Baptiste réalisera la figure du prophète Élie en étant jusqu'au bout fidèle à sa vocation propre, qui est de dénoncer le mal. La mission de Jésus sera de pardonner. Mais elle aura été préparée par celle de Jean. Car si le péché n'est pas d'abord dénoncé et reconnu, il n'a pas besoin d'être pardonné. La figure de Jean-Baptiste incarne en quelque sorte une dimension permanente de l'évangile, celle du jugement, dont Jésus manifestera par sa miséricorde qu'il est le jugement de l'Amour, non l'indulgence complice, mais l'Amour qui pardonne et qui restaure en prenant sur lui la faute, suscitant chez l'offenseur le mouvement de la conversion.

Jusque dans les fers, Jean poursuit donc Hérode de ses reproches, un Hérode au cœur double, à la fois séduit et perplexe, prêtant l'oreille au Baptiste tout en louvoyant entre ses ambitions et ses amours. « Ce renard », dira Jésus, lui-même menacé, et qu'Hérode traitera avec mépris au cours de la Passion (Lc 23,6-12). Hérode pourrait cependant poursuivre ses visées politiques sans Hérodiade, et celle-ci le presse. C'est pourquoi Jean-Baptiste est pour elle plus dangereux qu'il ne l'est pour Hérode : il est l'obstacle qu'il faut supprimer à tout prix. Car Jean la poursuit à travers Hérode, et elle se sent visée, menacée dans ses desseins, rejointe par les reproches du prophète, comme autrefois Achab, le roi qui avait fait égorger Nabot pour s'emparer de sa vigne, s'était trouvé rejoint par le prophète Élie : « Tu m'as donc trouvé, ô mon ennemi ! » (1R 21,20). L' opposition est radicale entre deux royaumes, deux esprits, incarnés par ces deux personnages : c'est elle ou c'est lui ! Elle le hait, elle cherche à l'abattre, mais Hérode le protège…

Cependant, voici qu'une occasion se présente : l'anniversaire d'Hérode, le banquet donné à ses dignitaires, la danse de Salomé, le serment du prince… On connaît la suite (Mc 6,17-29). « Que vais-je demander ? » dit la fille à sa mère. « La tête de Jean-Baptiste », répondit celle-ci. Hérode préféra consentir au meurtre plutôt que de perdre la face.

Si le Royaume de Dieu n'était qu'une affaire de piété, une affaire qui ne concerne que les convictions intimes et la vie privée, il ne dérangerait personne. Mais à partir du moment où le Royaume de Dieu prétend changer quelque chose au cours du monde, interroger les mœurs et les ambitions, transformer les relations sociales pour qu'elles répondent davantage au dessein de Dieu sur l'humanité, alors on voit se réveiller la puissance du mal, le Mystère d'iniquité tapi au sein des passions humaines.

Dans l'évangile, Jean-Baptiste en est la première victime, préfigurant par sa mort celle de Jésus.

Par la suite, en l'an 41, Hérode Agrippa I, neveu d'Antipas, restaura à son profit le royaume de Palestine après diverses intrigues à Rome. C'est lui qui fit décapiter l'apôtre Jacques et mit Pierre en prison (Ac 12,2). Et c'est son fils, Hérode Agrippa II, qui, en l'an 60, aux côtés de sa sœur Bérénice et en présence du grand prêtre et du gouverneur romain, jugea Paul à Césarée (Ac 25,15). Et ce petit-neveu d'Hérode conclut la plaidoirie de Paul en se moquant : « Encore un peu, et tu vas faire de moi un chrétien ! »

La femme aux miettes

À plusieurs reprises, l'évangile signale que Jésus se retirait à l'écart. Assailli par la foule, il se retire dans la montagne pour prier, ou dans un lieu désert, ou même en terre païenne. Mais chaque fois, l'événement le rattrape. C'est le possédé de Gerasa qui l'interpelle au-delà du lac ; c'est la foule qui le poursuit en suivant la rive. Cette fois, il s'était retiré en Syro-Phénicie, région de Tyr et de Sidon, la Saïda d'aujourd'hui dans le sud du Liban. Il ne voulait pas que quiconque le sût, mais il ne put rester ignoré.

Voici qu'une femme, une Cananéenne, une païenne, ayant appris qu'il était là, dans une maison, se précipita. Elle avait entendu parler de lui, et le suppliait de délivrer sa fille d'un esprit impur. Elle criait : « Seigneur, fils de David, ma fille est fort tourmentée par un démon » (Mt 15,21). Fils de David, c'est-à-dire le Messie, le Christ de Dieu annoncé par les prophètes, l'expression même de la foi.

Par trois fois, elle se trouve rebutée. C'est d'abord par le silence de Jésus : « Pas un mot ! » Mais elle, de crier de plus belle : « Fils de David, viens à mon secours ! » Au point que les disciples en ont les oreilles cassées :

« Fais-lui grâce, lui disent-ils, car elle nous poursuit de ses cris. » Mais à l'insistance des disciples, Jésus réplique : « Je n'ai été envoyé qu'aux brebis perdues de la maison d'Israël. » Ne le savaient-ils pas, eux à qui il avait dit, lors de leur premier envoi en mission : « Ne prenez pas le chemin des païens. Allez plutôt vers les brebis perdues de la maison d'Israël » (Mt 10,5) ? N'est-ce pas à eux d'abord, les héritiers de l'élection et des promesses, que le salut doit être annoncé ? Mais la femme, sans se décourager, se tenait prosternée devant lui en le suppliant : « Seigneur, viens à mon secours ! » Alors Jésus, inflexible, lui répond : « Il ne faut pas prendre le pain des enfants pour le jeter aux petits chiens. » L' expression était traditionnelle chez les Juifs, qui considéraient les païens comme des chiens. Jésus la reprend pour justifier son refus, mais avec une forme diminutive qui atténue ce qu'elle pouvait avoir de méprisant, soulignant plutôt par cette image le caractère familier de la présence des petits chiens autour de la table familiale. Comme s'il voulait lui tendre une perche.

« C'est vrai, Seigneur, reprend-elle, mais justement les petits chiens mangent les miettes qui tombent de la table de leurs maîtres ! » Elle a trouvé la faille, reprenant l'image à son avantage, cette païenne dont la douleur et les larmes n'ont pas émoussé l'intelligence de la situation. Elle supplie, elle insiste, elle argumente, sans céder un pouce de terrain devant celui qui, déjà, l'a laissée venir jusqu'à lui. Elle ne s'appuie ni sur sa misère, comme les dix lépreux, ni sur son indignité, comme le centurion, mais sur la générosité de Dieu, magnanime et débordante, dont elle pressent qu'il ne fait pas de différence entre les personnes. Déjà, elle a deviné que le salut était pour tous, quelle que soit leur condition, et que Jésus n'était pas homme à s'arc-bouter sur les principes, mais plutôt à anticiper ce qu'il réaliserait par sa Passion. Il était venu abattre le mur de séparation entre Juifs et païens, manifester à quel point Dieu était sensible et vulnérable aux cris de la détresse humaine, lorsqu'elle s'exprime avec une telle confiance.

Alors Jésus lui répondit : « Ô femme, grande est ta foi ! Qu'il t'advienne selon ton désir ! » Elle retourna dans sa maison, paisible et pleine d'assurance, et trouva l'enfant étendue sur son lit et le démon parti (Mc 7,30).

Les disciples sont là, qui entendent, s'étonnent, partagent l'admiration de Jésus. C'est un trait de l'évangile : Jésus souligne aux yeux des siens la foi des païens. « Beaucoup, leur dit-il, viendront du Levant et du Couchant s'asseoir avec Abraham à la table du festin dans le Royaume des Cieux » (Mt 8,11). Il excite ainsi, selon le mot de saint Paul, leur jalousie (Rm 11,11), pour que leur propre foi grandisse jusqu'à pouvoir s'exprimer par une profession claire et ferme : « Tu es le Christ, le fils du Dieu vivant », et qu'elle les rende ainsi capables de le suivre jusqu'au bout.

Mais cette foi elle-même, si elle suppose les dispositions du cœur et de l'intelligence, « l'obéissance de la foi » dira Paul, est aussi un don de Dieu qu'il faut demander. C'est la grande leçon de ce récit : « Demandez, on vous donnera ; cherchez, vous trouverez ; frappez, et l'on vous ouvrira. » Chacun connaît la parabole de l'ami qui se laisse fléchir, une parabole si semblable à l'histoire de la Cananéenne qu'elle semble avoir été inspirée à Jésus par l'attitude de cette femme : « Si l'un de vous a un ami et qu'il aille le trouver au milieu de la nuit pour lui dire : "Mon ami, prête-moi trois pains, parce qu'un de mes amis m'est arrivé de voyage et je n'ai rien à lui offrir", et si l'autre, de l'intérieur, lui répond : "Ne m'ennuie pas ! Maintenant la porte est fermée ; mes enfants et moi nous sommes couchés ; je ne puis me lever pour te donner du pain", je vous le déclare : même s'il ne se lève pas pour lui en donner parce qu'il est son ami, eh ! bien, parce que l'autre est sans vergogne, il se lèvera pour lui donner tout ce qu'il lui faut » (Lc 11,5).

Dieu est bien plus que votre ami, dit Jésus, il est votre Père. « Combien plus alors le Père céleste donnera-t-il l'Esprit Saint à ceux qui le lui demandent. » L' Esprit Saint, le don par excellence. Voilà la pointe, voilà l'objet même de la prière, auquel nous prêtons peu d'attention, tant nos demandes sont intéressées. La prière répétée, insistante, prolongée à travers le silence de Dieu ne serait-elle pas justement le chemin qui nous fait découvrir notre vrai désir, tellement plus intime, plus essentiel que nos demandes avides de biens matériels ou de réussites humaines ? « Ton désir, c'est ta prière », disait saint Augustin. Tant que tu désires, tu pries. Mais si tu cesses de désirer, ta prière s'arrête. « Priez sans cesse », dit encore l'évangile, ne cessez pas de désirer les dons de l'Esprit sans lesquels vos pensées, vos paroles et vos actions sont froides et dispersées, mais avec lesquels elles deviennent ferventes, efficaces et unifiées. Demandez avec insistance, et même avec impudence.

C'est sans doute la raison pour laquelle Jésus ne voulait pas passer pour un guérisseur, un faiseur de miracles qui vient combler nos manques et nos besoins, que l'on peut à son gré utiliser à des fins intéressées. Après la multiplication des pains, Jésus s'enfuit dans la montagne ; à Nazareth il ne fit aucun miracle ; en pays païens il se retire sous vouloir être reconnu. Car ils n'avaient pas la foi, mais seulement la croyance en sa capacité de faire des prodiges. Or, il n'était pas venu pour faire des prodiges, mais pour nous donner des signes, les signes d'une autre réalité qui vient, invisible aux yeux de la convoitise humaine, celle du Royaume dont l'Esprit est l'artisan.

Et c'est pourquoi Jésus dit : « Si vous, tout mauvais que vous êtes, savez être bons pour vos enfants quand ils vous demandent du pain, combien plus votre Père céleste donnera-t-il l'Esprit à ceux qui le lui demandent. » C'est donc pour obtenir l'Esprit Saint que Jésus invite ses disciples à insister, à argumenter avec Dieu. Demandez, vous recevrez ; frappez, on vous ouvrira. Et Jésus de louer la persévérance de cette païenne qui le poursuit de ses cris et qui, lorsqu'il l'écoute enfin, se met à discuter avec lui comme pour le persuader de son bon droit. N'a-t-on pas des droits sur celui dont on se sait aimé ? C'est même le seul droit que l'on ait sur Dieu, un crédit d'amour.

Le sourd-bègue : « Ouvre-toi ! »

Comment louer le Créateur si l'on n'entend pas le chant des oiseaux ? Et comment accomplir sa volonté si l'on est sourd à sa parole ? Jésus, dans l'évangile, nous est présenté d'emblée comme celui qui entend la voix de son Père des Cieux et qui s'en nourrit sans cesse : « Tu es mon Fils bien-aimé, tu fais toute ma joie » (Mc 1,11). Et il n'a de cesse que ses disciples entrent dans sa louange et son service. Ruysbroeck, le grand mystique flamand, disait que la louange est l'occupation la meilleure d'un cœur qui aime. Elle est tellement conforme à la nature humaine, ajoutait-il, que ceux qui n'auront pas appris à louer sur la terre resteront éternellement muets. C'est pourquoi Jésus fait entendre les sourds et parler les muets (Mc 7,31-37).

L'évangéliste Marc, qui a accompagné Paul en Asie Mineure et Pierre jusqu'à Rome, en collaborant à la naissance des premières communautés chrétiennes, a gardé ce mot que Jésus avait adressé lui-même en araméen au sourd-bègue : « *Epphatha* », « Ouvre-toi ! », une expression reprise dans la liturgie du baptême. Voici qu'on lui amenait un sourd-bègue, qui était païen – les païens étaient considérés comme ceux qui ne rendent pas gloire à Dieu –, et on le priait de lui imposer les mains : « Le prenant hors de la foule, à part, il lui mit ses doigts dans les oreilles et avec sa salive lui toucha la langue. Puis, levant les yeux au ciel, il poussa un gémissement et lui dit : *Epphatha*, c'est-à-dire : Ouvre-toi ! Et ses oreilles s'ouvrirent et aussitôt le lien de sa langue se dénoua et il parlait correctement. » Un geste qui reprend celui du Créateur aux jours de la Genèse, une parole d'accouchement, un gémissement, expression que reprendra saint Paul au sujet de la création : « Toute la création jusqu'à ce jour gémit en travail d'enfantement, elle aspire à la révélation des fils de Dieu » (Rm 8,22).

Nous ne savons rien de plus de cet homme, sinon qu'il ne mit pas sa langue dans sa poche : plus Jésus lui recommandait de ne dire la chose à personne, de plus belle il la proclamait, tant il était au comble de l'admiration : « Il a bien fait toutes choses ! » Et si nous avons peu de détails au sujet de cet homme, c'est parce que l'évangéliste a fait de cette guérison le symbole de l'ouverture du cœur opérée par le Christ au baptême.

Ce n'est pas la foi qui a conduit, comme tant d'autres, le sourd-bègue à Jésus. Ce sont ses amis, comme encore aujourd'hui ceux qui accompagnent les catéchumènes vers le baptême. Comment l'aurait-il pu, ce sourd, puisque la foi naît de l'écoute : « Comment croire au Seigneur, remarque saint Paul, sans d'abord l'entendre ? » (Rm 10,14). Telle est bien la caractéristique de la religion d'Israël depuis Abraham, le père de la foi. Elle n'est pas la religion de la nature ou des forces cosmiques, ni des astres, ni des esprits. Elle est la religion de la Parole. Dieu parle, et l'homme écoute. Il parle dès le commencement, à travers sa création, puis de bien des façons par les prophètes, qui réveillent la conscience d'Israël à l'occasion des événements heureux ou malheureux de son histoire, enfin il nous a parlé par son Fils, le Verbe fait chair. Il appelle à l'existence, il invite à l'Alliance, et l'homme écoute : « Chaque matin, il éveille mon cœur pour que j'écoute comme un disciple le Dieu qui m'ouvre l'oreille », dit le prophète Isaïe (50,4). Et Jésus lui-même, s'appliquant le mot du psalmiste, dira : « Tu m'as ouvert l'oreille, aussi j'ai dit : Voici, je viens, pour faire, ô Dieu, ta volonté » (Ps 40,7). L'*Épître aux Hébreux*, mettant ce verset dans la bouche du Christ, citera la traduction grecque de l'Ancien Testament, qu'on appelle la *Septante*, pour l'appliquer à son incarnation : « Entrant dans le monde, le Christ dit : "Tu n'as voulu ni sacrifice, ni oblation, mais tu m'as façonné un corps… Alors j'ai dit : voici, je viens, pour faire ta volonté" » (He 10,5).

Cette capacité d'écouter Dieu lui parler est tellement fondamentale qu'elle exprime, dans la tradition biblique, la nature de l'homme. Ce qui définit l'homme, à la différence du reste des créatures, c'est qu'il est capable de comprendre que son Créateur et Seigneur s'adresse à lui, qu'il l'invite à entrer avec lui dans une histoire sainte, une alliance d'amour. Mais l'homme, dès qu'il a pris conscience de sa liberté, a préféré écouter une autre voix, celle de l'Adversaire, et se faire centre, plutôt que d'entrer en relation de louange et de service : « Ah, si tu m'écoutais, je détruirais tes adversaires ! dit Yahvé. Mais mon Peuple n'a pas compris mes chemins. » Aussi va-t-il, à travers l'épreuve de l'Exil, rééduquer son peuple, comparé à une amante infidèle, comme un amant déçu qui jamais ne se décourage : « C'est pourquoi je vais la séduire, la conduire au désert et parler à son cœur. Et là, elle répondra comme aux jours de sa jeunesse » (Os 2,16).

Ainsi, par une sorte de handicap spirituel, un refus originel qui détourne l'homme de son orientation première, faite de confiance et de gratitude, tout être humain est sourd et muet de naissance. Il faut que le Christ, Verbe fait chair, vienne refaire le geste créateur avec ses doigts et sa salive, pour ouvrir son oreille et délier sa langue, afin qu'il puisse à nouveau entendre son Créateur et le louer, comprendre ses semblables et entrer avec eux en communion fraternelle. Un acte créateur qui ne va pas sans la collaboration de l'homme à sa rééducation, comme l'a compris la tradition chrétienne. Ainsi, saint Benoît, patron de l'Europe, en un temps où l'évangélisation du monde païen ne faisait que commencer : « Écoute, ô mon fils, les leçons de ton maître, incline l'oreille de ton cœur, accueille les avis d'un tendre Père et mets-les en pratique, afin de retourner grâce au labeur de l'obéissance, à celui dont tu t'étais détourné par la lâcheté de la désobéissance » (*Règle de saint Benoît*, 1).

L'évangile parle sans cesse de cette « obéissance » (mot qui vient du latin *obedire* : écouter), de ce labeur, pour ne pas dire labourage, de la terre humaine, qu'il faut défricher, retourner, sarcler, pour qu'elle puisse accueillir la semence de la Parole de Dieu et porter du fruit : « Heureux celui qui écoute la parole de Dieu et la met en pratique », dit Jésus. C'est la béatitude qui fut celle de la Vierge Marie : « Heureuse es-tu, toi qui as cru à la parole qui t'a été annoncée de la part du Seigneur ! » Alors, Marie se mit à chanter son *Magnificat*.

Il est facile de parler, de bavarder pour ne rien dire, ou même de déblatérer. C'est comme une démangeaison à laquelle on ne cède que trop. La langue, dit saint Jacques dans son *Épître*, est un fléau sans repos, un feu qui peut enflammer la création. Par elle, nous pouvons bénir le

Seigneur, mais aussi maudire les hommes faits à l'image de Dieu. Il en est autrement de celui qui, maîtrisant sa langue, écoute avant de parler. Ce qui se passe dans nos rapports humains se réalise aussi dans notre relation à Dieu. Car c'est l'écoute qui ouvre les yeux de la foi. Celui qui écoute la Parole de Dieu et la met en pratique fait la vérité dans sa vie et vient à la lumière. Il peut alors louer Dieu. Comme l'a fort bien expliqué saint Bernard : « L'oreille s'ouvre la première à la vie parce qu'elle fut la première porte de la mort ; l'ouïe qui troubla notre vue doit lui rendre sa clarté, car si nous ne commencions par croire, nous ne comprendrions pas. Il faut donc que la foi clarifie l'œil pour qu'il voie Dieu[1]. »

En ouvrant les oreilles du sourd, Jésus annonçait ce qu'il ferait une fois ressuscité par la puissance de son Esprit. Le jour de Pâques, il ouvrit l'esprit des disciples à l'intelligence des Écritures, et leur cœur devenait tout brûlant au-dedans d'eux. Et par la grâce de son Esprit, il ne cesse d'ouvrir les cœurs qui méditent en silence pour les conduire vers la vérité tout entière.

1. Saint Bernard, *Commentaire du Cantique*, 28,5 ; ce texte est cité plus longuement dans le troisième portrait du présent ouvrage, consacré aux bergers.

Pierre sur les eaux

C'est un roc, comme ces blocs de granite tout d'une pièce sur lesquels on bâtit les maisons paysannes dans les Cévennes. « Tu t'appelleras Pierre », lui dit Jésus, lors de leur première rencontre sur les bords du Jourdain, quand André lui amena son frère. Mais pour qu'il devienne pierre de fondation, que d'aventures, d'enthousiasmes et de désillusions ! Il y faudra toute la délicatesse de Jésus, sa divine patience et son singulier génie de formateur, l'engagement total de sa personne. Il est toujours le premier, Simon, fils de Jean, le premier à offrir sa barque ou sa maison, à parler au nom des autres, à protester de sa bonne foi, à marcher sur les eaux ou à prendre l'épée : un tempérament de feu. Un peu présomptueux, certes, mais tellement vrai, tellement direct, sans aucun détour. Le jeune homme riche, trop riche, s'en va-t-il tout triste ? Pierre, aussitôt, de s'écrier : « Eh bien ! Nous, nous avons tout laissé pour te suivre. Quelle sera donc notre part ? » (Mt 19,27).

Le grand tournant de son histoire, c'est sa profession de foi, qui est aussi la charnière du récit évangélique (Mt 16,13-23). Jusque-là, les apôtres étaient les témoins du ministère de Jésus. Il les avait appelés pour qu'ils soient avec lui, et aussi pour les envoyer une première fois en mission, comme en « expériment ». Ils l'avaient vu guérir les malades, chasser les démons, ils l'avaient entendu annoncer la Bonne Nouvelle aux pauvres, enseigner longuement les foules. Jésus leur avait fait toucher du doigt toute la souffrance du monde, et son active compassion. Et ils avaient cru en lui, sans pouvoir encore le nommer. Qui était-il donc, celui-là à qui le vent et la mer obéissent ? Alors, Jésus les emmena à l'écart, dans la région de Césarée de Philippe, près des sources du Jourdain, et il leur demanda : « Que disent les gens du Fils de l'homme ? » Ils répondirent : Les uns disent qu'il est Jean le Baptiste revenu à la vie, les autres Élie, Jérémie, ou l'un des prophètes. « Et vous, leur dit Jésus, qui dites-vous que je suis ? » La grande question, la question de leur vie, celle de l'identité dernière de celui pour qui ils avaient tout quitté. « Tu es le Christ, lui dit Simon, le fils du Dieu vivant. » Alors Jésus lui déclara : « Tu es heureux, Simon, fils de Jean. Car ce n'est pas la chair et le sang qui t'ont révélé cela, mais mon Père qui est aux cieux. Et moi, je te le déclare : Tu es Pierre, et sur cette pierre je bâtirai mon Église… » Moment d'une intensité spirituelle sans comparaison que cette déclaration mutuelle, où Simon et Jésus se donnent l'un à l'autre leur vrai nom, tel qu'il est inscrit dans les cieux !

À partir de ce moment, précise l'évangile, Jésus commença à montrer aux disciples que lui, le Messie, le Christ de Dieu, devait entrer dans son Règne par des souffrances et des humiliations, être rejeté et mourir de la main des hommes pour ressusciter le troisième jour. Cela, Simon-Pierre ne pouvait l'accepter. C'était proprement impensable : « À Dieu ne plaise, lui dit-il, cela ne t'arrivera pas. » Mais Jésus lui répliqua : « Arrière, passe derrière moi, Satan, tu m'es une occasion de chute, car tes pensées ne sont pas celles de Dieu mais celles des hommes. » Ces mots, ces paroles nous sont si connus qu'ils ont perdu, à nos oreilles, leur force première : ta voix, lui dit Jésus, est la voix du Tentateur ! Celle qui, après son baptême par Jean-Baptiste, lors de sa retraite au désert, cherchait déjà à insinuer qu'il pourrait vaincre le mal et instaurer le Royaume de Dieu par les moyens humains de la considération, du succès et du pouvoir.

Ainsi, au cours de cette rencontre aussi heureuse que dramatique, Jésus montrait à Simon-Pierre qu'il était habité par deux pensées contradictoires, l'une de Dieu et l'autre du Malin, la première suscitée par l'Esprit Saint, et la seconde par l'esprit mauvais. Deux pensées qui sollicitaient son propre esprit, et dont les contradictions seraient le lieu de son combat. À partir de ce moment, en effet, Jésus prit résolument le chemin de Jérusalem et, au gré des circonstances et des rencontres, il ne cessa d'éduquer ses disciples au discernement spirituel des pensées qui les agitaient. Difficile changement d'esprit, pour Pierre ! C'est à travers lumières et obscurités, élans de ferveur et incompréhensions qu'il allait devenir le roc de la foi. Si bien qu'il nous est possible, après coup, et en suivant les indications des évangélistes, de repérer trois moments clés de sa conversion, des moments qui éclairent le cheminement de tout disciple du Christ.

La première conversion de Simon commence le jour de son appel. Après avoir enseigné les foules massées sur le rivage depuis la barque de Simon, Jésus lui dit : « Avance en eau profonde et jetez vos filets pour attraper du poisson » (Lc 5). Le récit est bien connu : devant la quantité de poissons qu'ils capturèrent ce jour-là, après une nuit infructueuse, Simon réalisa que la parole de Jésus, à laquelle il avait fait confiance, est bien plus que parole d'homme. Il eut peur, comme jadis Isaïe dans le

Sanctuaire, saisi d'effroi devant la manifestation de la présence divine : « Malheur à moi, je suis perdu ! car je suis un homme aux lèvres impures, et j'habite au sein d'un peuple aux lèvres impures, et mes yeux ont vu le Roi, Yahvé Sabaot » (Is 6,5). Tout à coup, devant Jésus, le Saint, le familier de Dieu, Simon prit conscience de son indignité : « Éloigne-toi de moi, Seigneur, car je suis un pécheur. » Mais Jésus lui dit : « Ne crains pas, désormais ce seront des hommes que tu prendras. » Et laissant là ses filets, il le suivit, ainsi que son frère André.

À sa suite, il apprit à devenir un homme pour les autres, à se désarmer de la volonté d'avoir raison, à corriger son caractère emporté et sa propension à se croire meilleur que les autres, il apprit à se mettre au service de tous ceux qui allaient et venaient autour de Jésus, avec toute sa générosité, son tempérament de leader et ses dons d'organisation. Au point de ne plus avoir la disposition de sa vie, ni parfois même le temps de manger ou de respirer. Toute la passion, la compétence et l'énergie qu'il mettait dans l'exercice de son métier d'homme, voilà qu'il les consacrait désormais avec enthousiasme à la cause du Christ. Simon, un homme engagé, un militant ! Jésus le rendait sensible à la détresse du monde, il lui montrait les paralytiques, les lépreux, les opprimés, tous ces gens qui errent en quête de vérité et de reconnaissance, et aussi l'hypocrisie, l'amour de l'argent, la volonté de puissance qui corrompent le cœur de l'homme et le maintiennent dans l'illusion de sa suffisance. Et il devenait témoin de sa compassion, de sa puissance de guérison, de ses paroles qui avaient la force de mettre les gens debout et de leur insuffler l'espérance. Non, vraiment, jamais homme n'avait parlé comme cet homme ! Jésus lui faisait confiance et lui avait promis les clés du Royaume des Cieux. Simon-Pierre en était profondément touché, il se sentait heureux d'être un bon serviteur du Royaume. Et il s'attachait à sa personne de tout son cœur, de toute son âme et de toutes ses forces. Du moins, il le croyait sincèrement. Il se disait même qu'il pourrait prendre sa défense, le cas échéant, et le protéger de ses ennemis. Telle fut sa première conversion.

Mais à mesure que Jésus montait à Jérusalem et leur parlait du « baptême » qu'il devait recevoir en traversant la mort, quelque chose résistait en lui, une sorte d'incompréhension, comme une menace diffuse. Et quand Jésus, au cours du dernier repas, prit le tablier du serviteur et s'agenouilla devant lui, il se rebiffa : « Non, jamais tu ne me laveras les pieds ! » Jésus savait, mais Pierre ne savait pas, ne comprenait pas encore ce que son Seigneur et Maître était en train de faire : « Si je ne te lave pas les pieds, tu ne pourras pas avoir part avec moi. » Avoir part avec lui, à sa mission, à son règne, c'était son désir le plus intime, pour lequel il avait tout sacrifié. Mais c'était l'heure des ténèbres : « Simon, Simon, Satan vous a réclamés pour vous secouer dans un crible comme on le fait pour le blé. Mais moi, j'ai prié pour toi, afin que ta foi ne défaille pas. Et toi, quand tu seras revenu, affermis tes frères » (Lc 22,31).

Quand la troupe envoyée par les grands prêtres vint de nuit dans le jardin de Gethsémani, avec des épées et des bâtons, pour arrêter Jésus, celui-ci se livra librement. Mais Pierre ne put que sortir son épée, dans un geste ridiculement déplacé. Déjà, il était dépassé, perdu. « Pierre suivait de loin », et, dans la cour du palais du grand prêtre, où il s'introduisit pour voir comment cela finirait, il renia son Maître par trois fois, jurant avec des imprécations qu'il ne connaissait pas cet homme. À mesure que le Christ prenait le visage du « Serviteur souffrant » qu'avait prophétisé le prophète Isaïe, qu'il était menotté, moqué, insulté, livré aux pires avanies, Simon-Pierre ne le reconnaissait plus. Tout vacillait dans son esprit et dans son cœur. Et là, près du feu que les gardes avaient allumé pour se tenir au chaud, le mot inquisiteur d'une servante suffit pour le faire chavirer : « Toi aussi, tu en es, et d'ailleurs ton accent galiléen te trahit ! » Pierre sombra. Le coq chanta. « Et le Seigneur, se retournant, posa son regard sur Pierre » (Lc 22,61). Et Pierre se rappela la parole du Seigneur qui lui avait dit : « Cette nuit même, avant que le coq chante, tu m'auras renié trois fois. »

Ce sont les larmes de Pierre qui le sauvèrent. Larmes amères, mais combien douces ! Au bord du désespoir, dans la tempête intérieure qui menaçait de l'engloutir, il accepta le regard de Jésus et il se laissa saisir. Lui qui voulait sauver Jésus acceptait d'être sauvé du naufrage par la main que lui tendait son Seigneur : « Seigneur, sauve-moi ! » C'était le cri de la foi, non plus seulement la foi qui professe, mais la foi qui s'abandonne, la foi en celui dont le cœur était plus grand que son propre cœur : « Il m'a aimé et s'est livré pour moi », pourra-t-il dire, comme saint Paul. En se laissant regarder par le Christ dans cet état, il comprit qu'il était à la fois connu et aimé, tel qu'il était. Il n'avait plus besoin de jouer les premiers rôles pour se faire valoir, de se construire une bonne image de lui-même. Le cœur broyé, il consentait à sa faiblesse, à son incapacité de suivre le Christ, son Seigneur, jusqu'au bout. Il apprenait l'humilité. Telle fut la deuxième conversion de Simon-Pierre.

La troisième se fit au bord du lac, après la résurrection de Jésus, alors que le soleil se levait. C'est Jean qui nous rapporte le fait, à la fin de son évangile. Simon et ses compagnons, qui s'étaient rendus en Galilée comme le Ressuscité leur avait dit, étaient partis pêcher. Et c'est alors, après une nuit infructueuse suivie d'une pêche miraculeuse qui rappelèrent à Simon son premier appel, qu'ils reconnurent Jésus sur le rivage. « C'est le Seigneur ! » dit le disciple que Jésus aimait. Et aussitôt Pierre se jeta à la mer à sa rencontre. Pas la moindre crainte ne traversa son esprit. Il savait désormais que rien ne pouvait le séparer de l'amour que le Christ lui portait. Ce fut un geste de confiance totale, dans l'assurance du pardon. Étrange dialogue des disciples avec le Christ ressuscité ! Jésus leur parle, avec la même simplicité, la même familiarité qu'avant sa mort : « Apportez donc de ces poissons que vous venez de prendre… Venez déjeuner. » Pas l'ombre d'un reproche, d'une mise au point, d'un retour sur le passé. Et l'évangéliste de faire remarquer avec finesse l'émotion embarrassée des disciples : « Aucun d'entre eux n'osait lui poser la question : "Qui es-tu", mais ils savaient bien que c'était le Seigneur. »

C'est alors, après le repas, que Jésus dit à Pierre : « Simon, fils de Jean, m'aimes-tu plus que ceux-ci ? » Et Pierre fut attristé de ce que Jésus lui dise une troisième fois : « M'aimes-tu ? » Car il comprenait bien que Jésus lui donnait ainsi de revenir à lui, de remonter la pente de son triple reniement par la plus belle confession de l'évangile, la triple confession d'un amour revenu de l'abîme : « Seigneur, toi qui connais toutes choses, tu sais bien que je t'aime. » Il ne s'appuyait plus sur son assurance, sur sa prétention à une fidélité supérieure à celle des autres, mais sur la seule fidélité du Christ. Alors Jésus lui dit : « Sois le berger de mes brebis ! » À lui, qui était passé par l'eau et par le feu, et qui avait connu l'expérience d'un cœur broyé et renouvelé par le pardon, il confiait la mission la plus haute, celle d'avoir part avec lui, de prendre sa place, la place de l'unique berger, dans la force de son amour. Il ne pourrait l'accomplir, il le savait désormais, qu'en renonçant chaque jour à sa propre volonté et en consentant à être conduit par un Autre.

Telle fut sa troisième conversion, celle de l'amour reconnaissant, l'amour qui pèse avec un cœur purifié et un esprit ferme tout ce que le Seigneur a fait pour lui, et qui lui offre en retour toute sa liberté. Il ne s'appuie plus que sur sa grâce, devenant ainsi le roc, la pierre sur laquelle le Christ allait construire son Église. Pierre mourut martyr à Rome, en l'an 64, durant la persécution de Néron. Condamné au supplice de la croix, il obtint, selon une ancienne tradition, d'être crucifié la tête en bas, en signe d'humilité.

Les disciples vont recueillir ces leçons, et voir en Simon-Pierre le prototype du croyant, celui qui, passé au crible, va pouvoir affermir la foi de ses frères. Et les Pères du désert, ces premiers maîtres de la vie spirituelle, vont les formaliser dans des expressions et des images qui entreront dans l'héritage chrétien : il faut, diront-ils, veiller à la *garde du cœur*, examiner les pensées qui se présentent et ne leur donner accès qu'après les avoir testées, comme la sentinelle qui, à la porte de la cité, ne laisse entrer que les amis. « Moi, je n'ai pas de combat », dit un jour un jeune disciple à son maître, Abba Agathon. – « Tu n'as pas de combat, parce que tu n'as pas de porte, lui répliqua celui-ci. Mets une porte à ton cœur, et tu verras que tu as un combat ! »

Simon, fils de Jean, n'avait pas mis de porte à son cœur, tant il était sûr de lui : « Dussé-je mourir avec toi, non, je ne te renierai pas ! » Mais bientôt le vent devait tourner, et sa barque, harcelée par les vagues, allait connaître la tempête : « Je ne connais pas cet homme. » Combien de croyants, aujourd'hui, ne reconnaissent plus le Christ dans le visage de l'Église humiliée. On leur a appris, jeunes, que l'Église est le Corps du Christ, qu'elle est l'Épouse, que la lumière du Christ se reflète sur son visage (2 Co 3,18). Et voilà qu'ils la découvrent humaine, trop humaine. Un journaliste demanda un jour à Mère Térésa : « Que faudrait-il changer dans l'Église pour la réformer ? » Après un silence, elle le regarda et lui dit : « Vous, et moi ! » Heureux celui qui, comme Simon-Pierre, reconnaît sa propre faiblesse et renonce à sa suffisance ! Il pourra alors cesser de juger l'Église et connaître en elle la joie de se savoir aimé.

Le père de l'épileptique à la foi fragile

Pierre, Jacques et Jean redescendaient dans la plaine avec Jésus. Ils l'avaient contemplé transfiguré devant leurs yeux, ils avaient entendu la parole venant de la Nuée : « Celui-ci est mon fils bien-aimé, écoutez-le ! » Et tout en marchant, ils l'avaient interrogé au sujet d'Élie, qu'ils avaient vu avec Moïse, à sa droite et à sa gauche, dans sa gloire. Mais voici que, le visage encore tout rayonnant, ils étaient plongés à nouveau dans l'agitation et le désordre. Au bas de la montagne, une foule de gens entourait les autres disciples en discussion avec des scribes. Quelqu'un dit à Jésus : « C'est au sujet de mon fils, qui est victime du mauvais esprit. Quand il le saisit, il le jette à terre, et il écume, grince des dents et devient raide. J'ai dit à tes disciples de l'expulser et ils n'en ont pas été capables » (Mc 9,14).

Alors Jésus, par une sorte d'impatience prophétique, répliqua : « Engeance incrédule, jusqu'à quand devrai-je vous supporter ? » L'étonnement de Jésus, si souvent manifesté devant le peu de foi des disciples, prend ici un tour très personnel devant la lourdeur des esprits et l'épaisseur de leur incroyance : « Jusqu'à quand serai-je parmi vous ? » Lui qui vient de vivre sur la montagne un moment d'intimité singulière avec son Père, de parler de sa Pâque toute proche avec Moïse et Élie, s'étonne douloureusement de cette médiocrité à courte vue. Et pourtant, il prend en pitié ce père angoissé et ordonne qu'on lui amène l'enfant, son fils unique. Et devant l'enfant en crise et tombé à terre, s'engage alors ce dialogue émouvant :

« Combien de temps y a-t-il que cela lui arrive ?

– Depuis son enfance, répondit le père, et souvent il l'a jeté dans le feu ou dans l'eau pour le faire périr. Mais si tu peux quelque chose, viens à notre aide par pitié pour nous.

– Si tu peux ! reprit Jésus. Tout est possible à celui qui croit.

– Je crois ! s'écria le père, viens en aide à mon peu de foi. »

Alors Jésus menaça l'esprit impur, prit l'enfant par la main, le releva et le rendit à son père.

De retour à la maison, les disciples lui demandèrent : « Pourquoi, nous autres, n'avons-nous pas pu l'expulser ? » Jésus leur répondit : « C'est parce que vous avez peu de foi. Ce genre de démon ne peut sortir que par la prière. » Ils avaient la foi, sans doute, eux qui le suivaient. Mais la réplique du Seigneur montrait à quel point elle était fragile : « Si vous aviez la foi gros comme un grain de sénevé, vous diriez à cette montagne, déplace-toi. Et elle vous obéirait. » Mais l'agitation et les soucis dans lesquels ils étaient plongés les avaient en quelque sorte absorbés. Jésus les avait laissés quelque temps et leur intimité avec lui, leur ferveur, s'était comme estompée. Pris par la contagion du monde, les sollicitations de toute espèce, le stress, ils avaient oublié pour qui ils agissaient, leur foi s'étiolait comme une plante sans eau, leur prière devenait superficielle. Et soudain, sur le vif, ils apprenaient de lui que la prière est un combat permanent.

Les vertus, elles, s'acquièrent. À force de s'exercer à la patience, à la douceur, la maîtrise de soi, la chasteté, on y acquiert quelque facilité. Mais la prière, c'est toujours à recommencer. Car la prière n'est pas une vertu qu'on possède, elle est une relation vivante, toujours à entretenir. Comme l'amour conjugal, comme l'amitié, la prière s'entretient, elle aussi, par de petites attentions quotidiennes, le temps qu'on lui donne, l'écoute intérieure, le regard du cœur. Gandhi, qui n'était pas chrétien, mais qui était fort familier de l'évangile, disait que sans la prière, il n'aurait pu survivre à ses terribles épreuves : « Elle est, disait-il, la clé du matin et le verrou du soir. » Mais voilà, dès que tu veux prier, les démons t'assaillent de mille bonnes raisons pour t'en empêcher. Car ils savent que si tu pries, ils n'auront sur toi nulle prise. Mais si tu résistes, si tu persévères, la paix t'habitera et elle fera des miracles.

Les soixante-douze disciples, agneaux parmi les loups

Voici que les nuages s'amoncellent. Le ciel s'assombrit et la terre ne répond plus. Finis les miracles et les louanges de la foule. Jésus « durcit son visage » (Lc 9,51), comme les prophètes qui doivent affronter un peuple obstiné (Éz 3,8 ; Is 50,7), pour prendre résolument le chemin de Jérusalem. Il sait qu'il va être rejeté, et l'annonce par trois fois à ses disciples : « Mettez-vous bien dans les oreilles les paroles que voici : le Fils de l'homme va être livré aux mains des hommes. » Mais ils avaient l'esprit bouché. Un village samaritain refuse-t-il de l'accueillir ? Alors Jacques et Jean, les « fils du tonnerre » comme les nomme Jésus, lui disent : « Veux-tu que nous fassions tomber sur eux le feu du ciel ? » – « Vous ne savez pas de quel esprit vous êtes ! », leur répond Jésus. Les villes du lac, qui ont vu les miracles, n'en sont pas moins menacées : « Malheureuse, Chorazeïn ! Malheureuse, Bethsaïde ! Car si les villes païennes de Tyr et de Sidon avaient vu les signes que vous avez vus, il y a longtemps qu'elles se seraient converties. Et toi, Capharnaüm, enrichie par ton commerce, penses-tu que tu seras élevée jusqu'au ciel ? Tu seras précipitée jusqu'aux enfers. »

Et pourtant, alors même que le tonnerre gronde et que les cœurs se ferment, Jésus choisit encore soixante-douze autres disciples (Lc 10), pour les envoyer au-devant de lui, dans toutes les villes où il devait se rendre : il les envoie deux par deux, « comme des brebis au milieu des loups », dans la seule force de la prière : « Priez donc le Maître de la moisson d'envoyer des ouvriers à sa moisson. » Il les envoie dire la paix et annoncer que le Royaume de Dieu est tout proche : « Dans quelque maison où vous entrerez, dites : Paix à cette maison. » Jésus sait qu'ils seront accueillis par les uns, les « enfants de paix », et rejetés par les autres : « À ceux-là, vous leur laisserez jusqu'à la poussière de vos pieds, et vous leur direz : Pourtant, sachez-le bien, le Royaume est tout proche. »

Et le miracle, le vrai miracle, va se produire. Les disciples revinrent tout joyeux en disant : « Seigneur, même les démons nous sont soumis en ton nom ! » Ils appellent Jésus : « Seigneur ! », comme les apôtres après la Résurrection, comme les premiers chrétiens après la Pentecôte, anticipant en quelque sorte la foi joyeuse et communicative des évangélisateurs de l'Église primitive. Saint Luc les connaissait bien, pour avoir accompagné saint Paul dans ses missions : ils sont dans les persécutions, ils sont aussi dans la joie, et le disent au Christ qu'ils reconnaissent vivant parmi eux. Ainsi, saint Paul commence chacune de ses lettres par une action de grâces pour la puissance du Christ à l'œuvre dans les premières communautés du monde païen : « Nous rendons grâces en nous souvenant combien votre foi est active, votre charité se donne de la peine, votre espérance tient bon en Notre Seigneur Jésus Christ » (1 Th 1). On découvre dans ses lettres, comme dans les *Actes*, le climat spirituel dans lequel vivaient Paul et les évangélisateurs, un climat de gratitude et de joie au milieu des persécutions, pour l'œuvre de Dieu chez les croyants.

Ainsi, ils ont compris, ces agneaux, que la paix qui vient du Christ est beaucoup plus forte que les loups. Ce qu'ils avaient vu Jésus accomplir, guérir les malades, purifier les lépreux, ouvrir les yeux des aveugles, voici qu'ils le faisaient, eux aussi, en son nom. Ils éprouvaient « cette force qui sortait de lui et les guérissait tous ». Elle les portait, cette force, elle les traversait, et ils la communiquaient. C'était la foi vive, c'était l'espérance invincible, c'était la puissance d'un amour qui jaillissait du cœur de Dieu, qui s'exprimait pleinement dans la personne du Christ, et qui continuait, par leurs mains, de raffermir les pieds chancelants. Le vrai feu du ciel, non celui de la menace, mais celui de la charité. Et ils se rappelèrent alors la parole énigmatique de leur Maître : « Je suis venu apporter le feu sur la terre, et que désiré-je, sinon qu'il brûle ! »

Guérir les infirmes, réconforter les pieds chancelants, certes, quel merveilleux signe du Royaume qui vient ! Mais chasser les démons, c'était une autre affaire ! Les possédés n'étaient pas des malades comme les autres. L'ennemi n'était plus de chair et de sang, mais d'essence démoniaque. Ces démons étaient des rapaces nocturnes qui s'incrustaient dans les chairs et faisaient tourner les têtes. Leur chef s'appelait Béelzéboul (Mc 3,22) et certains scribes venus de Jérusalem allaient jusqu'à accuser Jésus d'expulser les démons au nom de Béelzéboul. Il y en avait de nombreuses sortes, et les disciples ne purent tous les chasser. Certains ne pouvaient sortir que par le jeûne et la prière (Mc 9,29). Plus tard, au désert où ils allèrent les affronter, les solitaires en dresseront la liste, selon leur espèce, et en étudieront la généalogie – car, disaient-ils, ils s'engendrent l'un l'autre, avec les thérapeutiques spirituelles appropriées. C'était le démon de la gourmandise, le démon de la luxure, celui de l'avarice, de la tristesse, celui de l'acédie – un démon subtil qu'ils nommeront « le démon de midi », à cause de l'engourdissement spirituel qu'il provoque quand le soleil est au zénith –, le démon de la colère, celui de la vanité, et enfin, le plus redoutable de tous, le démon de l'orgueil. Une liste qui deviendra celle des huit passions principales, et, dans la tradition occidentale, celle des sept péchés capitaux, l'acédie ayant été perdue en cours de route. Sans entrer dans tant de subtilités, la Bible les nommait de noms symboliques, pour signifier que derrière ces passions déréglées de l'âme et de la chair, Satan tirait les ficelles, comme l'araignée tisse sa toile : « Toi qui te tiens sous l'abri du Très-Haut, dit le psalmiste, tu marcheras sur la vipère et le scorpion, tu écraseras le lion et le dragon » (Ps 90,13).

Eh bien ! dirent les Soixante-douze, « même les démons nous sont soumis ». Et Jésus de les confirmer : « Voici que je vous ai donné le pouvoir de fouler aux pieds serpents, scorpions et toute la puissance de l'Ennemi ; et rien ne pourra vous nuire. » C'est bien cela : même les démons ! Même Satan, leur chef, qu'ils nommaient Béelzéboul, « le dieu des mouches », par dérision. « Je voyais Satan tomber du ciel comme l'éclair », leur dit-il. Il était venu pour cela, pour le déloger de ses prétentions à prendre la place de Dieu, et pour libérer les hommes, ses frères, de son emprise. Le prophète Isaïe l'avait annoncé : « Comment es-tu tombé des cieux, Astre du matin, fils de l'Aurore ? Toi qui disais dans ton cœur : J'escaladerai les cieux ; par-dessus les étoiles de Dieu, j'érigerai mon trône. Je ressemblerai au Très-Haut ! Comment ! Te voilà tombé au shéol, dans les profondeurs de l'abîme » (14,12-15).

Désormais, le ciel est nettoyé, libéré de ses nuages sombres et de ses menaces. Il est ouvert, et Jésus voit, inscrits dans les cieux, les noms de ses disciples : « Ne vous réjouissez pas de ce que les démons vous sont soumis, mais de ce que vos noms sont inscrits dans les cieux. » Inscrits dans le Livre de vie ! Les puissants sont humiliés et les humbles exaltés. Voilà ce que Jésus annonce, faisant écho au *Magnificat* de Marie : « Il abaisse les orgueilleux, il élève les humbles. » Et Jésus lui-même, conscient du chemin d'humilité qu'il va prendre pour instaurer le Royaume de l'amour, tressaille de joie en y découvrant le dessein de son Père : « Je te bénis, Seigneur du Ciel et de la terre, d'avoir caché cela aux sages et aux prudents de ce monde, et de l'avoir révélé aux tout-petits. »

Soixante-douze, le nombre des nations païennes, tel que l'indiquait la Genèse au chapitre 10 ! C'est dire combien la présence de Jésus aux envoyés et la joie qui leur est promise ne concernent pas seulement le passé, mais la mission de l'Église jusqu'à la fin des temps.

Le bon Samaritain

Un homme descendait de Jérusalem à Jéricho… Le récit est universellement connu. L'histoire se passe dans les défilés de ce chemin encaissé qui dévale les pentes abruptes dominant la mer Morte. Un coupe-gorge. « Il tomba aux mains des brigands qui, après l'avoir dépouillé et roué de coups, s'en allèrent, le laissant à demi mort » (Lc 10,29).

C'est Jésus qui raconte l'histoire, une parabole, à l'adresse d'un docteur de la Loi qui l'interrogeait sur l'amour du prochain. « Et qui est mon prochain ? », lui demandait celui-ci, pour l'embarrasser. C'est qu'il y avait trois écoles en Israël parmi les docteurs. La première, stricte, réservait l'amour du prochain aux Juifs. La seconde, plus ouverte, l'étendait aux « craignant Dieu », ces païens qui adhéraient à la foi d'Israël et fréquentaient les synagogues. La troisième, progressiste, élargissait encore le cercle. « Et toi, qu'en dis-tu ? Quelle est ta position ? », demanda le moraliste, pour obliger Jésus à se situer dans l'éventail des interprétations. Alors, Jésus raconta la parabole, mettant en scène trois voyageurs qui passaient par là.

« Un prêtre, par hasard, descendait par ce chemin. Il le vit, prit l'autre côté de la route et passa. » Un lévite, survenant, fit de même. Deux hommes censés pratiquer la Loi et servir le culte avec fidélité. Jésus ne les juge pas. Peut-être se hâtent-ils pour la bonne cause, pour se rendre à un congrès sur la sécurité des routes ! Ils passèrent. « Mais un Samaritain, qui était en voyage, arriva près de lui, le vit, fut touché de compassion et s'approcha. » Un Samaritain ! Un étranger, un hérétique, de ces gens détestables qu'on regarde avec mépris (Jn 4,9).

Tous les trois voient de leurs yeux. Mais ce dernier voit aussi avec le cœur. Il y a bien des manières de voir. Le prêtre, survenant, le vit. Pris de court, il passe de l'autre côté de la route. Sans doute fut-il traversé par un sentiment de pitié. Mais bien vite la raison prit le dessus. Qu'y faire ? On ne peut pas porter tout le malheur du monde. De toute évidence, le cas n'était pas de sa compétence. Au prochain poste, il préviendrait la police. C'est ainsi qu'il rassura sa conscience. Le lévite, qui suivait, le vit et, imitant la conduite du prêtre, rassura lui aussi sa conscience. Après tout, se disait-il, la calotte sacerdotale valait autorité : l'affaire n'était pas de son ressort. Le Samaritain, survenant, le vit. Et son cœur se retourna. Il fut saisi de compassion, dit Jésus, employant un mot biblique, « miséricorde », qui, bien qu'affadi dans notre langue, a un sens très fort : les entrailles remuées par la misère d'autrui. Il le vit, fut touché de compassion, s'approcha. La description est précise, rapide, physique en quelque sorte. Elle manifeste un mouvement intérieur : laissant là tout souci de soi et tout raisonnement intérieur, il sort de lui-même, se décentre. Son cœur se dilate, émigre et s'étend vers cet homme à demi mort au point de concentrer sur lui toute son attention en s'identifiant à lui. Spontanément, sans calcul, il se fait le prochain du malheureux.

« Il s'approcha, banda ses plaies, y versant de l'huile et du vin – les remèdes de fortune du voyageur –, puis le chargea sur sa propre monture, le conduisit à l'hôtellerie et prit soin de lui. » Comme une mère prend soin de son enfant. Ces gestes sont devenus, jusqu'à aujourd'hui, l'expression de la solidarité la plus concrète, celle du soin et de la compassion. Pas de discours, pas de sentiments, de ces sentiments qui flattent la sensibilité et s'évaporent comme la rosée du matin. Des actes ! Ce Samaritain est décidément un homme pratique, efficace. Ses seules paroles s'adressent à l'hôtelier, après qu'il eut réglé la note : « Aie soin de lui. »

Saint Vincent de Paul, l'ami des pauvres et des malades, avait dû méditer longuement la parabole, lui qui disait à ses proches de se méfier des bons sentiments : « C'est à quoi nous devons prendre garde, car il y en a plusieurs qui, pour avoir l'extérieur bien composé et l'intérieur rempli de grands sentiments de Dieu, s'arrêtent à cela. Et quand ils se trouvent dans les occasions d'agir, ils demeurent courts. Ils se contentent des doux entretiens qu'ils ont avec Dieu dans l'oraison, ils en parlent même comme des anges, mais au sortir de là, est-il question de travailler pour Dieu, de souffrir, d'instruire les pauvres, d'aller chercher la brebis égarée… Hélas ! Il n'y a plus personne. »

Ce Samaritain est une personnalité vraiment étonnante. Il prend soin du blessé, paye les frais et s'en va sans laisser d'adresse. Il ne juge pas les autres, ni ne se flatte d'être meilleur, ayant renoncé depuis longtemps au comparatif. Il ne cherche pas à suivre l'opinion commune, ni à poser un acte héroïque, de ceux qu'on fait devant tout le monde pour être vu, un peu comme à la télévision. Non, il suit simplement sa conscience, la conscience d'un homme qui se sentirait déshonoré s'il ne considérait tout homme, quel qu'il soit, comme son semblable. Il ne lui demande pas quelle est sa religion, ni sa race, ni son passé. Mais seulement quelle est sa souffrance. Il ne cherche pas sa récompense, mais il accomplit sans le savoir la prescription du Christ, montrant ainsi qu'elle est inscrite dans son cœur (Rm 2,15) : « Quand tu donnes un dîner, ne convie ni tes amis, ni tes frères, ni tes parents, ni de riches voisins, de peur qu'eux aussi ne t'invitent à leur tour et que ta politesse te soit rendue. Quand tu offres un festin, invite au contraire des pauvres, des estropiés, des boiteux, des aveugles ; heureux seras-tu alors de ce qu'ils ne sont pas en état de te le rendre ! Car cela te sera rendu lors de la résurrection des justes » (Lc 14,12).

Le lendemain, il dit à l'hôtelier : « Ce que tu auras dépensé en plus, je te le paierai lors de mon retour », et reprit sa route. Il n'y pensait plus. Ce qu'il pouvait faire, il l'avait fait. C'est tout. À un compagnon de voyage qui lui aurait demandé raison de son geste, il aurait répondu : « Élémentaire, mon cher ami ! » Et Jésus d'ajouter : « Toi aussi, fais de même ! »

Une fois revenu à lui, le blessé se mit en quête de l'identité de son sauveur, mais l'hôtelier put seulement lui répondre que ce voyageur était d'une grande discrétion, qu'il n'avait pu s'attarder parce qu'il avait à traiter des affaires d'importance. Que fera donc cet homme revenu à la vie ? Il est à présumer qu'il se mettra en quête de son sauveur pour lui exprimer sa profonde gratitude. Mais en attendant, il ne pourra s'acquitter de sa dette de reconnaissance qu'en faisant pour un autre, un homme quelconque, rencontré par hasard, ce qu'on avait fait pour lui. Ainsi, sans le savoir, sans y penser, le

Samaritain avait posé un acte qui, de proche en proche, serait le maillon d'une chaîne de solidarité.

À la fin du récit, Jésus, s'adressant au docteur de la Loi qui l'avait interrogé, lui répondit par une autre question : « Lequel des trois, à ton avis, s'est montré le prochain de l'homme tombé aux mains des brigands ? » La parabole a opéré un déplacement. Celui qui l'écoute n'est plus au centre, en train de situer son prochain dans des cercles de plus en plus éloignés de sa personne. C'est le blessé qui est au centre. Et c'est maintenant lui, l'auditeur de la Parole, qui se trouve à la périphérie, parmi les passants. Se laissera-t-il toucher par la détresse de cet homme quelconque que Jésus a mis au centre du récit ? Se fera-t-il le prochain de tout homme, son semblable ?

L'auteur de la parabole est inclus en elle. Les Pères de l'Église ont vu dans ce Samaritain la figure même du Christ. C'est sa propre histoire qu'il raconte sous les images. Et c'est l'humanité blessée, tombée au pouvoir de Satan, abandonnée à demi morte au bord de la route, qu'il est venu sauver. Il est venu, mû par la compassion et vêtu de lumière, homme avec insistance, semblable à ceux qu'il appelle ses frères, et il a pris soin de l'humanité comme un berger, versant dans ses plaies l'huile et le vin, symboles des sacrements. Et, la prenant sur ses épaules, il l'a conduite jusqu'à la bergerie, l'Église ou la maison du Père, comme on voudra. Il est venu avec discrétion et n'a pas cherché d'autre récompense que la joie de faire la volonté de son Père. Il est parti après avoir porté la faute et payé la note, éveillant au cœur de l'homme une immense gratitude, un désir de faire pour les autres ce qu'il avait fait pour lui. Il avait allumé un feu sur la terre, une étincelle, la première des réactions en chaîne qui apportaient au monde des énergies nouvelles. Et, au sein d'un monde profondément blessé par la violence et qui allait à la mort, l'homme a commencé d'exister, l'homme compatissant, l'homme pour les autres.

Le fils aîné

C'est encore Jésus lui-même qui fait le portrait du personnage. L'enfant prodigue, tout le monde le connaît. Son histoire a fait le tour du monde, tellement chacun s'y retrouve. Mais le frère aîné, lui, reste un peu dans l'ombre, raide, ombrageux, surplombant, comme dans la célèbre peinture de Rembrandt. Tellement en retrait que certaines reproductions artistiques de ce chef-d'œuvre l'excluent, hélas, tout à fait !

C'était un homme irréprochable, qui ne déviait pas d'un pouce de la ligne droite, exécutant à la lettre les désirs de son père, « tes ordres », comme il disait. Il évitait une proximité trop grande avec lui, tout en entretenant des relations correctes, organisant sa vie de sorte qu'il n'y joue qu'un rôle limité. Même un certain activisme, un service scrupuleux, pouvait servir à maintenir cette prudente distance. Il ne comptait pas ses heures et ne prenait pratiquement pas de vacances. Pas comme ce frère, paresseux, fêtard, parti à l'aventure on ne sait où. Des routiers, venus d'un pays lointain, n'avaient-ils pas fait courir des rumeurs sordides sur son compte ? Mais on n'en parlait pas. À la table familiale, c'était un sujet tabou. Il avait bien tenté, une fois ou l'autre, d'ironiser à son propos, mais le père n'avait pas relevé. Il semblait plongé dans une sorte de souffrance indicible. Et le soir, ce père montait sur la terrasse et regardait au loin. Son attitude exaspérait l'aîné. Il se sentait exclu !

Il n'avait pas du tout apprécié cette faiblesse, l'imprudence inqualifiable avec laquelle le père avait laissé partir le cadet en lui donnant sa part d'héritage. Il n'avait pas protesté, il n'avait rien osé dire sur le coup, mais son cœur s'était fermé. Depuis lors, il en voulait terriblement au père, et ne lui parlait plus. Sa vie était ailleurs. Il s'était mis à fréquenter des gens de son bord, affiliés à des cercles intégristes du pays. On s'y prévalait d'une stricte moralité, à la différence du reste des hommes, laxistes et décadents, qui corrompaient la religion. On déblatérait sur l'époque. Pourtant, on se prêtait la main, à l'occasion, pour les vendanges ou les troupeaux. Mais c'était donnant, donnant. Les bons comptes font les bons amis. Mieux valait éviter les dettes ! Un jour, on célébra la fête des moissons. Mais il prétexta l'urgence du travail pour décliner l'invitation : il devait, dit-il à ses amis, essayer une paire de bœufs. En fait, il lui aurait fallu apporter sa part, un agneau du troupeau pour le moins. Mais son père ne lui donnait jamais rien, pas même un chevreau pour festoyer avec ses amis. Ainsi, il allait et venait, plein d'une amertume rentrée.

Un soir, au retour des champs, il entendit de la musique et des danses. « Appelant un des serviteurs, il lui demanda ce que cela signifiait. Celui-ci lui dit : C'est ton frère qui est de retour, et ton père a tué le veau gras parce qu'il l'a recouvré en bonne santé. » Alors, il se mit en colère et refusa d'entrer. Toute la rancune accumulée, toute la jalousie qui, depuis Caïn, empoisonne l'histoire humaine, explosa en lui. Dès le commencement, racontait la Bible, Yahvé avait préféré l'offrande d'Abel, le cadet, et Caïn en avait été très irrité. Et Yahvé avait dit à Caïn : « Pourquoi es-tu irrité et pourquoi ton visage est-il abattu ? Si tu es bien disposé, ne relèveras-tu pas la tête ? » Mais l'aîné n'était pas bien disposé. Le péché était à sa porte, comme une bête tapie, qui le convoitait et qu'il lui fallait dominer (Gn 4,6). Il n'en avait pas la force, ni même le désir. Aussi, son père sortit pour le prier d'entrer. Alors il répondit à son père : « Voici tant d'années que je te sers, sans avoir jamais transgressé un seul de tes ordres, et jamais tu ne m'as donné un chevreau pour festoyer avec mes amis ; et puis, ton fils que voilà revient-il, après avoir dévoré ton bien avec les femmes, tu fais tuer pour lui le veau gras ! »

Tant d'années que je te sers ! Sa colère mit au jour son attitude profonde. Depuis bien longtemps déjà, il considérait son père comme un patron, un homme âpre au gain, dur en affaires, qui moissonne là où il n'a pas semé, et il le craignait (Mt 25,24). La jalousie remplissait son cœur, mais il ne pouvait même pas se l'avouer, tant elle rend aveugle, et même schizophrène. Non, la cause de tous ses malheurs, c'était l'injustice, l'injustice de ce père si prodigue, si faible, qui n'avait que le mot de miséricorde à la bouche. Il n'y en avait que pour ce fils que voilà. C'en était trop. Lui, l'aîné, l'héritier, avait le sentiment d'être dépossédé, réduit à la situation d'un ouvrier à gages. Il ne voyait plus, il ne pouvait plus reconnaître que tout lui était donné. Il ressemblait à ce peuple d'Israël que le prophète Osée comparait à une femme ingrate : « Et elle, dit le Seigneur Yahvé, elle n'a pas reconnu que c'était moi qui lui donnais le blé, le moût et l'huile fraîche, et qui lui prodiguais cet argent et cet or dont ils ont fait des Baals » (Os 2,10). Son Baal, à lui, c'était son travail, sa justice, la vigueur de sa main.

Dans sa volonté d'être indépendant, de ne devoir rien à personne, il avait perdu tout sens de la gratitude.

Alors, le père lui dit : « Toi, mon enfant, tu es toujours avec moi, et tout ce qui est à moi est à toi. Mais il fallait bien festoyer et se réjouir, puisque ton frère que voilà était mort et il est revenu à la vie ; il était perdu et il est retrouvé. » C'est l'auteur de la parabole, c'est Jésus lui-même qui met ces mots dans la bouche du père. Ces mots, il les connaît, il en vit, ce sont les paroles qu'il entend de son propre Père : « Tout ce qui est à moi est à toi, et tout ce qui est à toi est à moi » (Jn 17,10). C'est la joie de tout recevoir de la générosité de son Père, et de tout partager, sa mission, sa parole, ses disciples, et le monde. Et c'est aussi la joie qui est donnée à ceux qui héritent du Royaume de Dieu. Jean de la Croix l'avait bien compris : « Tu ne me retireras pas, mon Dieu, ce qu'une fois tu m'as donné en ton Fils unique Jésus Christ. En lui tu m'as donné tout ce que je désire. Miens sont les cieux et mienne est la terre. Miens sont les peuples. Les justes sont miens et même les pécheurs. Les anges sont miens, et la Mère de Dieu. Et toutes les choses sont miennes. Et Dieu lui-même est mien et pour moi, puisque le Christ est mien et tout pour moi » (*Paroles de lumière et d'amour*, 26).

Mais pour entrer dans un tel héritage, il lui faudra, à ce fils aîné, descendre de sa superbe et abandonner sa suffisance. Il lui faudra, pour accueillir son frère, descendre de sa hauteur et partager les sentiments de son père. Difficile retour à l'esprit d'enfance et d'humilité, que Dom Hélder Câmara, l'évêque des *favelas* de Recife, évoquait par ces mots : « Le prodigue est revenu de sa débauche. L'aîné reviendra-t-il de sa justice ? »

Le lépreux qui revint sur ses pas

Comme Jésus faisait route vers Jérusalem, il passa aux confins de la Samarie et de la Galilée. À son entrée dans un village, dix lépreux vinrent à sa rencontre. Se tenant à distance, ils élevèrent la voix : « Jésus, Maître, aie pitié de nous » (Lc 17,11). Triste destin des lépreux en Israël, considérés comme impurs, exclus des synagogues, obligés de vivre à part, isolés du peuple. « La terre d'Israël est sainte, disait la tradition rabbinique. Mais les villes entourées de murailles sont plus saintes qu'elle : on en expulse les lépreux ! » Le lépreux devait porter des vêtements déchirés et les cheveux dénoués, se couvrir la bouche et crier : « Impur ! Impur ! »

Mais Jésus, le Saint de Dieu, franchit la distance. Il est significatif que le premier récit de guérison, dans l'évangile de Matthieu qui s'adresse en priorité aux chrétiens venus du judaïsme, concerne un lépreux (Mt 8,1). L'évangéliste veut ainsi souligner que le Christ vient abattre tous les murs de séparation : la séparation avec Dieu par le pardon, avec les autres par la réconciliation, et aussi avec soi-même par la guérison. Jésus, saisi de compassion, le touche de sa main pour le guérir : « Je le veux, sois guéri. » Et pour le réintroduire dans la communauté des hommes, il ajoute : « Va te montrer au prêtre, et présente l'offrande prescrite par Moïse pour leur servir d'attestation. » Car le prêtre devait constater que le lépreux était guéri de sa lèpre, lui prescrire d'offrir un sacrifice et accomplir un rite d'expiation de son impureté.

Cette fois, ils sont dix, vivant en bande hors des villages. On les fuit. On s'écarte à leur approche, lorsqu'on entend, au loin, leur avertissement misérable : « Impur ! Impur ! » Mais en les voyant, Jésus leur dit : « Allez vous montrer aux prêtres ! » Et il arriva, comme ils y allaient, qu'ils furent purifiés. « L'un d'eux, voyant qu'il avait été guéri, revint sur ses pas en glorifiant Dieu à haute voix et se jeta aux pieds de Jésus, le visage contre terre, en le remerciant. Or, c'était un Samaritain. »

Saint Luc est le seul à rapporter l'événement, sans doute parce qu'il est particulièrement sensible à la foi des païens qui viennent vers le Christ et à leur accueil dans les premières communautés, lui qui accompagnait Paul dans ses missions parmi les nations païennes. Mais c'est aussi parce qu'il ne manque pas une occasion de souligner, avec une discrète émotion, la démarche de gratitude de ces croyants venus du paganisme : « Vous n'êtes plus des étrangers, leur dira Paul, ni des hôtes de passage, vous êtes concitoyens des Saints, vous êtes de la maison de Dieu » (Ép 2,19). Il y a de la place pour tous dans la maison, en particulier pour les estropiés de la vie, les aveugles, les boiteux, et en premier chef pour les lépreux que le Christ guérit. Il y a de la place quand on s'efforce de la leur faire. C'est ce que l'on faisait avec joie et allégresse dans les nouvelles communautés, et ce qu'il nous faut faire encore pour accueillir dans les nôtres les nouveaux baptisés et les sortis de prison…

« Est-ce que tous les dix n'ont pas été guéris ? dit Jésus. Et les neuf autres, où sont-ils ? Il ne s'est donc trouvé pour revenir rendre gloire à Dieu que cet étranger ! » Les neuf autres, ayant recouvré la santé, sont allés goûter leur bonheur au loin, sans être touchés par la gratitude, sans entrer dans ce mouvement de reconnaissance qui est la marque du salut. Mais celui-là qui est revenu remercier, il est entré dans une relation nouvelle avec l'Auteur de tout bien : le voilà sauvé, restauré, réintégré non seulement dans le corps de l'humanité, mais dans la musique universelle de l'amour divin. Or, c'était un étranger.

Saint Ignace raconte, dans le *Récit* de sa vie, que, comme il s'était embarqué vers l'Italie pour aller en Terre sainte, son navire fut pris dans une tempête si violente qu'il crut ne pouvoir échapper à la mort. Et, se préparant à mourir, il n'éprouva aucune crainte du jugement, « mais il avait grande confusion et douleur, parce qu'il jugeait qu'il n'avait pas bien employé les dons et grâces que Dieu Notre Seigneur lui avait communiqués ». S'il devait mourir, il n'aurait plus le temps de lui exprimer toute sa gratitude en les employant à son service. Il avait aussi coutume de dire que le péché le plus abominable aux yeux de notre Créateur et Seigneur était l'ingratitude, car elle est méconnaissance des biens, des grâces et des dons reçus. Elle est la cause et l'origine, disait-il, de tout mal et de tout péché.

Tel est le sentiment qui habite les saints, conscients d'avoir été purifiés de la lèpre du péché : non pas le sentiment de culpabilité, mais la confusion devant l'immensité de la bonté de Dieu à leur égard. Saint François d'Assise, qui se considérait comme le plus grand pécheur que la terre ait porté, répondit un jour à l'un de ses frères qui lui faisait remarquer que d'autres commettaient de plus graves péchés que lui : « Sans doute, mais si ceux-là dont vous parlez avaient reçu autant de dons et de grâces que j'en ai reçu, je suis certain que, pour méchants qu'ils soient aujourd'hui, ils se seraient montrés beaucoup plus reconnaissants envers Dieu que je le suis, et qu'ils le serviraient beaucoup mieux que je ne le sers. »

« Va ! lui dit Jésus, ta foi t'a sauvé ! » Dix sont guéris, un seul est véritablement sauvé, parce qu'il est entré dans le mouvement de la reconnaissance qui porte à aimer. Le salut, n'est-ce pas justement cette prise de conscience d'une nouveauté radicale, cette ouverture, cette découverte que l'on est donné à soi-même par l'amour de Dieu et, en conséquence, ce désir de lui rendre amour pour amour ? Mais ceux qui ne seront jamais revenus sur leurs pas pour rendre grâces à leur Créateur et Seigneur, et s'associer ainsi au chant de louange de tous les vivants, comment pourront-ils le chanter dans l'éternité ?

Revenir sur ses pas en glorifiant Dieu, c'est s'exercer, chaque soir, en revoyant sa journée comme une histoire sainte, à considérer ce que Dieu nous a donné à l'occasion de tel ou tel événement. Rendre grâces pour un don reçu, pour un pardon offert, pour une visite heureuse ou une réunion constructive. Tout est grâce, tout est don. Mais nous sommes tellement habitués à tout regarder d'un œil profane qu'il nous semble naturel de respirer sous le soleil et de manger à notre faim. Et nous en venons à penser que tout est dû. Jésus rendait grâces pour les cinq pains et les deux poissons, dans une situation de totale pénurie, et c'est sa gratitude qui l'ouvrait à la générosité débordante de son Père céleste.

On dit que les personnes qui relèvent d'une grave maladie ou d'un danger mortel accueillent chaque jour nouveau comme un cadeau du Ciel. Elles ont appris que la vie est un don merveilleux, que le temps ne leur appartient pas, mais que chaque moment qui passe est un « présent » à accueillir. Maître Eckhart aimait souligner l'importance de ce moment présent : « Tu reçois d'autant plus, disait-il, que tu es détaché. Mais quand tu penses à ce qui doit t'arriver et que tu veux maîtriser l'événement, alors rien ne t'arrive. Car, autant tu sors de toi et de toutes choses, autant il t'advient. » Revenir sur ses pas, c'est ainsi former en soi, peu à peu, jour après jour, cette attitude d'accueil et d'action de grâces dont saint Paul rappelait sans cesse qu'elle est le moteur de l'existence chrétienne, une action dans la grâce, une œuvre de gratitude, dont nous savons qu'elle trouve sa source et son sommet dans l'Eucharistie.

Le jeune homme qui s'en alla tout triste

« Comme il se mettait en route, quelqu'un vint en courant » (Mc 10,17). Jésus est toujours en mouvement, et il faut saisir l'occasion quand il passe. Il passe le long de la mer de Galilée, et appelle ses disciples. Il se lève de bon matin pour aller prier, et tout le monde le cherche. Il monte sur la montagne, et les foules le suivent. Il parcourt villes et villages, et on lui amène les malades. Il se rend dans le territoire de Tyr et de Sidon, et il s'émerveille de la foi d'une païenne. Il traverse Jéricho, et descend chez Zachée. Il passe, et il invite aux noces. Il monte à Jérusalem pour la Pâque, et il dit : « Si quelqu'un veut venir à ma suite, qu'il se renonce. » Il n'a pas de pierre où reposer sa tête. Mais chacun de ses mouvements est un événement spirituel, une brebis retrouvée, une guérison qui fait signe, un enseignement d'autorité qui étonne. Il suscite la foi, mais n'impose pas : « Si tu veux… » Il passe, faisant le bien, et va son chemin, laissant un sillage. Et chacun est libre de suivre le mouvement de son cœur.

Ainsi donc, alors que Jésus se mettait en route, quelqu'un vint en courant et se prosterna devant lui. Un jeune homme, dit Matthieu, poussé par une question qui ne peut plus attendre, une occasion qui ne se représentera plus. Sans doute regardait-il de loin. Il avait écouté avec attention les paraboles du maître. C'était au bord du lac, et Jésus, pour se faire entendre de la multitude, était monté dans une barque. Une autre fois, c'était sur l'autre rive, quand il nourrit la foule d'une façon miraculeuse, après l'avoir enseignée longuement. Et aujourd'hui, toujours à distance, il avait vu un spectacle étonnant : des gens amenaient des enfants à Jésus pour qu'il les bénisse, et les disciples les avaient rabroués pour qu'ils ne dérangent pas le Maître : le Royaume était une affaire de grandes personnes ! Mais Jésus avait réagi vertement : « Laissez les enfants venir à moi et ne les empêchez pas, car le Royaume des Cieux est à ceux qui leur ressemblent. En vérité, je vous le déclare, qui n'accueille pas le Royaume de Dieu comme un enfant n'y entrera pas. » L'homme avait entendu, et, cette fois, il était vraiment déconcerté. Il se rappelait sa propre enfance, cet état d'immaturité et de non-droit, et se souvenait avec une certaine fierté de tout ce qu'il avait fait pour en sortir, depuis que sa famille avait célébré lors de ses douze ans sa majorité religieuse, la *bar mitzva*. Il avait, dès lors, pratiqué la Loi avec fidélité. Et maintenant, jeune encore, il était devenu un adulte responsable et avait acquis un trésor de vertus. Ce qui lui avait valu la bénédiction du Très-Haut. Il avait, en effet, acquis de grands biens et la considération du peuple. C'était, dit saint Luc, un notable.

Aussi, les paroles du Maître le prenaient à contre-pied : redevenir comme un petit enfant ? Il n'avait jamais entendu pareille chose, lui, le juste, le fidèle observateur de la Loi, qui avait médité les paroles de Jésus sur la montagne : « Ne croyez pas que je suis venu abolir la Loi. Je ne suis pas venu abolir, mais accomplir… Car, si votre justice ne surpasse pas celle des scribes et des pharisiens, vous n'entrerez certainement pas dans le Royaume des Cieux » (Mt 5,17). Il ne comprenait plus, et voulait en avoir le cœur net. Car son désir de plaire à Dieu et de faire sa volonté n'en était que plus grand.

Alors il courut et, se prosternant, dit à Jésus : « Bon Maître, que dois-je faire pour avoir la vie éternelle ? » Jésus lui répondit : « Pourquoi m'appelles-tu bon ? Unique est celui qui est bon. Tu connais les commandements. » – « Lesquels ? », lui dit-il. – « Eh bien !, reprit Jésus, tu ne tueras pas, tu ne commettras pas d'adultère, tu ne voleras pas, tu ne porteras pas de faux témoignage, honore ton père et ta mère, et tu aimeras ton prochain comme toi-même. » Oui, tout cela, il l'avait pratiqué avec exactitude dès sa jeunesse. Chaque jour, comme tout bon scribe, il récitait la profession de foi juive, le *Shema Israël* : « Écoute, Israël, le Seigneur ton Dieu est l'unique… Tu l'aimeras de tout ton cœur… » (Dt 6,4). Et chaque soir, il faisait son examen de conscience sur les dix commandements pour garder fidèlement l'Alliance. Ainsi, jour et nuit, comme dit le psalmiste, il méditait la Loi du Seigneur. Et pourtant, son cœur n'était pas satisfait et son esprit restait agité par cette histoire d'enfants. « Si tu veux entrer dans la vie… », disait Jésus. Mais il voulait plus, non seulement entrer, mais progresser, grandir, faire vraiment l'expérience de la vie de Dieu, et pas du tout régresser à l'état d'enfance. Aussi, dans son élan, il osa : « Que me manque-t-il encore ? »

« Jésus le regarda et l'aima. » C'était un homme de grand désir. Alors, il lui dit : « Si tu veux être parfait, va, vends tes biens, donne-les aux pauvres. Puis viens, suis-moi ! » On pourrait traduire : si tu veux développer tes potentialités, jusqu'à aimer comme le Père céleste, alors, va, libère-toi de ce « moi » si encombrant qui cherche à s'affirmer en accumulant toujours plus de choses, de science et de considération, partage ton avoir, ton savoir et ton pouvoir avec ceux qui n'ont rien. Puis viens, mets-toi à mon école, apprends la douceur et l'humilité du cœur. Tu auras un trésor dans les Cieux. Non point un trésor de biens matériels, ni même un trésor de vertus, mais la joie de l'Esprit Saint, celle d'avoir ton nom inscrit dans les Cieux.

Il s'en alla tout triste, dit l'évangile, songeant qu'il était plus difficile à qui possède de grands biens, de grandes vertus, et un grand nom parmi les hommes, de devenir comme un petit enfant, qui ne revendique aucun droit et ne fait valoir aucun mérite. Il commençait à comprendre. Le dépassement dont parlait Jésus, l'exigence de surpasser la justice des scribes et des pharisiens, ce n'était pas du tout de l'ordre de l'excellence, mais de l'humilité. Cette humilité dont on gravit les échelons en descendant. Savoir pardonner, regarder sans convoitise, dire la vérité sans masque, ne pas tenir tête aux méchants, c'était cela, devenir comme les petits enfants qui sont dociles et traitables sans se fâcher, qui ne trouvent pas mauvais qu'on les reprenne, ne cherchent aucune réparation de l'offense qu'on a pu leur faire et sont faciles à contenter.

Méditant ces choses en son cœur, il se mettait à les désirer, mais il se rendait compte en même temps qu'il lui était impossible d'y parvenir, qu'il était trop sensible aux faveurs de l'argent et de la considération humaine pour entrer dans cette « petite voie » pourtant si simple, si enfantine, où l'amour excuse tout, croit tout, espère tout, supporte tout, partage tout, heureux de ne rien posséder et de tout recevoir. Devenir un petit enfant qui, d'un seul bond, entre dans le Royaume ? « Aux hommes, c'est impossible », répétait-il en lui-même. Il lui faudrait pour cela non seulement un maître qui enseigne, mais un ami qui entraîne, qui comprend tout, qui pardonne tout, et qui, surtout, vous prend par la main pour franchir la mer. Et les disciples, qui avaient entendu, en disaient autant : « Mais alors, qui peut être sauvé ? ». Jésus leur répondit : « Rien n'est impossible à Dieu ! » C'est pourquoi rien n'est difficile aux humbles, parce que le Christ ne trouve en eux aucun obstacle à sa grâce.

Jacques et Jean, les fils du tonnerre

C'était la troisième fois que Jésus annonçait sa Passion. Ils étaient en route, montant à Jérusalem, et lui marchait devant. Les disciples suivaient, « effrayés », dit l'évangile. Ils ruminaient encore ses paroles, après la rencontre de l'homme riche qui s'en était allé tout triste : « Mes enfants, comme il est difficile à ceux qui se confient dans leurs richesses d'entrer dans le Royaume de Dieu. Il est plus facile à un chameau de passer par le trou d'une aiguille qu'à un riche d'entrer dans le Royaume de Dieu. » Déconcertés, ils avaient dit : « Alors, qui peut être sauvé ? » Mais Jésus ne chercha pas à les rassurer à bon compte, eux qui pourtant avaient tout laissé pour le suivre : « Voici que nous montons à Jérusalem, leur dit-il, et le Fils de l'homme sera livré aux grands prêtres et aux scribes. » Les chefs religieux et politiques d'Israël ne supportaient plus l'enseignement de ce prophète dangereux qui drainait les foules et bouleversait les traditions, mettant en cause leur autorité : « Ils le condamneront à mort et le livreront aux païens, ils se moqueront de lui, ils cracheront sur lui, ils le flagelleront, ils le tueront et, trois jours après, il ressuscitera » (Mc 10,34). Le déroulement des événements de la Passion est décrit avec une telle précision qu'il est permis de penser que l'évangéliste Marc a rédigé ce texte après coup. Mais la triple annonce, rapportée de manière si insistante par Matthieu, Marc et Luc ne laisse aucun doute sur la conscience que Jésus avait de son destin et sur les avertissements répétés qu'il en fit à ses disciples.

Or, c'est précisément à ce moment que Jacques et Jean, les fils de Zébédée, s'approchent de Jésus : « Maître, nous voudrions que tu fasses pour nous ce que nous allons te demander. » Matthieu, plus précis que Marc, dit que c'est leur mère qui, s'approchant avec ses deux fils, se prosterna pour exprimer la requête. Elle avait entendu la promesse que Jésus avait faite aux Douze, après le départ du jeune homme riche. Pierre avait réagi : « Eh bien ! nous, nous avons tout laissé et nous t'avons suivi. Qu'en sera-t-il donc pour nous ? » – « En vérité, je vous le déclare, avait répondu Jésus, lors du renouvellement de toutes choses, quand le Fils de l'homme siégera sur son trône de gloire, vous qui m'avez suivi, vous siégerez vous aussi sur douze trônes pour juger les douze tribus d'Israël » (Mt 19,28).

Alors, le cœur de la maman s'était enflammé de fierté et d'ambition. Ses deux fils n'étaient-ils pas l'objet d'une attention toute particulière du Maître, de celui qu'elle aussi regardait maintenant comme étant le Christ ? N'avaient-ils pas, comme Simon-Pierre, été choisis par Jésus parmi les Douze pour l'accompagner jusque dans la maison de Jaïre, lorsqu'il rappela sa petite fille à la vie ? Choisis encore pour être les témoins de sa transfiguration ? Ils n'en avaient parlé à personne, fidèles à la recommandation de Jésus, mais elle devinait bien, la mère, qu'il s'était passé là-haut, sur la montagne, quelque chose d'extraordinaire. Oui, ses deux fils étaient prédestinés. D'ailleurs, ils avaient été les tout premiers, avec Simon et André, à le suivre. Elle s'en souvenait comme d'hier : les frères étaient avec leur père, Zébédée, dans la barque, en train d'arranger leurs filets après une pêche vraiment miraculeuse. Et, à l'appel de Jésus, ils avaient laissé leur père et leur barque pour le suivre, sans même passer à la maison.

Comment une telle mère ne s'intéresserait-elle pas au sort de ses deux fils ? La famille était bien connue à Capharnaüm, respectée et généreuse. Zébédée était un petit patron de pêche qui, avec quelques employés, s'était associé à la famille voisine de Simon et André pour mener l'entreprise. Et c'est dans la maison de Simon, dont Jésus avait guéri la belle-mère, que celui-ci avait son pied-à-terre. Depuis lors, la mère des fils de Zébédée, comme l'appelle l'évangile, était bien plus qu'une voisine. Non seulement elle se tenait au courant des faits et gestes de Jésus, mais elle aidait le Maître de ses biens et se mêlait souvent à la petite troupe des disciples. Il n'est pas étonnant qu'on la retrouve parmi les femmes qui le suivirent jusqu'à Jérusalem.

Ayant entendu la promesse de Jésus aux Douze, elle cherchait donc une occasion de réaliser pour ses fils son ambition noble et généreuse. Après les avoir convaincus d'oser la demande, elle profita d'une halte et, s'approchant de Jésus, elle se prosterna devant lui : « Ordonne que, dans ton Royaume, mes deux fils que voici siègent l'un à ta droite et l'autre à ta gauche. » Jésus répondit : « Vous ne savez pas ce que vous demandez. Pouvez-vous boire la coupe que je vais boire ? » Ils lui dirent : « Nous le pouvons. » Il leur dit : « La coupe que je vais boire, vous la boirez, et du baptême dont je vais être baptisé, vous serez baptisés. Quant à siéger à ma droite et à ma gauche, il ne m'appartient pas de l'accorder. Ce sera donné à ceux pour qui mon Père l'a préparé » (Mc 10,35 ; Mt 20,20).

Ils avaient une folle audace, les deux frères, inspirée par leur attachement passionné à la personne de Jésus et par leur volonté délibérée de le suivre jusqu'au bout pour servir son Royaume. Mais cette noble intention en cachait une autre, inspirée, celle-là, par un désir d'excellence moins avouable. Certes, ils avaient du tempérament, eux que Jésus avait appelés les « fils du tonnerre ». Avant de le rencontrer, ils avaient fréquenté Jean-Baptiste sur les bords du Jourdain. Ils avaient approuvé son langage radical, sa condamnation du pharisaïsme comme de l'insouciance, ils s'étaient réjouis de l'entendre annoncer le Messie qui vient, plus fort que lui, baptiser dans l'Esprit et le feu. N'avaient-ils pas voulu faire tomber le feu du ciel, comme le prophète Élie l'avait fait (2 R 1,12), sur un village de Samarie qui refusait d'accueillir le Maître ? « Vous ne savez pas de quel esprit vous êtes », avait répliqué Jésus.

Mais cette fois, c'en était trop ! Leur ambition, sous couleur d'un noble service, suscita l'indignation des dix autres, et une leçon de Jésus dont ils se souviendraient. Les ayant tous appelés près de lui, Jésus leur dit : « Vous le savez, ceux qu'on regarde comme chefs des nations leur font sentir leur pouvoir et les tiennent sous leur domination. Il ne doit pas en être ainsi parmi vous. Au contraire, si quelqu'un veut être grand parmi vous, qu'il soit votre serviteur. Et si quelqu'un veut être le premier, qu'il se fasse votre esclave. C'est ainsi que le Fils de l'homme est venu non pour être servi, mais pour servir et donner sa vie en rançon pour la multitude. »

Le langage est net, sans ambages : « Au contraire ! » L'Esprit de Jésus, l'Esprit qu'il les prépare à recevoir et qui doit inspirer leur façon d'exercer l'autorité, est en contradiction avec l'esprit du monde. Pas de concession possible ! Pas de petits royaumes privés, pas de petits pouvoirs réservés dans le Royaume des Cieux ! C'est d'ailleurs pour cette raison que le Christ leur avait demandé de garder le secret sur son identité : il ne voulait pas qu'on le prenne pour un Messie humain, trop humain. Il ne voulait régner que par l'humilité du Serviteur, tant il est vrai que l'humilité est au cœur de l'amour, comme le chantera l'hymne des premiers chrétiens : « Lui, qui est de condition divine, n'a pas considéré comme une proie à saisir d'être l'égal de Dieu. Mais il s'est dépouillé, prenant la condition de serviteur… Il s'est abaissé, devenant obéissant jusqu'à la mort, et la mort sur une croix. C'est pourquoi Dieu l'a souverainement élevé… » (Ph 2).

Ce chemin d'humilité, Jésus allait le leur montrer dans sa Passion. Mais auparavant, parvenu à Jérusalem, il prit à nouveau Pierre, Jacques et Jean, au mont des Oliviers, face au Temple, et il leur annonça la ruine du Temple, la haine dont ils seraient l'objet à cause de lui, et la force de l'Esprit Saint qui parlerait en eux pour témoigner jusqu'à la venue du Fils de l'homme dans sa gloire. « Veillez », leur dit-il. Deux jours après, il emmena les trois dans ce même jardin des Oliviers, pour qu'ils veillent avec lui dans la prière avant son arrestation, et qu'ils soient aussi témoins de son agonie. Mais Jésus les trouva en train de dormir, accablés, déjà à distance. Quant à la maman des deux frères, on la retrouvera au pied de la croix, parmi les femmes qui étaient montées de Galilée, « regardant à distance ».

Aussi bien, la coupe de Jésus, ils la boiront, en acceptant de le servir joyeusement dans la force de l'Esprit, par le chemin des humiliations et des mépris, puisque c'est par là que l'on parvient à l'humilité. En l'an 44, Hérode entreprit de persécuter certains membres de l'Église. Il fit décapiter Jacques, le frère de Jean (Ac 12,2). Quant à celui-ci, deviendra-t-il l'auteur du quatrième évangile, « le disciple que Jésus aimait », mais qui ne dit jamais son nom, celui qui demeura pour témoigner de ces faits et qui les a écrits ? Les exégètes en discutent. Toujours est-il que, dans l'Église naissante, Jean avait une situation privilégiée, étant, au dire de saint Paul (Ga 2,9), l'une des « colonnes » de la communauté de Jérusalem.

La femme adultère, relevée par Jésus

Elle est jetée là, au centre, accablée du poids de leurs regards, exécutée d'avance : « Ces femmes-là, Moïse nous a prescrit de les lapider. Et toi, qu'en dis-tu ? » (Jn 8). Tribunal populaire où Jésus est sommé de faire chorus : « Les témoins mettront les premiers la main à l'exécution du condamné, puis tout le peuple y mettra la main » (Dt 17,6).

Un récit qui fait monter le suspens jusqu'à son dénouement. Deux petites scènes symétriques, encadrées par l'accusation et par le pardon. Au centre, la parole de Jésus qui retourne la situation : « Que celui d'entre vous qui est sans péché lui jette la première pierre. » Avant comme après, par deux fois, Jésus se baisse, et se tait. Il écrit avec son doigt sur le sol, comme pour montrer que leurs accusations sont des traits sur le sable. Et il a suffi de cette parole pour qu'ils se taisent à leur tour, comme, dans certaines cours d'assises, des témoins qui se rétractent et qui s'en vont. « Ils s'en allèrent l'un après l'autre, à commencer par les plus vieux ! » Seule, avec Jésus laissé seul, toujours là au milieu, libérée du cercle de la condamnation ! Alors, Jésus se relève à nouveau, et la relève avec lui : « Femme, où sont-ils ? Personne ne t'a condamnée ? » – « Personne, Seigneur. » – « Moi non plus, je ne te condamne pas. Va, désormais ne pèche plus. »

Un vieux missionnaire jésuite, aujourd'hui décédé, racontait que, après avoir travaillé à Pékin durant de nombreuses années à développer une communauté chrétienne florissante, il se trouva brutalement arrêté par la police de Mao dans les années 1950. Jugé sur la place publique devant son église par un tribunal populaire, il fut accusé de collaboration avec les suppôts de l'impérialisme américain. Et dans la foule qui l'entourait, il reconnut parmi ses accusateurs certains chrétiens de sa propre paroisse. « À ce moment, ajoutait-il, tout s'écroule autour de vous, l'œuvre de votre vie, vos proches et vos amis. Il ne vous reste plus que Jésus seul ! »

Que dire alors de cette femme, coupable, elle, « d'avoir fait ce qui est mal aux yeux de Yahvé son Dieu en transgressant son alliance » (Dt 17,2) ? Elle n'avait que Jésus seul. Seul, en effet, celui qui est sans péché pouvait, en prenant sur lui la faute, la délivrer non seulement de son humiliation aux yeux de ses accusateurs, mais, plus encore, de sa propre honte.

Déshonorée, qui donc pouvait la relever ? Qui donc, sinon celui-là même qui est sans péché, pouvait faire à nouveau jaillir, au-delà de son opprobre et du plus profond d'elle-même, la source virginale demeurée intacte ? C'est pourquoi Jésus se baisse, il descend, il la rejoint à ce point où tout peut recommencer pour la redresser avec lui. Il s'abaisse parce qu'il est l'amour de Dieu parmi nous, et que l'humilité est au cœur de l'amour. L'amour, en effet, ne peut être condescendant, il ne peut regarder de haut. Relevée, elle aurait pu faire siennes ces paroles du poète anglais George Herbert dans son poème « Amour » :

Moi, le sans-cœur, le très ingrat, Oh ! Mon aimé, je ne puis
[pas te regarder.
Amour en souriant prit ma main et me dit : qui donc fit
[les yeux sinon moi[1] *?*

Qui donc fit les yeux, sinon celui qui ne regarde que pour relever ? Les hommes regardent pour juger, pour se comparer, et s'ils trouvent en autrui quelque mal ou imperfection, ils le remarquent et le notent. Mais Dieu, si nous faisons quelque chose de bien, il l'observe, il ferme les yeux sur nos imperfections et prend sur lui notre mal. Son regard voit toujours en chacun les extraordinaires possibilités. Comme l'a écrit Paul Baudiquey au sujet du père du prodigue : « Les seuls regards d'amour sont ceux qui nous espèrent. » Se laisser regarder par le Christ, tel fut le salut de Simon-Pierre après son reniement, telle fut la confiance de cette femme.

Sans doute la retrouve-t-on, anonyme, parmi les saintes femmes qui, au pied de la croix, contemplaient celui qui prenait sur lui la faute de la multitude, et la honte.

1. Traduit par J. Mambrino dans *Études*, février 1974, commenté par J.-P. Lemaire dans *Christus*, juillet 2002.

L'aveugle-né, témoin courageux

Parmi toutes les guérisons d'aveugles qu'a opérées Jésus, l'évangéliste saint Jean a retenu celle de l'aveugle-né, dont il a fait le prototype du croyant qui passe des ténèbres à la lumière en traversant l'eau du baptême et qui devient témoin du Christ malgré l'indifférence des uns et l'hostilité des autres. Ce long récit du chapitre 9 de saint Jean est ainsi d'une étonnante actualité. Il nous parle de l'accès à la foi, tel que le vivent aujourd'hui de nombreux adultes, attirés par la lumière du Christ à travers bien des contradictions. Il nous parle plus encore de l'« œuvre de Dieu » – l'expression est fréquente chez l'évangéliste – que Jésus, l'envoyé du Père, accomplit en ce monde : « Tant que je suis dans le monde, je suis la lumière du monde. » Et l'œuvre de Dieu, c'est un travail : « Mon Père travaille sans cesse, et moi aussi je travaille » (5,17). Il travaille en opérant des signes, il travaille en attirant vers lui et en redonnant la vie. Et nous, avait demandé la foule après avoir mangé le pain, « que nous faut-il faire pour travailler aux œuvres de Dieu ? » – « L'œuvre de Dieu, répondit Jésus, c'est que vous croyiez en celui qu'il a envoyé » (6,29). Nous retrouvons au début de notre récit cette même expression au pluriel, écho de la communauté chrétienne qui, unie au Christ, considère son action comme le prolongement de la sienne :

« Tant qu'il fait jour, il nous faut travailler aux œuvres de celui qui m'a envoyé. » La foi, œuvre de Dieu, est aussi un travail pour les hommes ! Le récit de l'aveugle-né manifeste comment Jésus œuvre sans cesse jusqu'à aujourd'hui à faire venir à la lumière les aveugles de naissance.

En passant, donc, Jésus voit un aveugle de naissance. Les disciples, faisant allusion aux théories courantes, lui demandent des explications sur l'origine de son mal : « Qui a péché, lui ou ses parents, pour qu'il soit né aveugle ? » Mais Jésus n'est pas venu expliquer le mal. Il est venu guérir et sauver, en reprenant à l'origine l'œuvre de Dieu. Imitant le geste créateur, il fait de la boue avec sa salive et en enduit les yeux de l'aveugle : « Va te laver à la piscine de Siloé. » Située dans la ville, cette piscine, dont le nom veut dire « envoyé », remarque saint Jean, servait aux ablutions et aux bénédictions messianiques durant la fête des Tentes. On se remémorait alors les quarante années au désert, ces années du grand passage vers la Terre promise que figure la liturgie du Carême, les quarante jours de préparation directe à la liturgie baptismale. L'aveugle s'en alla donc, il se lava et revint en voyant clair.

On ne sait rien de cet aveugle, sinon qu'il est né ainsi, sans jouir de la lumière, sans repères pour se diriger, semblable à tout homme qui vient au monde en cherchant sa voie comme à tâtons, et à qui Jésus, « lumière du monde », donne de voir par une initiative de salut totalement gratuite. On ne sait rien, sinon ce qui va suivre : son témoignage. Il se comporte comme un témoin à la barre du tribunal où Jésus est mis en cause. Jésus absent, disparu dans la foule, est l'objet d'un jugement : vient-il de Dieu ou des hommes ?

Ce sont d'abord les voisins qui viennent attester l'identité du témoin : les uns disent, c'est bien lui qui se tenait assis à mendier. Les autres : impossible ! Mais il lui ressemble. Mais lui de dire : « C'est bien moi ! » Et de raconter ce qui lui est arrivé.

Puis, ce sont les accusateurs. On le conduit aux pharisiens, lui, l'ancien aveugle. Or c'était un jour de sabbat que Jésus l'avait guéri. Aussi, les uns disent : « Il ne vient pas de Dieu, puisqu'il n'observe pas le sabbat. » Les autres : « Comment un pécheur peut-il accomplir de tels signes ? » Ils étaient divisés, comme ils le seront devant le Sanhédrin durant la Passion : « Leurs dépositions n'étaient pas d'accord » (Mc 14,59).

Puis c'est le tour des parents d'être convoqués à la barre de cet étrange tribunal : « Nous savons que c'est notre fils et qu'il est né aveugle. Mais comment il y voit maintenant, nous ne le savons pas. Interrogez-le : il a l'âge. » C'est qu'ils avaient peur des Juifs qui, déjà, avaient décidé d'exclure de la synagogue quiconque reconnaissait Jésus pour le Christ.

Enfin, le verdict. Les pharisiens convoquent une seconde fois l'homme qui avait recouvré la vue et lui disent : « Nous savons, nous, que cet homme est un pécheur. » S'ensuit une violente discussion au terme de laquelle l'ancien aveugle rend, comme s'il était déjà membre de la communauté croyante, un vibrant témoignage de foi : « Nous savons que Dieu n'écoute pas les pécheurs, mais si quelqu'un est religieux et fait sa volonté, celui-là, il l'écoute… Si cet homme ne venait pas de Dieu, il ne pourrait rien faire. » Alors, ils le jetèrent dehors.

Jésus l'apprit et, le rencontrant dans le temple, il lui dit : « Crois-tu au Fils de l'homme ? » Il répondit : « Et qui est-il, Seigneur, que je croie en lui ? » Jésus lui dit : « Tu le vois ! C'est lui qui te parle. » Alors, il déclara : « Je crois, Seigneur », et il se prosterna devant lui.

Nous savons, nous ne savons pas… Les affirmations et les dénégations se suivent et s'entrecroisent jusqu'au paroxysme. Ainsi, c'est la confrontation de cet homme avec ses voisins, ses parents, puis les autorités religieuses, qui va l'amener à prendre conscience de ce qui lui est arrivé et à confesser sa foi publiquement, jusqu'à la dire à Jésus lui-même. Ce Jésus qui, au long de ces rencontres, est présent dans son absence même, et qui, ignoré ou accusé, prononce le véritable jugement : « C'est pour un discernement que je suis venu en ce monde, pour que ceux qui ne voient pas voient, et que ceux qui voient deviennent aveugles. » Il disperse les hommes au cœur superbe, les suffisants qui se fient à leur propre lumière, il élève les humbles, avait chanté Marie dans son *Magnificat*, avant même que Siméon, cet homme qui dans son grand âge attendait la Consolation d'Israël, lui annonce que son enfant devait être un signe de contradiction (Lc 2,34).

Jésus agit, il accomplit l'« œuvre de Dieu », il dit ce qu'il fait, il fait ce qu'il dit. Puis se tait. Il se retire pour que les hommes à leur tour réagissent. Les uns viennent à la lumière, les autres se récusent, tandis que les derniers le refusent. Qui est Jésus ? D'où vient-il ? Par quelle autorité a-t-il le pouvoir de faire des signes, en particulier de faire venir à la lumière de la foi ? Ils étaient divisés. Et c'est bien pourquoi, aujourd'hui encore, beaucoup se récusent, jusque dans les familles, se jugeant incompétents ou, comme on dit, agnostiques :

« Il a l'âge ! » À lui de voir ! Mais ce climat d'indifférence, qui est devenu l'air que nous respirons, n'est-il pas aussi l'occasion de réagir devant la question de la foi d'une façon beaucoup plus personnelle : « Et vous, demande Jésus à ceux qui le suivent, qui dites-vous que je suis ? »

Marthe et Marie, l'unique nécessaire

Les deux sœurs envoyèrent dire à Jésus : « Seigneur, celui que tu aimes est malade. » Mais quand Jésus apprit que leur frère Lazare était malade, il resta deux jours encore à l'endroit où il se trouvait. Le troisième jour, il monta à Béthanie, le village de Marthe et de Marie. Lazare était mort, et la pierre était roulée sur le tombeau depuis quatre jours. Des gens étaient venus de Jérusalem, toute proche, pour consoler les deux sœurs. Quand elle apprit que Jésus arrivait, Marthe alla à sa rencontre, tandis que Marie restait assise à la maison.

Les voilà bien, nos deux sœurs, avec leurs tempéraments différents. Luc, qui raconte leur première rencontre avec Jésus (10,38), et Jean, la dernière (11,17), croquent leur portrait sur le vif en se complétant à merveille. Contrairement au sentiment commun, c'est Marthe qui tient la première place. On ne la lui a pas donnée, elle l'a prise, comme il revient à l'aînée. C'est elle, la maîtresse de maison : elle tient les affaires en main, dirige le ménage, préside aux événements. Femme de décision, elle a déjà essuyé ses larmes, et court à la rencontre de Jésus avec une foi extraordinaire : « Seigneur, si tu avais été ici, mon frère ne serait pas mort. Mais maintenant encore, je sais que tout ce que tu demanderas à Dieu,

Dieu te l'accordera. » Elle croit à la résurrection au dernier jour, et l'affirme sans hésitation : « Je sais qu'il ressuscitera. » Et Jésus va conduire sa foi beaucoup plus loin encore, jusqu'à croire que son frère est toujours vivant : « Quiconque croit en moi, même s'il meurt, vivra ! » Elle est la première à croire jusque-là, et à l'exprimer par une profession dont l'assurance ne le cède en rien à celle de Simon-Pierre : « Oui, Seigneur, je crois que tu es le Christ, le Fils de Dieu, celui qui vient dans ce monde ! »

Marie, elle, est donc assise à la maison. C'est toujours ainsi qu'on la trouve : assise aux pieds de Jésus pour écouter sa parole, lors de sa première visite, assise ici pour pleurer son frère, assise encore pour oindre les pieds de Jésus et les essuyer de ses cheveux lors du dernier repas de Béthanie (Jn 12,3). Elle ne dit rien, Marie, sinon pour répéter la plainte de sa sœur : « Seigneur, si tu avais été ici, mon frère ne serait pas mort. » Elle ne dit rien, mais elle parle haut et fort avec son corps et ses larmes, elle dit sa foi par son écoute silencieuse.

Après la résurrection de Lazare, grands prêtres et pharisiens tinrent conseil : « Que faisons-nous ? Cet homme accomplit beaucoup de signes. Si nous le laissons faire, tous croiront en lui et les Romains viendront et détruiront notre Lieu Saint et notre nation. » À dater de ce jour, rapporte saint Jean, ils se mirent d'accord pour le tuer. Aussi Jésus ne se montrait-il plus en public. Il se retira avec ses disciples à Éphraïm, localité proche du désert. Six jours avant la Pâque, Jésus revint à Béthanie. Et c'est alors que nous retrouvons Marie. On lui offrit un repas. Marthe servait. Lazare était l'un des convives. Avertie de la menace, ayant appris que l'on voulait aussi tuer Lazare, Marie va exprimer son chaste amour du

Christ avec toute sa sensibilité féminine, jusqu'à poser un geste fou, que seule une femme pouvait faire, brisant le flacon d'albâtre pour répandre sur les pieds de Jésus un nard pur de grand prix. « Et le parfum remplit la maison. » Aussi Jésus va-t-il prendre sa défense, devant Judas dont le cœur est déjà pourri par l'argent, sous couleur du souci des pauvres : « Elle a fait ce qu'il lui revenait de faire, d'avance elle a parfumé mon corps pour l'ensevelissement. » Étonnante scène où se trouvent réunis Jésus, Marthe, Marie, Lazare, Judas, les autres apôtres et, en arrière, la foule venue pour voir Lazare et les grands prêtres qui complotent. Ainsi, Marthe a pris la première place, mais Marie a choisi la meilleure : par son geste, sans un mot, elle a dit plus que tous les autres.

Belle revanche de la cadette sur l'aînée : « C'est Marie qui a choisi la meilleure part, dit Jésus, elle ne lui sera pas enlevée » (Lc 10,42). Quelle est donc cette meilleure part qu'elle a choisie ? C'est celle d'écouter la parole du Seigneur. Quelque chose que nous avons presque oublié, dans notre monde de bruit et d'agitation, tant nos oreilles sont sans cesse sollicitées, occupées ailleurs. Comment s'étonner, dès lors, que la foi soit rare, superficielle, elle qui ne vient que par l'écoute ? « Écoute, Israël ! » C'est par ces mots que commence la prière du croyant : « Écoute ton Dieu qui t'a délivré de la servitude, et tu pourras ainsi l'aimer de tout ton cœur. » C'est la prière du prophète : « Chaque matin, le Seigneur m'ouvre l'oreille, pour que j'écoute comme un disciple. » Jésus, qui se nourrit sans cesse de la parole du Père, nous a été donné pour que nous l'écoutions : « Celui-ci est mon fils bien-aimé, écoutez-le ! » Et Jésus avertit sans cesse ses disciples : « Faites attention à la façon dont vous écoutez ! » Marthe, elle aussi, a beaucoup de mal à écouter. Or, « Jésus aimait Marthe et sa sœur et Lazare »

(Jn 11,5), et c'est pourquoi il reprend la première, absorbée qu'elle était par les multiples soins du service : « Marthe, Marthe, tu te soucies et t'agites pour beaucoup de choses. Pourtant il en faut peu, une seule chose est nécessaire » (Lc 10,41).

Marthe et Marie sont la figure emblématique de notre existence chrétienne, tiraillée entre le service et la prière, l'action et la contemplation. Et c'est pourquoi elles nous sont si familières, et comme intérieures à notre esprit. La meilleure part, pensons-nous, serait d'être tout entier orienté vers l'unique nécessaire. Mais au moment même où nous nous apprêtons à écouter la voix du Seigneur, une autre voix nous rappelle la multiplicité des choses à faire, toutes fort importantes au demeurant. Et nous voilà divisés. Cette manière d'être occupé, comme on dit d'un poste téléphonique qu'il sonne occupé, est un des traits caractéristiques de notre temps. Nos cités sont des ruches où le temps est calculé, quantifié, transposé d'avance en agenda de choses à faire, l'une chassant l'autre, dans une course qui ne laisse plus place à l'imprévu de la rencontre, jusqu'à nous faire perdre de vue la finalité de notre existence.

Il nous faudrait d'urgence retrouver la différence entre l'important et le nécessaire. Le nécessaire, c'est « Écoute, Israël, le Seigneur ton Dieu est l'unique. Tu aimeras le Seigneur de tout ton cœur, et ton prochain comme toi-même. » Le nécessaire, c'est l'écoute de la Parole qui est la vie de l'homme. C'est l'intention droite de lui répondre en toutes choses, en commençant par les plus importantes et sans oublier les plus petites. Car, comme le remarquait Madeleine Delbrêl, nous sommes fort mal informés sur la taille de nos actes… « Il nous semble que l'action vraiment amoureuse est toute pleine de lumière.

Alors, la vie est une fête. Chaque petite action est un événement immense où le paradis nous est donné, où nous pouvons donner le paradis. »

Jésus ne reproche pas à Marthe le soin qu'elle met à servir. Mais d'être absorbée, soucieuse et agitée. Elle est absorbée par les multiples soins du service, remarque l'évangéliste. La multiplicité absorbe et divise. L'unité rassemble et pacifie. Quand l'unique intention est celle d'écouter, de se laisser habiter par la parole et d'y répondre de tout son être, alors l'action amoureuse est pleine de lumière.

Dans un beau chapitre intitulé « De la vie mêlée », le père Surin, jésuite du XVIIe siècle, évoque les trois manières d'unifier l'intérieur et l'extérieur, la prière et la vie. La première manière est le propre de ceux qui, étant fort occupés à l'extérieur, sentent que toute leur vie spirituelle se dissout peu à peu. Au début, ils souffrent de perdre leur paix et de se voir dans le tracas. Ensuite, ils s'en accommodent. Enfin, ils en viennent à s'y plaire et ne peuvent plus s'en passer. C'est ce que remarquait saint Bernard, semonçant son ancien disciple devenu le pape Eugène, dans son livre sur la considération de soi-même[1] : « J'ai peur, lui écrivait-il, qu'au milieu de vos occupations sans nombre, vous finissiez par vous y faire et vous y endurcir le cœur, au point de ne plus même en ressentir les dangers. Un cœur fermé à l'amour de Dieu et des hommes, voilà ce à quoi vous vous exposez si vous vous laissez absorber entièrement dans ce travail insensé sans rien réserver de vous-même. Tout cela n'est propre qu'à vous tourmenter l'esprit, épuiser le cœur et vous faire perdre la grâce. »

1. Saint Bernard, *De la considération* [1152].

D'autres, qui ne peuvent supporter cette peine et le reproche de leur conscience, font effort pour se maintenir en bon état, retranchant les distractions inutiles et les occupations qui ne sont pas nécessaires pour prendre des temps de respiration, afin que l'Esprit ne soit pas étouffé en eux. Ils savent, en effet que, sans la présence ordinaire de Dieu, sans la vigilance sur leur intérieur et le goût des réalités spirituelles, ils ne peuvent surmonter l'impatience, la sensualité, ou la complaisance mondaine. Ainsi, à la suite d'une halte spirituelle, ou d'une faute un peu sérieuse, ou d'une épreuve qui les a fait rentrer en eux-mêmes, ils prennent la décision de réserver tous les jours quelque temps pour prier, lire ou considérer devant Dieu comment ils se comportent. Et même, de se faire accompagner une fois le mois, et de faire retraite une fois l'an « pour prendre ses mesures, dit Surin, faire ses bons propos et monter son instrument de musique, c'est-à-dire son cœur, pour jouer harmonieusement aux oreilles de Dieu pendant le cours de l'année ». Par ces pratiques, ils peuvent espérer réparer les brèches d'un activisme toujours menaçant et se maintenir en bon état.

La troisième sorte de personnes, ce sont celles qui non seulement ne perdent rien, mais se servent de leurs occupations elles-mêmes pour croître en l'amour de Dieu : « Ils ont trouvé la pierre philosophale en fait de vertu, parce qu'ils convertissent les choses les plus ordinaires en pur or de la charité. » Ce que l'on ne peut pratiquer qu'après avoir rendu l'esprit entièrement libre. Ainsi vivaient les saints, comme Vincent de Paul, cet homme d'action vraiment extraordinaire qui répondait à ceux qui lui demandaient comment il s'y prenait pour agir si paisiblement : « Les choses de Dieu se font d'elles-mêmes ! » Surin en livre le secret : « Ayant entièrement rendu leur cœur libre par le dégagement de toutes choses, par l'amendement de leur vie, ayant déraciné tout orgueil, avarice et prétention humaine, ils rencontrent Dieu en toutes choses et ne font rien que pour lui plaire. » Ils ont trouvé la perle, ils ont choisi la meilleure part, laissant le Seigneur libre d'agir en eux, puisqu'en tout leur intention et leur amour ne cherchent rien, que Dieu même.

Bartimée, la confiance

Celui-ci est comme emporté dans le sillage de Jésus. Soulevé par sa foi, encouragé par les passants, guéri par le « fils de David », voilà qu'il le suit sur le chemin ! C'est l'aveugle de Jéricho, Bartimée, le fils de Timée. Tout le monde le connaît. Depuis toujours, sa place est assignée contre la porte de la cité. Il vient s'y asseoir dès que le jour se lève, enveloppé de son manteau sans âge, pour mendier.

Et voici que Jésus passe. Précédé par la rumeur, entouré d'une foule excitée, il sort de Jéricho. (Luc situe la scène à l'entrée de Jéricho, comme un préambule à la rencontre de Zachée. Marc, à sa sortie vers Jérusalem pour montrer en Bartimée le disciple qui se met en chemin à la suite du Christ jusqu'à la croix.) Apprenant que c'était Jésus de Nazareth, l'aveugle se mit à crier : « Fils de David, Jésus, aie pitié de moi ! » (Mc 10,46). Il avait l'ouïe exercée, Bartimée, et voyait avec ses oreilles. Jésus, il le connaissait depuis longtemps. Les gens lui avaient raconté tout ce qu'on disait de lui, ses paraboles, ses guérisons, son attention aux petites gens et ce qui était arrivé la veille, dans la cité, à Zachée le publicain. La ville entière en parlait avec émotion. Bartimée ne pouvait guère grimper dans un sycomore pour voir

Jésus, mais déjà il le voyait avec les yeux de la foi. Car, toutes ces choses, il les avait méditées dans son cœur, assis là, à mendier. Il les repassait dans sa mémoire, il les ruminait, et le désir, un désir de plus en plus intense, comme une folle espérance, s'était emparé de son esprit : voir Jésus, le Messie, le Christ ! Et voici qu'il venait, qu'il était là, à portée de voix. Aussi se mit-il à crier. Beaucoup le rabrouaient pour qu'il se taise, mais lui criait de plus belle : « Fils de David, Jésus, aie pitié de moi ! »

Bartimée est le premier dans l'évangile à appeler Jésus par son nom. D'autres, ensuite, feront comme lui, les dix lépreux, le bon larron, comme s'ils savaient d'avance que le Christ, le Messie, était venu pour eux, les pauvres et les pécheurs, et qu'ils avaient dès lors quelque droit à l'appeler si familièrement. Mais c'est bien au Christ qu'ils s'adressent : « Fils de David ! » Alors Jésus s'arrêta. Et, faisant taire d'un geste de la main le bruit, l'agitation, les sollicitations de ceux qui le pressaient, il dit : « Appelez-le ! » Il se fit un grand calme. Les gens se retournèrent vers l'aveugle et, de proche en proche, la parole d'espérance parvint jusqu'à lui : « Confiance ! lève-toi, il t'appelle. » Rejetant son manteau, raconte Marc, toujours précis, il se leva d'un bond et vint vers Jésus. Tout se joue en un clin d'œil. Marc, en bon scénariste, décrit en quelques mots ce mouvement de la confiance totale. Mais il souligne aussi l'importance des amis anonymes qui transmettent l'appel de Jésus : confiance, il t'appelle ! N'est-ce pas ainsi que la démarche de la foi se réalise bien souvent ? L'appel du Christ, la révélation de son attention personnelle à nos vies nous parvient par les autres, les parents, les compagnons de route. Le catéchuménat comporte encore aujourd'hui cette étape qui a pour nom « l'appel décisif » : l'évêque y appelle le futur baptisé au nom du Christ et de l'Église, reconnaissant que Dieu est à l'œuvre dans sa demande : « Confiance, lève-toi, il t'appelle ! » lui dit l'évêque, avant d'inscrire son nom sur le registre.

Confiance ! Le mot revient souvent dans l'évangile. – « Confiance, mon enfant, dit Jésus au paralytique porté par quatre hommes, tes péchés te sont remis. » – « Confiance, ma fille, dit-il à l'hémorroïsse qui vint toucher son vêtement par-derrière, ta foi t'a sauvée. » La confiance, c'est la foi, et en quelque sorte plus que la foi. C'est la foi qui s'adresse à Dieu ou à son Christ dans l'assurance d'être déjà exaucée. Jésus y invite souvent : « Si vous demandez quelque chose sans hésiter dans votre cœur, et si vous croyez que vous l'avez reçu, cela vous sera donné. » Aussi, Bartimée laisse là son manteau élimé, sachant qu'il n'en aura plus besoin, et s'élance vers Jésus à travers la foule qui lui fait passage.

« Que veux-tu que je fasse pour toi ? » Question surprenante dans la bouche de celui qui sait ce qu'il y a dans l'homme, mais combien révélatrice de son désir d'engager une vraie relation avec Bartimée. Jésus aurait pu le guérir d'un mot ou d'un geste, mais alors la foi de l'aveugle ne serait qu'un cri, lancé du fond de sa détresse. Que veux-tu ? Quel est ton désir à toi ? lui dit le Christ, ce désir qui t'habite si fort et dans lequel il reconnaît le travail de l'Esprit Saint. Ce qu'il voulait, c'était voir de ses yeux de chair le visage de Jésus dans le monde des vivants, c'était rencontrer celui dont il savait maintenant qu'il était aimé : « Rabbouni, dit-il avec un accent de confiance spontanée, que je voie ! » Et Jésus lui dit : « Va, ta foi t'a sauvé. » Aussitôt, il recouvra la vue, et il le suivait sur le chemin.

Suivre Jésus sur le chemin, les yeux grands ouverts, c'est proprement la condition du disciple. Bartimée est ainsi la figure du vrai disciple du Christ qui a surmonté tout aveuglément. Avant de rapporter cet événement, qui conclut le ministère de Jésus jusqu'à son entrée à Jérusalem, Marc va justement souligner l'incompréhension des apôtres, leurs questions, et même leur aveuglement : « Vous avez des yeux, leur dit le Christ, et vous ne voyez pas ? Des oreilles, et vous n'entendez pas ? Vous ne saisissez pas encore et vous ne comprenez pas ? » (Mc 8,17). C'était au sujet de leur manque de foi, de leur inintelligence du mystère de sa Passion, de la nécessité du renoncement pour le suivre. Mais alors, disaient-ils, l'entrée dans le Royaume est impossible ! Lente et difficile ouverture des yeux de la foi, que l'évangéliste symbolise par une autre guérison, laborieuse celle-là, d'un aveugle. Un événement qu'il situe avant l'autre, en préface à la patiente éducation par laquelle Jésus ouvre peu à peu les yeux des disciples sur la nécessité du renoncement et de la croix (cf. 8,34).

Cela se passait à Bethsaïde, avant la profession de foi de Simon-Pierre et la première annonce de la Passion (Mc 8,22). On amenait à Jésus un aveugle et on le suppliait de le toucher. Jésus mit de la salive sur ses yeux et, lui imposant les mains, lui demandait : « Vois-tu quelque chose ? » – « J'aperçois les gens, dit-il, c'est comme si c'était des arbres que je les vois marcher. » Le texte est maladroit, comme pour souligner la confusion de celui qui commence à voir. Jésus lui posa de nouveau les mains sur les yeux, et l'homme vit clair. Il voyait tout distinctement. Celui-là reste passif. On l'amène, il n'exprime aucun désir. Et Jésus doit s'y prendre à plusieurs fois, signifiant par là les efforts qu'il devrait faire pour ouvrir progressivement les yeux des disciples.

Ainsi, selon Marc, l'éducation de la foi des disciples se trouve encadrée par deux guérisons, la première, difficile et répétitive, la seconde, immédiate et complète. Entre la première et la seconde guérison, Jésus, par trois fois, enseigne à ses disciples qu'il doit subir sa Passion pour entrer dans son règne : « Le Fils de l'homme doit beaucoup souffrir, être rejeté, tué et, après trois jours, ressusciter. » Et c'est ouvertement qu'il disait ces choses (Mc 8,31 ; 9,31 ; 10,33). Comme avec l'aveugle, Jésus doit s'y prendre à plusieurs fois pour leur ouvrir les yeux. Mais eux ne comprenaient pas et craignaient de l'interroger. Simon-Pierre, le premier, commençait de voir : « Tu es le Christ ! », mais un instant après, il le réprimandait : « Dieu t'en préserve, Seigneur, non, cela ne t'arrivera pas ! » C'est que ses pensées, lui répliqua Jésus, n'étaient pas celles de Dieu mais celles des hommes. Il voit Jésus, il reconnaît le Messie, mais il ne voit pas le chemin qu'il doit prendre pour régner. Ainsi, à plusieurs reprises, Jésus cherche à leur ouvrir les yeux, l'intelligence du cœur, mais sans y parvenir d'un coup, tant la sagesse du monde est contraire à la sagesse de Dieu. Quel contraste entre la figure de cet homme à la foi hésitante et sans élan, guéri comme malgré lui, et celle de Bartimée, l'homme de désir, qui cherche la lumière, l'espère de tout son cœur et, rencontrant Jésus, lumière du monde, bondit vers lui en abandonnant son manteau de ténèbres. Et aussitôt, il se mit à le suivre, lui qui est le chemin, la vérité et la vie.

Revenons maintenant sur cet entre-deux, ce récit de l'évangile qui, scandé par les trois annonces de la Passion et l'incompréhension des disciples, va de la première guérison à la seconde. Ce récit qui va de l'une à l'autre associe aux trois annonces de la Passion les enseignements les plus exigeants de l'évangile, les plus difficiles à comprendre. Ce sont les conditions pour suivre Jésus : renoncer à soi-même, se charger de sa croix, professer sa foi sans rougir, prier pour dominer le mauvais esprit, se faire le dernier de tous, couper sa main, son pied, s'ils sont occasion de scandale, ne pas séparer ce que Dieu a uni dans le mariage, accueillir le Royaume comme un petit enfant, renoncer aux richesses, servir plutôt qu'être servi. Tout au long de ces enseignements si contraires à l'esprit du monde, les disciples manifestent leur lenteur à comprendre, ils disent que, dans ces conditions, il y a intérêt à ne pas se marier, ils sont déconcertés par l'affirmation sur le danger des richesses et ils continuent de demander les premières places. En un mot, ils ont l'esprit bouché !

Il leur faudra du temps, l'expérience de la fragilité humaine, la lumière et la force de l'Esprit Saint, pour qu'ils renoncent à toute suffisance et acceptent humblement d'apprendre du Seigneur lui-même les mœurs du Royaume en marchant sur ses traces. Ainsi, le récit de la guérison de l'aveugle de Jéricho vient conclure cet enseignement si paradoxal et si contraire à notre pente naturelle et aux manières du monde, comme pour dire au lecteur de l'Évangile de ne pas s'étonner de sa lenteur à comprendre, mais de faire confiance à Jésus en cheminant à sa suite.

Zachée, ou le Dieu des surprises

Encore un dont la foi est sans hésitation ! Un personnage sympathique que ce Zachée, et tellement spontané ! Pourtant il avait quelques raisons de bien se tenir : ce n'était pas le genre d'homme avec lequel on fait conversation sur les marchés. Chacun gardait ses distances. « Il était riche », dit l'évangile. Jésus ne méprisait pas les riches. Il ne méprisait personne. Et il fréquentait les publicains et les pécheurs ; ce qui lui attirait les sarcasmes de certains pharisiens qui se croyaient justes. Mais, précisément, Zachée ne se prenait pas pour un juste. Chef des collecteurs des impôts dans une cité populeuse et prospère, la ville de Jéricho, située à l'embouchure du Jourdain, au nord de la mer Morte, Zachée collaborait avec l'occupant romain sans trop de scrupules et se remplissait les poches au passage. On le savait, et on s'écartait de lui.

Et voici que Jésus, entré dans Jéricho, traversait la ville. C'était au cours de son dernier voyage vers Jérusalem. Et la foule, anticipant l'accueil qu'on allait lui faire dans la Cité de David, l'accompagnait avec enthousiasme. En entrant dans la ville, Jésus n'avait-il pas guéri l'aveugle ? Or, « Zachée cherchait à voir qui était Jésus, et il ne pouvait y parvenir à cause de la foule, car il était de petite taille. Il courut en avant et monta sur un sycomore afin de voir Jésus qui allait passer par là » (Lc 19,3). On disait tellement de choses de Jésus : que c'était un prophète, ou qu'il était possédé, ou qu'il avait perdu la tête. La foule voyait en lui Élie revenu sur la terre, ou Jean-Baptiste ressuscité… Et Zachée cherchait non seulement à le voir, comme on dit qu'on veut voir de ses yeux un grand personnage au milieu d'un cortège, mais il cherchait à voir qui il était. Ce n'était pas simple curiosité. C'était un désir tellement intense qui battait en son cœur, qu'au risque de paraître ridicule aux yeux de la foule, le voilà qui court et qui grimpe. On l'imagine, pot à tabac, relevant son vêtement d'une main pour ne pas s'y prendre les pieds, et s'accrochant de l'autre aux premières branches d'un sycomore.

Voir qui est Jésus ! Ce désir a fait courir les premiers disciples : « Venez et voyez ! », disaient-ils ; il a inspiré les évangélistes, soutenu les apôtres jusqu'aux extrémités du monde, fortifié les martyrs devant les tribunaux, conduit les solitaires dans les déserts, rassemblé des contemplatifs dans les monastères, mis sur les routes des pèlerins sans nombre ; et il continue aujourd'hui d'ouvrir des chemins dans le cœur des croyants : « Ce que nous avons vu de nos yeux, écrit saint Jean, ce que nous avons contemplé, ce que nos mains ont touché de Verbe de vie, et nos oreilles entendu, nous vous l'annonçons, afin que vous aussi, vous soyez en communion avec nous » (1 Jn 1,1).

Ainsi courait Zachée, lui, le chef, insensible aux jugements de ses administrés. Comment Jésus aurait-il pu demeurer insensible à cette ferveur ardente et comme en attente, qui le faisait grimper aux arbres ? Quand il arriva à cet endroit, Jésus leva les yeux et lui dit : « Zachée, descends vite ! Il me faut aujourd'hui demeurer dans ta maison. » Deux regards se croisent et le monde bascule. Appelé par son nom, Zachée se découvre connu, bien au-delà de son personnage social, rejoint dans cet intime de l'âme demeuré intact, là où le Saint-Esprit dort incognito, sous les vieilles peaux de ses complicités. Une parole le réveille, la parole toute-puissante du Christ venu dans ce monde pour appeler les pécheurs. Bravant le murmure de désapprobation, Zachée descendit et l'accueillit tout joyeux.

Telle est la bonne nouvelle : « Toi aussi, tu es aimé de Dieu ! » Jésus ne lui adresse pas un discours pour l'en convaincre. Il se comporte avec lui de telle façon que Zachée, aussitôt, découvre en lui quelque chose de plus grand, de plus noble que ce qu'il pensait, lui, le publicain, enfermé dans l'image que les gens lui renvoient, quelque chose qui bouge et remue dans son cœur : l'allégresse d'un enfant qui entre dans la vie, la conscience d'être un fils d'Abraham.

Saint Benoît disait que les degrés de l'humilité se montent en descendant. C'est pourquoi Jésus lui demande de descendre. Peut-être nous faisons-nous de l'humilité une idée quelque peu morbide. Nietzsche ne disait-il pas qu'elle était la vertu des vaincus de la vie, le fruit gâté d'un sourd ressentiment ? On entend des sportifs, des entraîneurs, dire après un échec de leur équipe qu'il faut de l'humilité. Mais il conviendrait plutôt de parler alors de modestie. Car l'humilité est tout autre. La modestie est l'acceptation de ses insuffisances. L'humilité est la reconnaissance du don de Dieu : « Tout ce que j'ai et possède, tu me l'as donné. » Marie est humble, l'humble servante du Seigneur, mais elle n'est pas modeste. Elle ne se déprécie pas, comme si sa personne était insignifiante et sans importance : « Le Seigneur a fait pour moi de grandes choses, dit-elle. Et toutes les générations me diront bienheureuse ! » Elle est humble parce qu'elle sait que tout lui est donné, et c'est pourquoi son humilité est joyeuse et triomphante : « Déployant la force de son bras, il disperse les superbes. »

C'est bien ce qui arrive à Zachée, et c'est pourquoi il descend tout joyeux les degrés de l'humilité. Il descend avec Jésus dans sa maison malpropre aux comptes en désordre, sans rien vouloir cacher. Il descend de ses airs supérieurs, de sa vanité de riche, habile à extorquer les sous des contribuables, il descend au milieu des murmures : « C'est chez un pécheur qu'il est allé loger ! » Lui, le pécheur méprisable, conscient de mériter la réprobation divine, se voit choisi entre tous pour manifester que la tendresse et la miséricorde du Seigneur l'ont accompagné jusqu'à ce jour, l'immense espérance que Dieu continue de nourrir envers chacun. Zachée découvre qu'il est aimé non pas, comme on dit, tel qu'il est, mais tel qu'il va pouvoir devenir sous le soleil de Dieu. Dieu nous aime, non parce que nous sommes aimables, mais pour que nous le devenions.

Telle est l'histoire de Zachée. S'avançant d'un pas déterminé, Zachée dit alors au Seigneur : « Eh bien !, Seigneur, je fais don aux pauvres de la moitié de mes biens et, si j'ai fait tort à quelqu'un, je lui rends le quadruple. » Une générosité exceptionnelle, celle d'un homme qui, ayant trouvé le trésor caché dans un champ, s'en va dans sa joie vendre tout ce qu'il a pour acheter ce champ.

Lazare, notre ami

Les deux sœurs savaient bien comment toucher le cœur de Jésus. Elles envoient lui dire : « Seigneur, celui que tu aimes est malade. » Car Jésus aimait Marthe et sa sœur et Lazare (Jn 11,5). Et elles le savaient. C'est chez eux que Jésus s'arrêtait, quand il montait à Jérusalem par le chemin qui, de Jéricho, passe par Béthanie, leur village tout proche de la capitale. Elles le recevaient avec joie dans leur maison. L'évangéliste saint Jean se plaît à souligner les amitiés de Jésus, la confiance qu'il inspire et même l'intimité à laquelle il invite. Il nous rapporte longuement ses entretiens familiers avec la Samaritaine, avec l'aveugle-né et particulièrement avec ses disciples, qu'il appelle ses amis lors de la dernière cène. Et l'auteur du quatrième évangile signe son écrit par ces mots : « C'est lui – le disciple que Jésus aimait – qui rend témoignage de tout cela et qui l'a rapporté par écrit, et nous savons que son témoignage est vrai. »

À son arrivée à Béthanie, la maison de l'amitié, Jésus trouva Lazare enseveli déjà depuis quatre jours. Jésus avait tardé, sachant ce qu'il allait faire : « Notre ami Lazare repose, avait-il dit à ses disciples ; je vais aller le réveiller. » Mais, quand il vit Marie en larmes, ainsi que ceux qui l'accompagnaient, Jésus, pris d'émotion, pleura en se rendant au tombeau : « Voyez comme il l'aimait », disait-on dans la foule.

On connaît la suite : le caveau, la pierre roulée… Quand la pierre fut enlevée, Jésus leva les yeux et dit : « Père, je te rends grâces parce que tu m'as exaucé. Je savais bien, moi, que tu m'exauces toujours. Mais c'est pour cette foule qui m'entoure que je parle ainsi, afin qu'ils croient que tu m'as envoyé. » Extraordinaire confiance de Jésus, qui rend grâces avant que la chose n'arrive, comme il le fit avant la multiplication des pains, comme il le fera avant sa propre Passion et sa résurrection. Confiance inébranlable, qu'il désire tant communiquer. Confiance en Dieu, confiance en sa propre parole : « Ne t'ai-je pas dit, avait-il repris à l'intention de Marthe, que si tu crois, tu verras la gloire de Dieu ? »

Alors Jésus cria d'une voix forte : « Lazare, sors ! » Et Lazare, endormi dans la mort mais toujours vivant pour Dieu, entendit sa voix. « L'heure vient, avait dit Jésus après la guérison de l'infirme de Bézatha, et c'est maintenant, où les morts entendront la voix du Fils de Dieu, et ceux qui l'auront entendue vivront » (5,25). Et le mort sortit, les pieds et les mains liés de bandelettes et le visage enveloppé d'un suaire. Et Jésus leur dit : « Déliez-le et laissez-le aller. »

Ce qui est extraordinaire dans ce récit et dépasse tout entendement, ce n'est pas seulement que Jésus, par ce signe, anticipe sa propre résurrection, une résurrection qui ne sera plus un retour à notre vie mortelle comme il arriva à son ami Lazare, mais un passage à la vie éternelle, une victoire définitive sur la mort. C'est aussi qu'il appelle Lazare, dont le corps « sent déjà », par son nom. Ainsi Jésus a voulu rendre manifeste aux yeux de tous qu'il garde un lien vivant avec son ami, un lien absolument personnel, si indestructible que, mort ou vivant, il lui adresse la parole de la même façon.

Mystérieux Lazare. Il ne parle pas, il n'agit pas. Tout ce que nous savons de lui, c'est qu'il est l'ami de Jésus et que, à sa voix, il sort du tombeau. Il témoigne par sa seule existence. Il est le témoin, le pur témoin de l'amitié du Christ et de sa puissance. Son unique raison d'être est de nous faire connaître ce que saint Paul exprimera avec tant de force, à savoir que « ni mort ni vie, ni aucune puissance, ni présent ni avenir, ni aucune créature ne pourra nous séparer de l'amour de Dieu, manifesté dans le Christ Jésus notre Seigneur » (Rm 8,38).

Et ce témoignage est si éloquent qu'il devient l'occasion de dissension : à cause de lui, beaucoup crurent en Jésus et suscitèrent la jalousie des grands prêtres. « Si nous le laissons faire, dirent ceux-ci, tous croiront en lui et les Romains viendront détruire notre nation. » Plus le signe est décisif et plus il divise, en révélant les cœurs. C'est ainsi que la résurrection de Lazare précipita la Passion de Jésus et son entrée dans la gloire ; cette gloire qu'il tient de son Père, d'avoir le pouvoir de donner la vie éternelle à tous ceux que le Père lui donne.

Thomas, le réaliste

Un réaliste, ce Thomas, un homme qui ne se paie pas de mots. Voir pour croire, voilà sa théologie. Il nous ressemble comme un jumeau, et c'est ce qui nous le rend sympathique. Il veut savoir où mettre la main, et aussi les pieds : au cours de la dernière Cène, c'est lui qui reprend Jésus : « Seigneur, nous ne savons même pas où tu vas. Comment saurions-nous le chemin ? » (Jn 14,5). Question de bon sens, dirions-nous. Mais n'est-ce pas plutôt une plainte, une sorte d'impatience ? Tu parles en figures ; dis-nous donc clairement les choses !

Thomas n'est pas à l'aise avec les images, les symboles et les paraboles. C'est un tempérament direct, et tout d'une pièce. Trois jours après qu'ils eurent appris que Lazare était malade, Jésus avait dit aux disciples : « Notre ami Lazare repose, mais je vais aller le réveiller. » Ils pensèrent que Jésus parlait du sommeil : « Seigneur, s'il repose, il sera sauvé. » Mais Jésus leur dit ouvertement : « Lazare est mort… allons auprès de lui. » Que le Maître parle ouvertement, voilà ce qu'attend notre Thomas. Peu importe que Béthanie, proche de Jérusalem, soit un endroit dangereux que les autorités juives surveillent. L'important, c'est de savoir où l'on met les pieds. Alors, son attachement à

Jésus s'exprime sans détour : « Allons, nous aussi, et mourons avec lui ! »

Mais maintenant qu'il leur parle de la maison de son Père, et d'une place qu'il va leur préparer avant de revenir les prendre avec lui, Thomas est perdu : « Nous ne savons pas où tu vas ! » Il ne sait pas, il ne comprend pas ce langage, pas plus que Simon-Pierre, quand Jésus veut lui laver les pieds : « Ce que je fais, tu ne le sais pas à présent ; par la suite tu comprendras. » Comme Simon, Thomas veut comprendre tout de suite. Ainsi sa question souligne l'écart immense qui demeure, à la veille de la Passion, entre la conscience de Jésus et l'incompréhension des disciples.

Tout le discours après la Cène est marqué par cet écart, et par la lente progression de l'intelligence des disciples. Jésus sait, et l'évangéliste le souligne dès le commencement de cet entretien à la fois solennel et familier. Jésus sait que son heure est venue de passer de ce monde vers le Père ; il sait que le Père lui a tout remis entre les mains ; il sait qui va le trahir et qu'ils vont tous l'abandonner. Et les disciples ne savent pas, ne comprennent pas. Mais de quelle ignorance s'agit-il ? On mesure ici l'abîme qui sépare l'ignorance des scribes et l'ignorance des disciples. Aux scribes qui cherchent à le prendre en défaut : « Par quelle autorité chasses-tu les démons ? », Jésus répond par une autre question : « Dites-moi d'abord : le baptême de Jean-Baptiste était-il du Ciel ou de la terre ? » Et les scribes de répondre : « Nous ne savons pas ! » Ils ne veulent pas savoir, ou peut-être veulent-ils ne pas savoir. Agnosticisme, mol oreiller du doute ! Les disciples, eux, souffrent de ne pas savoir et reconnaissent l'obscurité de leur cœur, si lent à croire. Ils se font disciples. Ils interrogent le Seigneur pour venir à la lumière, comme le malvoyant marche en tenant la main de son guide. La question de Thomas, reprise par les autres de différentes façons, traverse tout l'entretien de la dernière Cène : « Pourquoi ne puis-je pas te suivre dès maintenant ? » demande Simon-Pierre. « Montre-nous le Père, et cela nous suffit », dit Philippe. Et Jude : « Seigneur, comment se peut-il que tu doives te manifester à nous et non pas au monde ? » Et les disciples de s'interroger : « Que veut-il dire : encore un peu de temps et vous ne me verrez plus, et encore un peu et vous me verrez ? Nous ne savons pas ce qu'il veut dire. »

C'est pourquoi le discours de Jésus se fait dialogue, un dialogue qui progresse en rebondissant sur leurs questions, jusqu'à son terme : « Voilà que tu parles clair. Nous savons maintenant que tu sais tout » (16,30). Mais Jésus sait aussi qu'il a encore beaucoup de choses à leur dire, qu'ils ne peuvent comprendre maintenant, et il leur annonce la venue d'un autre Paraclet, « l'Esprit Saint qui vous enseignera tout ». Alors vous comprendrez, votre cœur se réjouira et « vous ne me poserez plus aucune question » (16,23).

L'attitude de Thomas, « Didyme, le jumeau », nous est précieuse, non seulement parce qu'il veut voir et toucher, mais aussi parce qu'il veut comprendre : si nous ne savons pas où tu vas, si nous ne connaissons pas le chemin, comment pourrions-nous marcher à ta suite ? La foi veut comprendre, elle pose à Jésus des questions sur la vérité et sur le sens de l'existence. Et ainsi s'inaugure le dialogue de la foi et de l'intelligence, si nécessaire de tout temps, et particulièrement aujourd'hui. À mesure que la science progresse, que la culture évolue, que les religions se rencontrent et que le monde devient planétaire, de nouvelles questions se lèvent dans le cœur des croyants. Il nous faut, chacun pour notre compte et dans la tradition de l'Église, devenir théologiens, à la manière de Thomas et des disciples, en posant des questions au Seigneur et en écoutant ses réponses. Autrement dit, il nous faut poser des questions priantes, des questions de disciples et non des questions de scribes. Et le lieu où nous posons ces questions au Seigneur, c'est la prière, c'est la méditation chrétienne : « Si tu pries, disaient les premiers Pères, tu seras théologien ! »

En effet, Dieu nous parle quand nous méditons l'Écriture. Son Esprit nous parle, comme le Christ parlait aux disciples d'Emmaüs en leur expliquant le sens des Écritures. La méditation de l'Écriture sainte, quand nous la pratiquons comme une *lectio divina*, en écoutant et en réfléchissant, est la prolongation de ce dialogue avec le Seigneur. Quand notre esprit est recueilli et profondément absorbé en quelque considération, dans la présence de Dieu, il réfléchit sur la question qui occupe sa pensée. Il interroge le Seigneur et il discourt d'un point à un autre, découvrant des vérités nouvelles qui éclairent son intelligence et des désirs qui excitent si bien son vouloir qu'il lui semble que ce n'est pas lui qui le fait, mais qu'un autre en lui réfléchit, l'enseigne ou l'attire. « En vérité, fait remarquer saint Jean de la Croix, il a bien des raisons de le penser, car lui-même s'interroge et se répond comme s'il était un autre. Et en quelque manière il en est ainsi : car bien que ce soit l'esprit qui réfléchit en lui-même pour penser ainsi, l'Esprit Saint l'aide bien souvent à produire ces pensées, paroles et considérations très vraies. Et ainsi il se les dit lui-même comme s'il était un autre, uni à la vérité à laquelle il pense. Et comme l'Esprit divin est toujours présent en toute vérité, il s'ensuit que l'entendement communique de cette manière avec l'Esprit divin au moyen de cette vérité, l'Esprit

Saint lui ouvrant la porte et lui donnant la lumière. C'est l'une des manières qu'utilise l'Esprit Saint pour nous enseigner » (*Montée du Carmel*, II, 29).

Mais comme cette lumière est très subtile et discrète, au point que l'esprit humain ne parvient pas toujours à bien la discerner, et comme c'est lui-même qui forme ces considérations, il peut arriver qu'il les forme de façon approximative et même fausse. Il commence, au début, à suivre le fil de la vérité, et il y met ensuite la rudesse ou la vanité de son entendement grossier, au point de dévier en attribuant à l'Esprit Saint ce qui provient de lui-même. C'est ce qui faillit arriver à Thomas après la mort de Jésus, quand l'évidence de ses sens prit le pas sur sa foi. « Nous avons vu le Seigneur », lui dirent les disciples. Mais lui de répondre : « Si je ne mets pas les doigts dans les trous des clous, non, je ne croirai pas. » Heureux Thomas, cependant, qui, après s'être écarté de ses frères, se laissa convaincre, non pas encore de croire, mais du moins de les rejoindre pour leur dire ses doutes : « Huit jours plus tard, les disciples se trouvaient à nouveau dans la maison et Thomas avec eux. » On connaît la suite, qui nous révèle comment Jésus ressuscité l'accompagnait dans ses questions, et qui nous vaut la plus claire profession de foi de l'évangile : « Mon Seigneur et mon Dieu ! »

Et c'est ainsi que, sur les bords du lac de Galilée, la « Galilée des nations », Thomas est là de nouveau, avec Nathanaël, avec Jacques et Jean et deux autres, répondant à l'invitation de Simon-Pierre de jeter les filets : « Nous venons, nous aussi, avec toi. » Et au lever du jour, Jésus parut sur le rivage.

Philippe, ou le désir de voir

Pas facile de percer la personnalité de cet homme, l'un des Douze, dont on sait peu de choses, sinon ce qui est commun aux apôtres. C'est saint Jean qui nous le fait connaître par quelques traits qui le rendent très attachant. L'évangéliste nous rapporte le fait. Cela se passe de l'autre côté du lac de Tibériade, pas bien loin de Bethsaïde, la patrie de Philippe, qui était aussi celle d'André et de Pierre, située au nord du lac, à l'est de l'embouchure du Jourdain. Les trois compagnons connaissaient bien l'endroit. Jésus et les siens avaient traversé le lac pour prendre le large. Les Douze, en effet, à peine revenus de mission, étaient assaillis par la foule. Les arrivants et les partants étaient si nombreux, remarque saint Marc, qu'ils n'avaient même pas le temps de manger. Alors Jésus leur dit : « Venez vous-mêmes à l'écart, dans un lieu désert, et reposez-vous un peu » (Mc 6,31). Mais en les voyant s'embarquer, beaucoup anticipèrent, et, de partout, ils accoururent là-bas, à pied, devançant les rameurs. En débarquant, Jésus vit qu'une grande foule venait à lui. Il monta sur la montagne qui borde la rive, s'assit avec ses disciples, et enseigna longuement ces gens venus de loin. Car « ils étaient comme des brebis qui n'ont pas de berger ». L' heure s'avançait et les disciples commençaient à s'inquiéter : « Renvoie-les, dirent-ils, afin qu'ils aillent dans les fermes et les villages d'alentour s'acheter de quoi manger. » Mais Jésus ne voulut pas les renvoyer à jeun, de peur qu'ils ne défaillent en route.

C'est ici qu'apparaît Philippe. Jésus lui dit : « Où pourrons-nous acheter du pain pour les faire manger ? » Il disait cela pour le mettre à l'épreuve, car lui-même savait bien ce qu'il allait faire. Pourquoi Philippe ? Sans doute parce qu'il connaissait bien l'endroit, proche de Bethsaïde, sa patrie. Mais Philippe lui répondit : « Deux cents deniers de pain ne suffiraient pas pour que chacun en ait un petit morceau » (Jn 6,4-7). Philippe sait voir, calculer, apprécier la valeur des choses. C'est peut-être lui qui, lorsque Marie de Béthanie brisera le flacon d'albâtre pour en verser le nard très pur sur les pieds de Jésus, estimera sa valeur à trois cents deniers. Un denier, ce n'est pas rien. C'est le prix d'une journée de travail, selon la parabole des ouvriers envoyés à la vigne (Mt 20). Ainsi, Philippe vit d'un coup d'œil que deux cents deniers ne suffiraient pas. Et d'ailleurs, où les prendre ? C'est alors qu'André, qui n'est jamais loin de Philippe, car il est lui aussi de Bethsaïde, signala la présence d'un enfant qui avait cinq pains d'orge et deux poissons ! On va les retrouver tous les deux un peu plus tard, à Jérusalem, le jour des Rameaux.

Philippe sait voir. Mais son regard ne s'arrête pas aux calculs ni aux apparences. Il voit aussi dans les cœurs. Cet homme qui porte un nom grec a sans doute une certaine culture hellène, et des relations dans ce monde mêlé et commerçant de la région nord du lac de Tibériade qu'on appelait la « Galilée des nations ». Ainsi, le jour des Rameaux, c'est lui que vont trouver des Grecs – des « craignant Dieu » – qui étaient montés à Jérusalem pour célébrer la Pâque. Ils lui disent : « Nous voudrions voir Jésus. » Philippe va le dire à André, son compatriote, et tous deux vont le dire à Jésus (Jn 12,21). Et Jésus reconnaît, dans ces non-Juifs, ces gens qui représentent les nations païennes, les prémices de la conversion des peuples à la foi : « La voici venue, l'heure où le Fils de l'homme doit être glorifié… Et moi, élevé de terre, j'attirerai tous les hommes à moi. »

Voir Jésus ! Comme Zachée qui désirait voir Jésus. Comme les Samaritains qui sortaient de la ville à l'invitation de la femme qui avait laissé sa cruche au bord du puits. Philippe, qui a vu le premier, conduit les autres à Jésus pour qu'ils le voient, eux aussi. Il l'a vu, sur les bords du Jourdain, alors que Jean-Baptiste, dont il est devenu le disciple, lui a révélé la présence du Christ dans la foule des pénitents : « Voici l'Agneau de Dieu. » Il l'a regardé, attiré irrésistiblement, alors qu'avec Simon et André, il était monté de Galilée pour écouter l'appel du prophète à la conversion. André avait entendu les paroles de Jean et suivi Jésus. « Maître, où demeures-tu ? », lui avait-il demandé. « Venez et voyez », leur dit-il. « Ils allèrent donc et virent où il demeurait et ils demeurèrent auprès de lui ce jour-là » (Jn 1,39). André, au lever du jour, rencontre son frère Simon et lui dit : « Nous avons trouvé le Messie ! » Et il l'amena à Jésus. Comment douter qu'il en ait parlé à Philippe ? Le désir de Philippe grandissait. Déjà son frère et son ami fréquentaient Jésus. Et lui, le cœur battant, cherchait l'occasion de le rencontrer, sans oser encore. Le lendemain, Jésus, sur le point de partir pour la Galilée, rencontre Philippe et lui dit : « Suis-moi ! » Un mot, un appel. Le premier rapporté par l'évangile. Et aussitôt, sans douter ni pouvoir douter, Philippe le suivit.

Philippe n'est pas homme à garder pour lui la perle précieuse. C'est – comme nous l'avons vu – un homme de relation, qui met en relation. Il va trouver Nathanaël, ce futur apôtre qu'on a identifié au Barthélemy des évangiles synoptiques, et que l'on retrouvera avec Simon-Pierre au bord du lac après la Résurrection (Jn 21,2), et il lui dit : « Celui dont il est parlé dans la Loi de Moïse et dans les prophètes, nous l'avons trouvé ! C'est Jésus, le fils de Joseph, de Nazareth. » Comme tout bon pratiquant, Philippe connaît les Écritures. C'est peut-être en fréquentant les écoles rabbiniques qu'il a connu Nathanaël, ce « véritable Israélite », dira Jésus, qui se plaît dans la loi du Seigneur et murmure sa loi jour et nuit (Ps 1). C'est un chercheur de Dieu, qui médite « sous le figuier », selon l'expression consacrée désignant l'étude de la Loi. « De Nazareth, lui répondit Nathanaël, peut-il sortir quelque chose de bon ? » – « Viens et vois », lui dit Philippe, en reprenant les mots de Jésus lui-même aux deux premiers disciples.

Saint Jean l'évangéliste utilise avec prédilection le mot « voir » : voir, pour lui, c'est contempler, c'est regarder au-delà des apparences la présence de Dieu : « Ce que nous avons vu de nos yeux, ce que nous avons contemplé, ce que nos mains ont touché du Verbe de Vie, nous en rendons témoignage », écrira-t-il aux premières communautés chrétiennes. Et tout son évangile est traversé par ce regard qui va jusqu'au cœur de Dieu, et qui s'arrête, interdit, devant le côté ouvert du Christ crucifié : « Ils regarderont celui qu'ils ont transpercé. » Mais c'est par les yeux des apôtres, des témoins oculaires, qu'il nous fait voir. Et parmi ceux-ci, Philippe est insatiable de voir encore, comme si ce qu'il avait vu enflammait son désir de voir ce qui reste encore caché par ce qu'il découvre sans cesse.

C'est ainsi qu'au cours du dernier repas, la Cène où Jésus lava les pieds des disciples avant de leur parler familièrement de son départ, Philippe lui dit : « Seigneur, montre-nous le Père et cela nous suffit » (14,8). Jésus allait les quitter, donner sa vie, passer de ce monde à son Père, et il les pressait de ne pas se troubler : il allait leur préparer une demeure dans la maison du Père, avant de revenir les prendre avec lui. Et il leur expliquait le chemin. « Nous ne savons pas où tu vas, lui disait Thomas. Comment en connaîtrions-nous le chemin ? » – « Je suis le Chemin, lui répondit Jésus, la Vérité et la Vie. Nul ne va au Père que par moi. Si vous me connaissez, vous connaîtrez aussi mon Père. Dès maintenant, vous le connaissez et vous l'avez vu. » C'est alors que Philippe lui dit : « Seigneur, montre-nous le Père. » Il leur en avait parlé si souvent, et de tant de manières, lui qui vivait une intimité si extraordinaire, si singulière, avec celui qu'il appelait *Abba*. Ce Père auquel il parlait de façon unique, avec une confiance absolue, et dont il était venu leur révéler l'amour inconditionnel. Celui qui appelle les étoiles par leur nom et qui nourrit les moineaux, le Dieu Créateur et Père, ce Dieu caché, qui ne se montre que de dos et ne se révèle qu'aux petits et aux humbles, Celui que l'on ne peut voir sans mourir. Quelle audace ! « Montre-nous le Père, et cela nous suffit ! » Une audace pleine de confiance, qui, s'appuyant sur l'amitié de leur Seigneur et Maître (13,3), nous vaut l'extraordinaire réponse de Jésus, la réponse que ses disciples méditeront jusqu'à la fin des siècles : « Voilà si longtemps que je suis avec vous, et tu ne me connais pas, Philippe ? Qui m'a vu a vu le Père. Comment peux-tu dire : Montre-nous le Père ? Ne crois-tu pas que je suis dans le Père et que le Père est en moi ? »

Pour Philippe, voir Jésus était une grâce extraordinaire, bénéficier de sa présence, un privilège, une bénédiction divine. Ne les avait-il pas appelés ses amis ? Dès la première rencontre, Philippe, dans son enthousiasme d'avoir rencontré le Messie, va le dire à Nathanaël : « Nous l'avons trouvé ! » Mais Dieu, le Père dans son mystère originel, le Créateur dans sa Majesté, si haut, si grand, si caché, celui en qui nous avons la vie, le mouvement et l'être ? N'était-il pas différent, autre, inaccessible et redoutable ? Et pourtant Jésus, dans ses dernières paroles, son testament, le dit tout entier : « Qui me voit voit le Père. » Saint Jean le rappellera sans cesse : « Ce que nous avons vu, contemplé, touché du Verbe de vie… nous vous l'annonçons » (1 Jn 1,1). Pourquoi le chercher encore ailleurs, l'imaginer différent, dans la crainte et le tremblement ? Nous n'aurons jamais fini, en contemplant Jésus dans sa Passion et sa Résurrection, de purifier nos images de Dieu de tout ce que nous projetons en elles de nos désirs infantiles et de nos craintes païennes. Dieu n'a qu'une parole, c'est son Fils. En lui, il nous a tout donné, il nous a tout révélé de lui-même.

Judas dans la nuit

Lui aussi, Jésus l'aimait. N'a-t-il pas été choisi, comme les onze autres ? Et son nom ne figure-t-il pas dans la liste : « Judas Iscarioth, celui-là même qui le livra » ? Il choisit ceux qu'il voulut, dit l'évangile, pour être ses compagnons et les envoyer, et il leur donna pouvoir sur les esprits impurs pour guérir toute maladie et annoncer la venue du Royaume de Dieu. Il leur donna sa paix pour qu'ils la communiquent à toute maison où ils entreraient. Et il leur promit que l'Esprit du Père parlerait en eux.

Comment donc le ver est-il entré dans le fruit ? Comment le mauvais esprit, une fois chassé du cœur de Judas, est-il revenu à la charge « avec sept autres esprits plus mauvais que lui » (Lc 11,24) ? À prendre le texte à la lettre, c'est l'esprit de lucre qui revint le premier. Voyant la prodigalité de Marie, la sœur de Marthe, qui répandait une livre d'un parfum de nard pur de grand prix sur les pieds de Jésus, il dit : « Pourquoi ce parfum n'a-t-il pas été vendu trois cents deniers qu'on aurait donnés à des pauvres ? » L'évangéliste commente : « Il dit cela non par souci des pauvres, mais parce qu'il était un voleur et que, tenant la bourse, il dérobait ce qu'on y mettait » (Jn 12,6).

Alors Judas se rendit auprès des grands prêtres et leur dit : « Que voulez-vous me donner, et moi je vous le livrerai. » Ils lui donnèrent trente pièces d'argent, le prix fixé par la loi pour le rachat d'un esclave. Et dès lors, Judas cherchait une occasion favorable pour le livrer. Jésus savait que le diable avait jeté ce dessein dans le cœur de son disciple ; il savait que Satan, le Prince de ce monde, avait engagé la lutte pour défendre son royaume. Mais Satan ignorait que le Christ allait le vaincre en montant sur la croix.

Judas, victime consentante, complice du Malin, alléché par l'appât du gain, à qui cependant Jésus donne la bouchée qu'il vient de tremper au cours de la dernière Cène. « Qui donc va te livrer ? » lui demande le disciple que Jésus aimait. « C'est celui à qui je donnerai la bouchée que je vais tremper. » Dernier signe d'insistante et discrète amitié. C'est à ce moment, ajoute l'évangéliste, alors que Jésus lui a offert cette bouchée, que Satan entra en Judas. Terrible parole qui oppose jusqu'au paroxysme l'amour donné et l'amour refusé. Judas, en faisant mine d'accepter le signe de la communion, s'enfonça dans la duplicité. « Ayant pris la bouchée, Judas sortit immédiatement : il faisait nuit » (13,30). À l'inverse de Nicodème, qui vint trouver Jésus de nuit et sortit de l'obscurité vers la lumière, Judas fuit la lumière pour entrer dans la nuit.

Telles sont les œuvres de Satan, l'ennemi qui sème l'ivraie pendant la nuit. « Le Verbe, dira saint Jean, était la vraie lumière qui, en venant dans le monde, illumine tous les hommes » (1,9). Mais celui qui fait le mal hait la lumière et préfère l'obscurité. Profond mystère que celui du refus de la lumière, de cette fermeture sur soi-même qui est déjà un véritable enfer et qui conduit au désespoir. On saisit pourquoi l'hypocrisie – comme la duplicité – est, pour Jésus, le péché par excellence, celui qu'il ne cessera de dénoncer avec une vigueur prophétique comme le péché contre l'Esprit. C'est, en effet, par un signe d'amitié totalement perverti et mensonger que Judas désigna Jésus à la troupe venue l'arrêter de nuit à Gethsémani : « Judas, lui dit Jésus, c'est par un baiser que tu livres le Fils de l'homme. »

Voyant que Jésus avait été condamné, il fut pris de remords et rapporta les trente pièces d'argent aux Anciens. « Que nous importe ? lui dirent-ils. À toi de voir. » Alors Judas jeta les pièces dans le sanctuaire et alla se pendre. Sans doute n'avait-il pas songé que sa malhonnêteté et son mensonge auraient de telles conséquences. Mais la nuit était tombée, opaque. Tel est le péché de Judas, telle est sa faute, non seulement celle d'avoir livré Jésus, mais plus encore peut-être, de n'avoir pas cru – comme y crut Simon-Pierre après son reniement – en l'amour du Christ, en sa fidélité sans faille.

Pardonner est déjà difficile, impossible aux forces des hommes, car il y faut beaucoup d'humilité, et l'humilité est une vertu divine. Mais croire au pardon de Dieu, l'accueillir, est peut-être plus difficile encore à celui qui s'est laissé entraîner dans la spirale de la richesse, de la considération et de l'orgueil. Il y faut un cœur d'enfant. Judas l'avait perdu. À force de cupidités et de tromperies, il l'avait dur comme pierre. Il ne lui restait que le remords.

Caïphe ou la raison d'État

Six jours avant la Pâque, Jésus arrive à Béthanie où se trouvait Lazare qu'il avait relevé d'entre les morts. Il est reçu chez ses amis. Une foule de gens qui avaient appris qu'il était là vinrent, non seulement à cause de Jésus, mais pour voir ce Lazare. C'était la veille des Rameaux. Les grands prêtres décidèrent alors de faire mourir aussi Lazare, puisque c'était à cause de lui que beaucoup les quittaient pour croire en Jésus.

Ainsi, la décision de faire mourir Jésus était déjà prise, depuis que ces gens, venus une première fois à la mort de Lazare pour consoler Marthe et Marie, avaient vu ce que Jésus avait fait. Les uns avaient cru, les autres étaient allés trouver les pharisiens et les grands prêtres pour leur raconter ce qui s'était passé. Alors, ceux-ci réunirent le Conseil : « Que faire ? dirent-ils. Cet homme multiplie les miracles. Si nous le laissons faire, tout le monde va croire en lui. Et les Romains vont intervenir, et ils détruiront notre Lieu Saint et notre nation » (Jn 11,46-54).

Le grand Conseil, ou Sanhédrin, était la plus haute magistrature juive. Composé de soixante et onze membres, il représentait l'aristocratie laïque (les anciens), les familles sacerdotales (les grands prêtres, parmi lesquels on choisissait le Grand Prêtre), et les scribes (interprètes de la Loi, de tendance pharisienne). Il dirigeait la vie religieuse et politique des Juifs, avec une grande liberté d'action, tout en étant soumis aux normes de l'occupant, par exemple pour l'exécution d'une peine capitale. C'est au cours de ses délibérations que Caïphe, le Grand Prêtre, avait pris la parole : « Vous n'y entendez rien ! Vous ne vous rendez pas compte qu'il y va de votre intérêt qu'un seul homme meure pour le peuple, et que toute la nation ne périsse pas. »

Raison d'État ! « Dès ce moment, ils prirent la décision de le faire mourir. » C'était au lendemain de la résurrection de Lazare. Et Jésus se retira à Éphraïm, ville du désert, à vingt kilomètres au nord de Jérusalem. Il y séjourna avec ses disciples jusqu'au moment où, six jours avant la Pâque, il prit résolument le chemin de la cité sainte et fit halte à Béthanie. Dans la ville toute proche, beaucoup de gens qui étaient montés des campagnes disaient entre eux : « Qu'en pensez-vous ? Jamais il ne viendra à la fête ! » Car l'ordre avait été donné : quiconque saurait où il était devait le dénoncer, afin qu'on se saisisse de lui. Mais la foule se préparait plutôt à l'acclamer. L' enthousiasme grandissait autour de Jésus, et déjà on coupait les rameaux des arbres pour le lendemain : on allait le conduire en triomphe à Jérusalem, lui, le Messie, le fils de David. Les membres du Sanhédrin craignaient l'agitation. Les zélotes, dont le nationalisme religieux était virulent, exciteraient la foule contre l'occupant romain. La réaction du gouverneur serait brutale.

L' attitude du Sanhédrin, sa décision et ses suites sont un cas typique de l'affolement qui peut submerger un conseil, une délibération publique, quand la peur et la jalousie prennent le pas sur l'analyse objective de la situation. La jalousie ! Cette terrible jalousie qui, depuis Caïn et Abel, fait de l'homme un loup pour l'homme. Pilate, qui connaissait son monde, ne s'y trompait pas : « Il savait qu'ils l'avaient livré par jalousie » (Mt 27,18). C'est dans ce contexte que survint la suggestion de Caïphe. Et c'est ainsi que les passions se déguisèrent en raison d'État.

Il vaut la peine de méditer cette raison d'État, car elle est riche d'enseignement : un pour tous ! Qu'un seul meure pour tous. Nous pouvons y lire la figure de Jonas, jeté à la mer pour sauver l'équipage ; et bien plus encore, celle du Serviteur souffrant qu'avait anoncé le prophète Isaïe : « Le Juste, mon serviteur, justifiera des multitudes en s'accablant lui-même de leurs fautes… Il s'est livré lui-même à la mort et a été compté parmi les criminels, alors qu'il portait le péché des multitudes et qu'il intercédait pour les criminels » (Is 53,11). Mais Caïphe, aveuglé par son odieux chantage, n'en a aucune conscience : préférez-vous qu'un seul meure ou que tous périssent ? Raisonnement diabolique, dilemme pervers qui ne fait aucun cas de la mort d'un innocent. Ici se révèlent les insinuations de Satan qui, à partir d'une peur, d'une jalousie, d'un mensonge, entraîne les passions dans un engrenage fatal : les trente pièces d'argent, l'arrestation nocturne, la parodie de jugement, les outrages, la croix, et jusqu'à la garde du tombeau de celui qu'ils nommaient « l'imposteur »…

Après le dramatique conseil de Caïphe, nous pouvons nous étonner du commentaire de saint Jean : « Ce n'était pas de lui-même qu'il prononça ces paroles, mais comme il était Grand Prêtre cette année-là, il fit cette prophétie qu'il fallait que Jésus meure pour la nation, et non seulement pour elle, mais pour réunir dans l'unité les enfants de Dieu dispersés » (11,51). À la raison d'État, l'évangéliste substitue, non sans une certaine ironie, une raison infiniment supérieure, le plan de la providence salvatrice de Dieu qui, à travers les événements les plus inhumains, poursuit son dessein : « Ramener à l'unité les enfants de Dieu dispersés. » Caïphe, prophète malgré lui !

Jésus sera livré, vendu, comme autrefois Joseph, le fils de Jacob, le fut par ses frères, par jalousie. Mais l'épilogue de l'extraordinaire histoire de Joseph éclaire de façon étonnante le drame de la Passion. Après avoir sauvé les siens de la famine en leur ouvrant incognito et à plusieurs reprises les greniers d'Égypte, Joseph se fait reconnaître par ses frères : « Je suis Joseph, votre frère, que vous avez vendu en Égypte ! » Le récit est plein de suspens. Joseph pleure tout haut, au point que la nouvelle parvient au palais de Pharaon. Et ses frères ne peuvent lui répondre tant ils sont bouleversés. « Mais maintenant, ajouta-t-il, ne soyez pas chagrins et ne vous fâchez pas de m'avoir vendu ici, car c'est pour préserver vos vies que Dieu m'a envoyé en avant de vous… Aussi, ce n'est pas vous qui m'avez envoyé ici, c'est Dieu. Et il m'a établi maître sur toute la maison de Pharaon pour sauver vos vies » (Gn 45).

Ces mots donnent la clé de l'histoire de Joseph, vraie prophétie de celle de Jésus. La différence, pourtant, est divine : Jésus est livré par Judas au Sanhédrin, qui le livre à Pilate, qui le livre à la foule pour être crucifié. Et pourtant, à travers l'engrenage des événements dans lequel Jésus semble être devenu le jouet des passions déchaînées contre lui, alors que les libertés humaines se dissolvent dans un *fatum* dramatique, c'est lui, le Seigneur, qui se livre avec une liberté souveraine : « Ma vie, nul ne la prend, mais c'est moi qui la donne. » Et c'est lui qui se fera reconnaître vivant, après sa Passion, en leur distribuant les trésors du Royaume.

Mais qui donc est-il, celui qui se livre ainsi ? Nous devons à Caïphe d'avoir posé la question à Jésus de façon solennelle, en pleine séance du Sanhédrin : « Ils cherchaient un témoignage contre Jésus pour le faire mourir, et ils n'en trouvaient pas » (Mc 14,55). Les dépositions des faux témoins, requis hâtivement, se contredisaient. Et Jésus se taisait. On allait vers un non-lieu. Alors le Grand Prêtre, misant le tout pour le tout, lui dit : « Je t'adjure par le Dieu Vivant de nous dire si tu es le Christ, le Fils de Dieu. » – « Tu l'as dit, répondit Jésus. D'ailleurs, je vous le déclare, désormais vous verrez le Fils de l'homme siégeant à la droite de la Puissance et venant sur les nuées du Ciel. »

À la question décisive formulée par Caïphe dans les termes mêmes de la confession de foi de Pierre : « Je t'adjure par le Dieu vivant de nous dire si tu es le Christ » (Mt 16,16), alors que nul ne peut se méprendre désormais sur la manière dont il accomplirait sa mission, Jésus déclare publiquement : « Je le suis, moi qui te parle. » Mais il dit bien davantage. En s'appliquant à lui-même le Psaume 110 (« Le Seigneur a dit à mon Seigneur : siège à ma droite, et je ferai de tes ennemis le marchepied de ton trône ») et la prophétie de Daniel (« Je contemplais dans les visions de la nuit : Voici, venant sur les nuées du ciel, comme un fils d'homme. Il s'avança jusqu'à l'Ancien et fut conduit en sa présence. À lui furent conférés empire, honneur et royaume, et tous les peuples, nations et langues le serviront », 7,13), il se révèle, non comme un messie terrestre ou un réformateur inspiré, mais comme le Seigneur qui, désormais, siégera à la droite de Dieu et viendra juger les vivants et les morts.

C'est ce qu'affirmera Pierre, debout avec les Onze, le jour de la Pentecôte : « Que toute la maison d'Israël le sache avec certitude : Dieu l'a fait Seigneur et Christ, ce Jésus que vous, vous avez crucifié » (Ac 2,36). Il faut prendre ces mots au pied de la lettre : c'est en le ressuscitant et en le faisant asseoir à sa droite dans les cieux que Dieu l'a constitué Seigneur et Christ dans la puissance de l'Esprit Saint, capable désormais de répandre cet Esprit sur toute chair et d'exercer le jugement de tous les cœurs. Peu de temps après, les chefs, les anciens et les scribes se rassemblèrent. Il y avait là Caïphe et tous les notables des familles pontificales. Ils firent comparaître les apôtres. Puis, délibérant entre eux, ils se dirent : « Qu'allons-nous faire ? Qu'un signe notoire ait été opéré par eux – la guérison de l'impotent à la Belle Porte du Temple –, c'est trop clair pour tous les habitants de Jérusalem. Mais pour que cela ne se répande pas davantage dans le peuple, empêchons-les par des menaces de parler désormais au nom de Jésus. » Malgré toutes les raisons d'État, triomphant de toutes les jalousies, ce nom allait être annoncé jusqu'aux extrémités de la terre.

La femme de Pilate

Étonnante, cette intrusion de la femme de Pilate dans le récit de la Passion. C'est saint Matthieu qui nous rapporte le fait. Il le situe au moment décisif où la foule, comme en suspens, vacille entre Barabbas et Jésus.

L'évangile nous la laisse imaginer, cette épouse, à laquelle une antique tradition a donné le nom de Claudia Procula. Cette Claudia est une femme cultivée et intelligente, protectrice assurément, comme pouvaient l'être les matrones romaines, se tenant prudemment à distance des affaires juives. On la devine intriguée par l'irruption des autorités et le gonflement de la foule devant le palais du gouverneur. Elle se glisse dans les coulisses du tribunal, tendant l'oreille : « Nous avons trouvé cet homme mettant le trouble dans notre nation, empêchant de payer les impôts à César et se disant Christ Roi. » Elle écoute l'interrogatoire, s'étonne de l'attitude de Jésus face aux accusations, et se trouve soulagée quand Pilate, apprenant que l'homme est galiléen, le renvoie à Hérode. Elle respire et elle songe, ne voyant contre Jésus aucun motif de condamnation.

Mais voila qu'Hérode, après s'être joué de Jésus, le renvoie au gouverneur, revêtu d'un costume de parade, comme pour montrer par la dérision que ni lui, le roi, ni Pilate, le gouverneur, n'ont rien à redouter de ce prétendu roi. Rien à redouter de lui, sans doute, pense-t-elle, convaincue désormais de son innocence, mais tout à craindre de ses accusateurs qui ne désarment pas : « Si tu le relâches, tu n'es pas l'ami de César : quiconque se fait roi s'oppose à César. » Aussi, son renvoi par Hérode ne fait que la tourmenter davantage : que va-t-on faire de ce Jésus, silencieux, seul, abandonné de tous ?

C'est alors qu'elle entend Pilate proposer à la foule l'ignoble marché : Barabbas ou Jésus ? Sans doute la manœuvre est habile : mettre la foule de son côté, ou plutôt se mettre du côté de la foule, après un sondage d'opinion dont l'issue paraît évidente. Comment ces gens qui ont acclamé Jésus cinq jours auparavant et qui, la veille encore, étaient suspendus à ses lèvres alors qu'il enseignait sous les portiques du Temple, ne le choisiraient-ils pas ? Mais elle sait combien la foule est versatile. Aussi son inquiétude redouble lorsqu'elle entend grands prêtres et anciens abuser de leur influence pour retourner l'opinion. Pressentant le drame, et la faiblesse de son auguste époux, elle bondit alors et lui fait dire par sa servante : « Ne te mêle pas de l'affaire de ce juste, car aujourd'hui j'ai été tourmentée en songe à cause de lui » (Mt 27,19).

On connaît la place des songes dans l'imaginaire religieux de la Rome antique : ne sont-ils pas des messagers du monde surnaturel ? Comme son épouse, Pilate en est convaincu. Et c'est ainsi que, craignant la menace des chefs et le tumulte, effrayé plus encore par la colère des dieux, Pilate, qui était d'avis de relâcher Jésus, en vint par sa conduite à personnifier la lâcheté : il se lava les mains en présence de la foule, renonçant à exercer le pouvoir qui était le sien.

Claudia Procula, sans doute, aimait son époux. Assez pour le protéger, pas assez pour le soutenir. En le mettant en garde, elle augmenta sa frayeur. Et quand la peur domine, quand le vent de l'opinion fait vaciller la petite flamme de la conscience, un murmure, un soupir suffisent pour l'étouffer. Dure leçon de probité politique, mais aussi tragique illustration de la sagesse que les femmes, quand elles sont au pouvoir, et les épouses, lorsqu'elles ont l'oreille de leurs époux, peuvent apporter à la conduite des affaires. À savoir que la raison d'État ou la considération de l'intérêt public ne peuvent jamais jsustifier le mépris de la personne, quelle qu'elle soit, mais que celle-ci, depuis le commencement jusqu'à la fin de sa vie, doit être absolument respectée. Une sagesse qui ne va pas sans courage, ni même parfois sans héroïsme.

Satan, l'adversaire

Après sa descente sur Jésus lors de son baptême, le premier mouvement de l'Esprit le conduit au désert pour affronter Satan. « L'énorme Dragon, l'antique serpent, le Diable ou Satan, comme on l'appelle, le séducteur du monde entier, l'accusateur de nos frères » (Ap 12,9), voici que le Christ, investi de son pouvoir messianique, engage le combat contre lui pour le jeter bas. Et son premier acte est de résister à ses tentations. « Alors, Dieu vous a dit ?... », insinuait le serpent au jardin d'Éden, pour distiller le soupçon dans l'oreille du premier Adam. « Dieu n'a-t-il pas donné pour toi des ordres à ses anges, pour qu'ils te portent sur leurs mains ? », suggère-t-il à Jésus. Mais lui, Nouvel Adam, voulant assumer totalement la condition humaine, hormis le péché, lui répliqua : « Tu ne tenteras pas le Seigneur ton Dieu. »

Satan est menteur dès le début. Sa tactique est de falsifier le visage du Père, de donner à entendre que Dieu est jaloux de la liberté humaine. Il perturbe l'écoute de sa parole pour que l'homme et la femme, doutant de la source qui les fait vivre, en viennent à vouloir être leur propre origine, décidant « comme des dieux » du bien et du mal. Menteur et homicide, dira Jésus, pour décrire cet ange déchu qui cherche à entraîner dans sa révolte toute la création. La spirale de l'avoir, du savoir, du pouvoir, voilà ses armes. Séduire sous l'apparence du bien, voilà sa ruse.

Un esprit sans visage qui avance masqué, le mal en personne si l'on peut dire, car la personne en lui est décomposée. Celui qui a d'abord nié en lui-même l'image de Dieu n'a d'autre but que de l'avilir à nouveau en chaque homme, jusqu'à l'entraîner dans le désespoir. Satan ne se rencontre jamais face à face, puisqu'il n'existe plus assez pour avoir « figure humaine ». Mais s'il est impossible de l'imaginer, on peut en voir la trace dans le réseau inextricable et multiforme de jalousies, de corruption et de violence où prolifère sa semence. Le Mal en soi n'existe pas : le Créateur devant son œuvre ne vit-il pas que tout cela était bon ? Le mal est la perversion du bien, comme l'a vu le prophète Isaïe dans l'ambition des puissants : « Comment es-tu tombé du ciel, étoile du matin, fils de l'aurore ? Toi qui avais dit dans ton cœur : j'escaladerai les cieux, au-dessus des étoiles de Dieu j'élèverai mon trône. Je m'égalerai au Très-Haut. Mais tu as été précipité au shéol, dans les profondeurs de l'abîme » (14,12). Par sa négation même, le Malin suscite l'accusation, comme le vertige suscite la chute, une accusation sans aucune possibilité de pardon. Son arme suprême est le désespoir.

L'accusateur ! C'est bien ainsi que le décrit déjà le livre de Job en son célèbre prologue : « Un jour, comme les anges de Dieu venaient se présenter devant Yahvé, Satan aussi s'avançait parmi eux. Yahvé dit alors à Satan : "D'où viens-tu ?" – "De parcourir le monde, répondit-il, et de m'y promener." Et Yahvé reprit : "As-tu remarqué mon serviteur Job ? Il n'a point son pareil sur la terre : un homme intègre et droit, qui craint Dieu et se garde du mal !" Et Satan de riposter : "Est-ce pour rien que Job craint Dieu ? Tu as béni toutes ses entreprises, ses troupeaux pullulent dans le pays. Mais étends la main et touche à ses biens ; je te jure qu'il te maudira en face." » Et Job perdit ses bœufs et ses ânesses ; puis ses serviteurs ; puis ses fils et ses filles ; puis sa santé… Mais en toute cette infortune, Job ne pécha point en paroles. Sa femme lui dit : « Vas-tu encore persévérer dans ton intégrité ? Maudis donc Dieu et meurs ! » Mais Job lui répondit : « Tu parles comme une folle. Si nous accueillons le bonheur comme un don de Dieu, comment ne pas accepter de même le malheur ! »

Job préfigure l'intégrité de Jésus, sa force et sa clairvoyance face au tentateur : « Il n'a sur moi aucune prise », dira-t-il. Mais il y a en Jésus beaucoup plus : en toutes ses démarches et attitudes, et particulièrement en sa mort, Jésus manifeste une autre force, un autre pouvoir, celui du Royaume de Dieu à l'œuvre, un Royaume d'amour et de vérité, de miséricorde et de pardon. Après avoir épuisé contre lui toutes ses tentations au désert, le Diable s'était éloigné « jusqu'au moment favorable » (Lc 4,13). C'est durant sa Passion qu'il va s'acharner, déchaînant contre lui tour à tour l'abandon de ses disciples, la lâcheté de Pilate, la jalousie du Sanhédrin, le mépris d'Hérode, la veulerie de la foule, les railleries des grands prêtres, jusqu'à le faire condamner à une mort ignominieuse. Mais Jésus transforme sa mort en victoire par le don suprême de sa vie : « Il les aima jusqu'à la fin. » À ses côtés sur la croix, alors qu'il subit la même condamnation, le bon larron l'a perçu d'un coup. Au cœur du mal, voyant Jésus en cet état, plus fort que le déchaînement du mépris et de la violence, il a vu le règne de l'amour, et il a cru : « Jésus, souviens-toi de moi quand tu viendras dans ton Royaume. »

Deux amours ont bâti deux cités, disait saint Augustin : l'amour de soi jusqu'au mépris de Dieu construit la cité du Diable, et l'amour de Dieu croissant jusqu'à l'oubli de soi construit la cité de Dieu. Entre Babylone et Jérusalem, la lutte est sans merci. Et la frontière, invisible, passe au cœur de chaque être humain. C'est là que le Christ est descendu pour combattre avec lui ; c'est là qu'il envoie son Esprit Saint, l'Avocat, le Paraclet, pour lui rendre courage et espérance devant l'Accusateur.

Ce pouvoir de lutter et de vaincre, il l'a donné à ses disciples. Au retour des soixante-douze, qui ont communiqué sa paix à ceux qui pouvaient la recevoir, il dira : « Je voyais Satan tomber du ciel comme l'éclair. Voici que je vous ai donné le pouvoir de fouler aux pieds serpents, scorpions, et toute la puissance de l'Ennemi. » Mais avant de les envoyer dans le monde après sa résurrection, il va apprendre aux siens à discerner entre les deux esprits, pour qu'ils perçoivent clairement le lieu du combat. À Simon-Pierre qui professe sa foi : « Tu es le Christ, le Fils du Dieu vivant », il dit : « Heureux es-tu, Simon, fils de Jonas, car cette révélation t'est venue non de la chair et du sang, mais de mon Père qui est dans les cieux. » Mais peu après, alors qu'il commence à leur montrer qu'il lui faut subir la Passion pour entrer dans sa gloire, le même Pierre manifeste qu'il est aussi habité par un esprit contraire : « Dieu t'en préserve, Seigneur ! Non, cela ne t'arrivera pas ! » Et Jésus de lui répliquer : « Passe derrière moi, Satan ! Tu me fais obstacle, car tes pensées ne sont pas celles de Dieu, mais celles des hommes. »

Résumant la tradition, saint Ignace écrivait, au début de ses *Exercices spirituels* : « Il y a en moi trois sortes de pensées : l'une qui m'est propre, celle qui naît de ma seule liberté et de mon seul vouloir ; et deux autres qui viennent du dehors, l'une qui vient du bon esprit et l'autre du mauvais. » Ainsi chacun est Adam pour soi-même, sommé de discerner et de choisir entre ces deux esprits. Telle est la dignité de la condition humaine, la responsabilité inaliénable de tout homme devant les choix qui engagent sa conscience. Il n'est pas besoin pour cela de se figurer un diable cornu et grimaçant. Le spectacle du monde peut suffire, qui nous montre chaque jour où conduisent l'appât du gain, la course aux honneurs, la suffisance et l'orgueil. À cet esprit-là, qui s'insinue dans l'opinion et dans les mœurs, au point de façonner les modèles de la réussite humaine, le Christ oppose la force d'un autre esprit et la douceur d'un autre bonheur, fait de détachement et de liberté, de service et d'humilité, folie pour le monde, sagesse de Dieu.

Deux amours, deux cités, deux esprits ! Saint Ignace disait, pour que nul ne l'ignore, deux étendards. Car il s'agit d'un combat sans merci. « C'est par le sang que le Christ, dans l'Esprit éternel, s'est offert lui-même sans tache à Dieu, pour purifier notre conscience des œuvres mortes » (He 9,14). Et vous, ajoute l'*Épître aux Hébreux*, « vous n'avez pas encore résisté jusqu'au sang dans la lutte contre le péché… Songez donc à celui qui a enduré de la part des pécheurs une telle contradiction, afin de ne pas défaillir par lassitude de vos âmes. » Car le Royaume souffre violence, a dit Jésus, et les violents s'en emparent.

La culture de consommation dans laquelle nous baignons voudrait nous faire croire, par publicité interposée, que l'on peut tout obtenir, le beurre et l'argent du beurre, sans effort, sans travail et sans lutte. Mais il n'en va pas ainsi des biens spirituels. Dietrich Bonhoeffer, pasteur luthérien allemand exécuté par les nazis, dénonçait déjà, dans *Le Prix de la grâce*[1], cette « grâce à bon marché » qui est l'ennemi mortel de notre Église. La grâce à bon marché, disait-il, c'est la grâce considérée comme marchandise à brader, le pardon au rabais, la consolation au rabais, le sacrement au rabais : « Que le chrétien vive donc dans le monde, qu'il se conforme au monde, puisque la grâce est gratuite, et qu'il ne s'avise surtout pas – sous peine de tomber dans le mysticisme – de mener sous la grâce une vie différente de celle qu'on mène sous le péché. » Car la grâce à bon marché, c'est la grâce sans l'obéissance, c'est la grâce sans la croix. Mais la grâce qui coûte, c'est la perle de grand prix, c'est l'évangile qu'il faut toujours chercher à nouveau, c'est le don pour lequel il faut prier. « La grâce coûte cher d'abord parce qu'elle a coûté cher à Dieu, parce que Dieu n'a pas trouvé que son Fils fût trop cher pour notre vie, mais qu'il l'a donné pour nous. »

Tel est sans doute le piège le plus subtil du Malin, celui d'endormir les consciences et de nous faire croire à la grâce à bon marché. Comme si la foi, l'espérance et la charité, comme si l'amour agissant n'était pas un travail de tous les jours, comme s'il ne requérait pas notre effort et notre combat, comme disait saint Ignace, « sous l'étendard du Christ ».

1. D. Bonhoeffer, *Le Prix de la grâce*, Paris, Delachaux et Niestlé, 1962.

Simon de Cyrène, chargé de la croix

Les trois évangiles synoptiques le nomment, sur le chemin de la croix. Mais Marc est le plus explicite : « Les soldats mènent Jésus dehors afin de le crucifier. Et ils requièrent, pour porter sa croix, le père d'Alexandre et de Rufus, qui passait par là, revenant des champs » (Mc 15,21). Alexandre et Rufus étaient sans doute connus des premiers chrétiens, et peut-être même à Rome où Marc écrivit son évangile. À la fin de son *Épître aux Romains*, Paul ne demande-t-il pas de saluer un certain Rufus, « cet élu dans le Seigneur », et sa mère ?

Ainsi donc, son père revenait des champs. Par hasard. Et le centurion, voyant Jésus dans un tel état d'épuisement, pressé d'en finir et trop heureux de croiser ce paysan vigoureux, le réquisitionna pour porter la poutre transversale, l'instrument du supplice. La poutre verticale, elle, devait rester plantée dans le sol du Golgotha entre les exécutions. Il n'y était pour rien, ce Simon, et il devait se demander ce qui lui arrivait, d'être chargé de cette besogne. Un mauvais coup du sort. C'était la veille du sabbat, et il avait hâte de rentrer chez lui, de se laver et de souffler un peu avant d'allumer la lampe pour la préparation du grand jour de Pâque. Et voilà qu'il se trouvait, sans rien y comprendre, embarqué malgré lui dans une aventure qui le dépassait totalement, l'exécution de trois malfaiteurs. Devant lui, le centurion ouvrait la marche, puis cet homme bizarrement couronné d'épines, dont le visage n'avait plus rien pour attirer les regards, un homme de douleurs, objet de mépris, comme quelqu'un devant qui on se voile la face (Is 53). Derrière, deux malfaiteurs, portant leur croix eux aussi, et une grande multitude, des femmes en pleurs, des chefs qui ricanaient, des soldats qui se moquaient. Et cette foule incertaine, mêlée, à la curiosité malsaine, qui suivait pour voir.

La tradition a retenu la figure de Simon de Cyrène comme celle du disciple portant sa croix chaque jour, à la suite du Christ, selon cette parole qu'il avait dite : « Si quelqu'un veut me suivre, qu'il renonce à lui-même, qu'il prenne sa croix et qu'il me suive » (Mt 16,24). Mais le pauvre Simon était bien loin de saisir la portée de ces mots. Il n'avait pas le choix, il obéissait à son destin, c'est tout !

Mais voilà qu'en marchant, courbé sous le fardeau derrière cet homme défiguré, le poids de la croix s'allégeait. Peu à peu, à le voir en cet état, obéissant comme un agneau conduit à l'abattoir, à entendre ce que l'on disait de lui dans la foule, la mémoire lui revenait : c'était lui qu'il avait acclamé quelques jours auparavant, lui que Jean-Baptiste avait désigné sur les bords du Jourdain comme l'Agneau de Dieu, lui encore qui avait dit – il s'en souvenait maintenant : « Venez à moi, vous tous qui peinez et ployez sous le fardeau, et moi je vous soulagerai. Chargez-vous de mon joug et mettez-vous à mon école, car je suis doux et humble de cœur, et vous trouverez soulagement pour vos âmes. Oui, mon joug est aisé et mon fardeau léger » (Mt 11,28).

Et la lumière se faisait dans son esprit. Un sentiment tout nouveau d'une joie intime plus forte que la peine. Pas après pas, mettant ses pas dans les pas de Jésus, il le suivait, attaché à son joug. Et voilà que ce n'était plus Simon qui portait la croix. C'était la croix qui le portait, la croix de Jésus qui le prenait sous son ombre, comme un étendard, un signe de victoire élevé par-dessus le déchaînement de la violence et du mépris.

Ce fardeau, il ne l'avait pas choisi. Les croix sont toujours celles que l'on ne choisit pas. Elles vous arrivent à l'improviste, sans qu'on les cherche, comme les vents contraires. Elles vous dépossèdent de votre temps, de vos projets, de vos affections, de votre santé, de votre honneur, parfois même de votre perfection. Elles font des brèches dans la cuirasse de vos suffisances, mais, si on les porte avec le Christ, elles vous rendent plus humble, plus compatissant, plus fraternel pour porter les fardeaux les uns des autres (Ga 6,2). Car, à y regarder avec les yeux de la foi, pour celui qui aime, il n'y a qu'une seule croix, celle de Jésus, par laquelle nous viennent sa grâce et sa force.

Les filles de Jérusalem sur le chemin du Calvaire

Derrière Jésus et Simon de Cyrène portant sa croix, des femmes suivaient, qui se frappaient la poitrine et se lamentaient sur lui (Lc 23,27). Elles avaient, dit l'évangile, apporté des breuvages apaisants pour les condamnés. Selon une tradition immémoriale, l'une d'entre elles se détacha et, se frayant la voie avec hardiesse entre les soldats qui retenaient la foule, elle vint essuyer le visage de Jésus. Ce geste de compassion, ce tendre lin sur lequel s'imprima la face douloureuse du Seigneur, fut gardé dans la mémoire chrétienne. Même s'il n'est pas rapporté par l'évangile, il a valeur de vérité aux yeux des croyants. Au cœur de la violence brutale et de l'injustice la plus aveugle, alors que l'amour est bafoué, une femme osa se compromettre aux yeux de tous et poser ce geste d'infinie tendresse : Véronique au tendre lin, montrant désormais, à travers les âges, la vraie image, *verra icona*, du Christ le Seigneur.

N'est-ce pas une telle icône, ou, pour employer un langage usé mais combien fort, une telle dévotion à cette « Sainte Face » défigurée, humiliée par le refus du monde, qui inspira à saint François-Xavier cette prière : « Ce qui me pousse, mon Dieu, à t'aimer, ce n'est pas le ciel que tu m'as promis. Et ce n'est pas l'enfer tant redouté qui me retient de t'offenser. C'est toi, Seigneur : c'est de te voir cloué sur une croix et bafoué, c'est de voir ton corps si blessé, c'est qu'on t'insulte et c'est ta mort. Ce qui me pousse, enfin, c'est ton amour. Et tellement que, n'y eût-il point de ciel, je t'aimerais. N'y eût-il point d'enfer, je te craindrais. Tu ne dois rien me donner pour que je t'aime, car même si je n'espérais pas ce que j'espère, du même amour que je t'aime, je t'aimerais. »

Mais, se retournant, Jésus dit : « Filles de Jérusalem, ne pleurez pas sur moi ! Pleurez plutôt sur vous-mêmes et sur vos enfants !... Car si l'on traite ainsi le bois vert, qu'adviendra-t-il du bois sec ? » C'est ainsi que ces mères devinrent les premières des générations de femmes qui, ayant épuisé toutes leurs larmes, crient justice pour leurs enfants. Femmes de la place de Mai à Buenos Aires, de Bosnie ou du Rwanda, femmes des pays de la faim montrant dans leurs bras l'enfant décharné qui n'a même plus la force d'implorer la compassion des riches et des puissants, ces tout-petits auxquels s'est identifié Jésus en les nommant ses frères.

Pleurez sur vous et sur vos enfants ! Il n'est pas nécessaire de trouver des exemples dans le passé pour saisir l'actualité de ces paroles. Quel monde, en effet, laisserons-nous à nos enfants ? Un monde de confiance, de justice et de paix, où les petits, les exclus, les migrants et les handicapés de la vie sont accueillis et respectés ? Ou bien un monde dur et sans cœur, où l'argent est roi, la concurrence impitoyable et les privilèges intouchables ? L'Ange du Seigneur, annonçant à Zacharie la naissance de Jean-Baptiste, disait de lui que, rempli de l'Esprit Saint, il marcherait devant le Christ pour « ramener le cœur des pères vers les enfants » (Lc 1,17), préparant ainsi au Seigneur un peuple bien disposé. Ramener le cœur des pères vers leurs enfants, vers la génération des jeunes, pour leur donner de sentir qu'ils sont désirés et attendus, ne serait-ce pas une tâche prophétique pour aujourd'hui ?

Véronique transmit son trésor à la mémoire des croyants qui, à travers les générations et jusqu'à nos jours, dans leur dévotion à la « Sainte Face », s'emploient à soulager la souffrance des petits et à nourrir leur espérance.

Le bon larron et le buisson ardent

On emmenait deux malfaiteurs pour être exécutés avec lui, dit saint Luc (23,32). C'était l'abomination. Jésus, le juste, crucifié entre deux criminels, l'un à sa droite, l'autre à sa gauche. Et Jésus disait : « Père, pardonne-leur, ils ne savent pas ce qu'ils font. » Le prophète l'avait annoncé en décrivant la mort du Serviteur de Yahvé : « Le juste, mon serviteur, justifiera les multitudes en s'accablant lui-même de leurs fautes. Il s'est livré lui-même à la mort, il a été compté parmi les criminels, alors qu'il intercédait pour eux et qu'il portait le péché des multitudes » (Is 53,12). Les évangélistes ne s'étendent pas sur la description des souffrances physiques de Jésus. Ils les disent, sobrement. En revanche, ils insistent sur les insultes et les railleries dont on l'accablait. Les chefs se moquaient, les soldats se gaussaient, tandis que le peuple se tenait là, à regarder. L' un des malfaiteurs lui-même l'injuriait : « N'es-tu pas le Christ ? Sauve-toi toi-même, et nous aussi. »

Au cœur de l'abomination où la bête immonde s'acharne à détruire tout amour en provoquant Jésus jusqu'à l'extrême, et à ruiner toute espérance en ce monde, un seul a pris sa défense : « Tu n'as même pas crainte de Dieu, alors que tu subis la même peine ! Pour nous, c'est justice, nous payons nos actes ; mais lui n'a rien fait de mal. » Sur la croix, au-dessus de la tête de Jésus, ces mots ont été inscrits par Pilate, en hébreu, en latin et en grec, pour que nul ne l'ignore : « Le Roi des Juifs ». Par dérision. Mais le bon larron, loin de faire chorus, y vit le signe de ce qu'il pressentait. Dans ce déchaînement de haine et de violence, l'amour du Christ pour les hommes restait intact. L'amour prenait sur lui le refus de l'amour, pour rendre bons ceux-là mêmes qui étaient en train de commettre le crime le plus monstrueux. Il triomphait, il régnait, il rendait manifeste à qui sait voir un autre royaume, plus fort, plus puissant que le règne de la violence et du mépris : « Père, pardonne-leur ! » Ce que saint Paul exprimera ainsi : « Alors même que nous étions ennemis de Dieu, sans force pour aimer, pécheurs, il nous a réconciliés avec lui par la mort de son Fils, et il a répandu l'amour dans nos cœurs par le Saint-Esprit qui nous fut donné » (Rm 5,5). Voilà ce que regardait ce larron, et lui-même, il se sentait emporté, purifié, lavé par ce fleuve d'eau vive qui jaillissait du corps du Crucifié.

Alors, il lui dit : « Jésus, souviens-toi de moi quand tu viendras dans ton Royaume. » Quand tu viendras, non plus dans la souffrance et dans la mort, mais dans ta gloire et ton triomphe sur le mal. « Quand il aura détruit tout pouvoir maléfique et toute inimitié – et le dernier ennemi, c'est la mort – et qu'il remettra la royauté à Dieu le Père » (1 Co 15,24-28). Voilà ce que lui dit cet homme pécheur et pardonné, sanctifié et rénové, dans une confiance absolue.

On rapporte qu'au cours des interrogatoires inhumains qui ont dramatiquement sali le régime des colonels en Argentine, un officier de renseignement interrogeait une femme avec brutalité. S'emportant devant son silence, il lui dit en colère : « Dépêchez-vous de parler… Je n'ai pas de temps à perdre avec vous, j'ai un enfant malade à la maison. » Le lendemain, nouvelle séance. Voyant entrer l'officier, la femme lui demanda : « Comment va votre enfant ? » Et le bourreau, désarmé par cette parole d'humanité, changea d'attitude. Il avait trouvé plus fort que lui ! Voilà ce que vit le bon larron, un royaume qui n'est pas de ce monde, mais dont la folie est plus sage que toute prétention humaine, et la faiblesse plus forte que toute violence. Il le voyait triompher du mal et de la haine, au moment même où il semblait vaincu. Et le premier, il entra dans le Royaume : « En vérité, je te le dis, aujourd'hui, lui dit Jésus, tu seras avec moi dans le paradis. »

Ce larron témoigne pour tout homme, fût-il gravement coupable, d'une espérance invincible : « Moi, si j'avais commis tous les crimes possibles, disait Thérèse de Lisieux, je garderais toujours la même confiance, car je sais bien que cette multitude d'offenses n'est qu'une goutte d'eau dans un brasier ardent. » Car ce brasier, ce buisson ardent qui ne se consume pas en brûlant, continue de purifier la terre. Jésus, en acceptant au plus profond de lui-même de mourir de la main des hommes, transforme cette violence brutale en un acte d'amour qui se donne totalement. Comme l'a dit le pape Benoît aux jeunes des Journées mondiales de la jeunesse, réunis à Cologne : « Depuis toujours, tous les hommes, d'une manière ou d'une autre, attendent dans leur cœur un changement, une transformation du monde. Maintenant se réalise l'acte central de transformation qui est seul en mesure de renouveler vraiment le monde : la violence se transforme en amour et donc la mort en vie… Il s'agit d'une fission nucléaire portée au plus intime de l'être – la victoire de l'amour sur la haine, la victoire de l'amour sur la mort. Seule l'explosion intime du bien qui vainc le mal peut alors engendrer la chaîne des transformations qui, peu à peu, changeront le monde. Tous les autres changements demeurent superficiels et ne sauvent pas. »

Ainsi, la transformation ne s'arrête pas au bon larron. Jésus a voulu anticiper sa mort en instituant l'Eucharistie pour confier aux siens la mission de redire et de refaire ce qu'il a fait pour tous : « Ceci est mon corps donné pour vous en sacrifice. Ce calice est la nouvelle Alliance en mon sang. » Le corps et le sang du Christ nous sont donnés afin que, accueillant dans la foi cette puissance extraordinaire, nous soyons transformés à notre tour, et que son dynamisme de pardon et de réconciliation nous pénètre, se propage aux autres et s'étende au monde entier.

Le centurion au cœur brisé

Il fallait en finir, avant que s'allume la première lampe annonçant le sabbat. Ils n'avaient pas eu besoin de lui briser les jambes, comme aux deux autres : Jésus était déjà mort. Mais pour s'en assurer, l'un des soldats lui perça le côté d'un coup de lance. Et ils restaient là, à regarder le côté ouvert, le sang et l'eau. Sans le savoir, ils venaient d'accomplir la prophétie de l'Écriture qui disait de l'Agneau pascal : « On ne lui brisera pas un os. » On ne brisera pas un os de l'agneau que l'on immole lors de la Pâque pour célébrer la délivrance d'Égypte et le grand passage vers la Terre promise. Et comme « ils regardaient celui qu'ils avaient transpercé », quelque chose tout à coup se brisait dans leurs esprits. Quelque chose comme une immense déchirure. C'était comme le voile du Temple qui se déchirait par le milieu, de haut en bas, comme les rochers qui se fendaient, comme les tombeaux qui s'ouvraient. Et au-delà du voile, ils contemplaient, sans encore le savoir, le mystère de l'Amour. La façon dont cet homme était mort en pardonnant à ses bourreaux, en confiant sa mère à son disciple, en donnant espoir à son compagnon d'infortune, brisait leur cœur de pierre. « À la vue de ce qui s'était passé, ils furent saisis d'une grande frayeur, et le centurion glorifiait Dieu en disant : Sûrement, cet homme était un juste » (Lc 23,47). Un juste, un ami de Dieu, un fils de Dieu.

Dans sa conscience de Romain, peu rompu à la théologie, cet homme disait avec ses mots ce que son cœur pressentait. Il regardait celui qui avait dit : « Quand j'aurai été élevé de terre, j'attirerai tous les hommes à moi. » Il était là, avec sa lance et son casque, à côté de la petite escouade qui, après s'être joué de ce soi-disant roi des Juifs avec un sceptre de mascarade, venait d'accomplir sa sale besogne. Ils l'avaient crucifié comme un dangereux agitateur politique au milieu des quolibets : « Si tu es le fils de Dieu, descends de la croix et nous croirons en toi ! » Et ils avaient, selon leur coutume, partagé ses vêtements. Comme sa tunique était d'une seule pièce, tissée peut-être, avec quel soin, par sa mère, ils l'avaient tirée au sort. Il était là, profondément remué, la tunique à la main.

Et maintenant, après l'ébranlement des éléments, après les cris et les ricanements, un grand silence se faisait : à côté de Marie et du disciple, debout, entourés par une foule sidérée, le centurion serra sous son bras la tunique sans couture, et murmura plusieurs fois : « Cet homme était fils de Dieu ! » Et il se laissa saisir par un sentiment tout nouveau, qui n'était encore jamais monté à son cœur d'officier romain, le sentiment d'une force douce, d'un royaume plus puissant que la force brutale de l'Empire. Pris dans l'engrenage d'un pouvoir sans conscience et sans âme, lui, l'officier à qui ses soldats obéissaient au doigt et à l'œil, il découvrait un autre Royaume, qui ne s'imposait ni par la puissance ni par la force, mais par cette humble douceur qui faisait trembler la terre et fendait les rochers.

Rentrant chez lui, le visage pensif, il remuait tous ces événements dans son esprit. Lui, le centurion qui avait dirigé l'exécution sans états d'âme, il était pris d'une vive émotion. Et la tunique sans couture tachée de sang était dans sa main d'une douceur infinie. Et il se disait qu'il lui faudrait du temps, beaucoup de temps, pour qu'il se désarme et que la déchirure de son cœur cicatrise. Toute une vie, peut-être, comme le reconnaissait le patriarche Athénagoras lui-même : « Il faut mener la guerre la plus dure qui est la guerre contre soi-même. Il faut arriver à se désarmer. J'ai mené cette guerre pendant des années, elle a été terrible. Mais maintenant, je suis désarmé… Je suis désarmé de la volonté d'avoir raison, de me justifier en disqualifiant les autres. Je ne suis plus sur mes gardes, jalousement crispé sur mes richesses. Je ne tiens pas particulièrement à mes idées, à mes projets. Si l'on m'en présente de meilleurs ou plutôt non pas meilleurs mais bons, j'accepte sans regrets. J'ai renoncé au comparatif. Ce qui est bon, vrai, réel est toujours pour moi le meilleur[1]. » Quand on se désarme, quand, devant Jésus en croix, on se laisse désarmer, un temps neuf nous est donné où tout est possible. Voilà ce que pressentait notre centurion : un temps lui était donné où Dieu ferait toutes choses nouvelles.

1. O. Clément, *Dialogues avec le patriarche Athénagoras*, Paris, Fayard, 1969.

Les gardes du tombeau, subornés

« La fable s'est colportée jusqu'à nos jours », écrivait saint Matthieu une quarantaine d'années après l'événement. Quoi donc ? Ce que racontèrent les gardes pour expliquer le tombeau trouvé vide au matin de Pâque. Le tombeau où Joseph d'Arimathie, disciple de Jésus en secret, avait placé son corps entouré de bandelettes et roulé dans un linceul, lorsqu'il obtint de Pilate qu'on le lui remît. Un tombeau tout neuf que Joseph s'était fait tailler dans le roc. Et Nicodème était là lui aussi, avec ses aromates, lui qui était venu trouver Jésus de nuit, et qui maintenant n'avait plus peur de se compromettre. Et les femmes, les deux Marie assises en face du sépulcre, regardaient tout en détail, et la grande pierre roulée à l'entrée.

Les grands prêtres et les pharisiens étaient donc allés trouver Pilate à leur tour, dès le lendemain, pour lui dire : « Nous nous sommes souvenus que cet imposteur a dit, de son vivant : Après trois jours je ressusciterai ! Commande donc que le sépulcre soit tenu en sûreté jusqu'au troisième jour, pour éviter que ses disciples ne viennent le dérober et ne disent au peuple : Il est ressuscité des morts ! Cette dernière imposture serait pire que la première. » Pilate leur répondit : « Vous avez une garde ; allez et prenez vos sûretés comme vous l'entendez. » Ils allèrent donc et s'assurèrent du sépulcre, en scellant la pierre et en postant une garde (Mt 27,62).

Mais, comme le premier jour de la semaine, c'est-à-dire notre dimanche, commençait à poindre, toutes les trompettes du Paradis se mirent à sonner et l'Ange du Seigneur descendit du ciel comme l'éclair. Il vint rouler la pierre sur laquelle il s'assit. Il avait brisé les scellés du tombeau, cassé le jugement des hommes, et Dieu justifiait son Fils. La terre trembla. Et les gardes tressaillirent d'effroi. Quelque chose d'aussi inouï que la Création du monde venait d'arriver. Aussi incompréhensible à l'homme que sa propre origine : la création d'un monde nouveau, la naissance du Premier-né d'entre les morts. « Et vous, n'ayez pas peur... », dit l'Ange. Tandis que Marie de Magdala et l'autre Marie couraient annoncer aux disciples le message de l'Ange, les gardes, transis de peur, allèrent dire aux grands prêtres d'une voix tremblante ce qui était arrivé. Alors, ceux-ci donnèrent aux gardes une forte somme d'argent avec cette consigne : « Vous direz ceci : ses disciples sont venus durant la nuit et ont dérobé le corps tandis que nous dormions. »

Autour du silence du tombeau vide, les témoignages se contredisent et les oppositions se nouent... « jusqu'à nos jours ». Les uns disent avec les gardes, d'une voix mal assurée d'agnostique, qu'ils ne savent pas, que les disciples ont dû venir dérober le corps tandis qu'ils dormaient. Triste certitude que celle des dormeurs ! Et les autres, avec l'assurance de Pierre debout au milieu des Douze au jour de la Pentecôte, disent qu'il est vivant : « Le patriarche David est mort et a été enseveli, et son tombeau est encore aujourd'hui parmi nous. Mais comme il était prophète et savait que Dieu avait juré par serment de faire asseoir sur son trône un descendant de son sang, il a vu d'avance et annoncé la résurrection du Christ qui, en effet, n'a pas été abandonné à l'Hadès et dont la chair n'a pas vu la corruption. Dieu l'a ressuscité, ce Jésus, nous en sommes tous témoins. Et maintenant, exalté par la droite de Dieu, il a reçu du Père l'Esprit Saint, objet de la Promesse, et l'a répandu. C'est là ce que vous voyez et entendez » (Ac 2,29).

Mais les gardes ne voyaient rien, n'entendaient rien. Ils ne voulaient plus le savoir. La peur au ventre, le cœur corrompu par l'argent et la bouche scellée par le mensonge, ils étaient devenus muets comme des tombes.

De nos jours, l'agnosticisme est devenu vertu. Dites-vous croyant, vous passez pour un attardé ; athée, pour un esprit fort ; agnostique, pour un sage ! L' agnostique garde la porte ouverte aux possibles, mais se garde de la franchir. La laïcité ambiante, qui s'impose de plus en plus comme la nouvelle norme religieuse de l'État, vous impose de vous taire hors des sacristies, pour préserver l'espace public de tout prosélytisme. Et beaucoup de croyants ont intériorisé cette norme au nom du « laïquement correct », au point qu'ils s'interdisent plus ou moins consciemment de professer publiquement leur foi, ou même d'engager ces « conversations spirituelles » spontanées et amicales où s'exprime notre liberté de penser, de croire et de partager les valeurs qui, pourtant, animent leurs vies profondes. Désert spirituel ! À chacun ses convictions ou, comme on dit, sa religion ! Mais nous ne prenons pas garde qu'à force d'interdits de parole, on s'interdit aussi de penser, et par suite, de pouvoir répondre à quiconque nous demande raison de l'espérance qui est en nous (1 P 3,15).

Marie de Magdala :
« Va trouver mes frères »

De même que Marie, la mère de Jésus, fut la première à annoncer la bonne nouvelle de l'Incarnation du Fils de Dieu, en rendant visite à sa cousine Élisabeth, Marie de Magdala, celle dont Jésus avait expulsé sept démons, fut la première à annoncer sa résurrection aux apôtres. La première en chemin, elle aussi ! Femme, elle aussi, comme il convient pour une naissance.

Chacun connaît le récit qu'en fait saint Jean : Marie de Magdala se tenait près du tombeau ouvert, dans les larmes. « Et tout en pleurant, elle se penche vers l'intérieur du tombeau et voit deux anges, en vêtements blancs, assis là où avait reposé le corps de Jésus, l'un à la tête et l'autre aux pieds. Ils lui disent : Femme, pourquoi pleures-tu ? Elle leur dit : Parce qu'on a enlevé mon Seigneur, et je ne sais pas où on l'a mis… »

Marie de Magdala correspond bien, à sa manière féminine, à la qualification des apôtres, témoins de la résurrection, telle que Pierre la précisera au sujet du remplacement de Judas : « Ceux qui nous ont accompagnés tout le temps que Jésus a vécu au milieu de nous, depuis le baptême de Jean jusqu'au jour où il nous fut enlevé » (Ac 1,21). Elle aussi, elle a accompagné Jésus depuis la

Galilée, avec un groupe de femmes dont les évangélistes citent quelques noms, des noms bien connus des premières communautés chrétiennes : Marie de Magdala est toujours citée la première, avant une autre Marie, femme de Clopas, sœur de la mère de Jésus ; puis la mère de Jacques et de José, les disciples ; puis Salomé, sans doute la mère des fils de Zébédée ; et encore Jeanne, la femme de Chouza, l'intendant d'Hérode ; et Suzanne, et plusieurs autres qui, avec les apôtres, étaient avec Jésus alors qu'il cheminait à travers villes et villages, annonçant la bonne nouvelle du Royaume de Dieu (Lc 8,1) : elles les assistaient de leurs biens, ces femmes qui, de toute évidence, jouissaient de quelques ressources.

Elle avait du caractère, cette Marie de Magdala, que l'on confond parfois avec Marie de Béthanie, la sœur de Marthe, celle qui répandit un flacon de nard très pur sur les pieds de Jésus avant sa Passion (Jn 12) ; ou que l'on identifie trop facilement, sans doute à cause de cette histoire des sept démons dont Jésus l'avait délivrée, avec la « pécheresse » de la ville, dont Luc tait le nom, qui chez Simon le pharisien arrosa les pieds de Jésus de ses larmes et les essuyait de ses cheveux (Lc 7,36). On la retrouve au pied de la croix, toujours la première nommée, parmi de nombreuses femmes qui regardaient à distance, « celles-là mêmes qui avaient suivi Jésus depuis la Galilée pour être à son service » (Mt 27,56). Tous ses amis se tenaient à distance, ainsi que ces femmes qui l'avaient accompagné et qui regardaient (Lc 23,49).

Joseph d'Arimathie, membre du Sanhédrin qui ne s'était pas associé au dessein ni aux actes des autres, après avoir demandé à Pilate le corps de Jésus, le descendit de la croix, le roula dans un linceul et le plaça dans une tombe taillée dans le roc. Nicodème vint aussi, celui qui était allé trouver Jésus de nuit, avec cent livres d'huile et d'aloès. Et ils entourèrent le corps de bandelettes avec les aromates, selon la coutume juive. Et Marie-Madeleine suivit Joseph avec les autres femmes et « elles regardèrent le tombeau et comment son corps avait été placé » (Lc 23,55). Joseph roula une grande pierre à l'entrée du tombeau, ce sépulcre tout neuf qu'il s'était fait tailler, et s'en alla. Quant aux femmes, elles étaient assises en face du sépulcre, et regardaient (Mt 27,61). Puis elles s'en allèrent préparer les aromates pour oindre le corps le surlendemain, afin de respecter le sabbat.

Ainsi, au cours de la Passion, les apôtres, restant au loin, semblent avoir disparu de la scène. Au moment de l'arrestation, « ils l'abandonnèrent et s'enfuirent tous » (Mc 14,50). Tout juste si Pierre eut un moment le courage de le suivre de loin, jusque dans la cour du grand prêtre où il le renia trois fois. Tout juste encore si, au pied de la croix, le mystérieux « disciple qu'il aimait » garde la place pour l'offrir à qui voudra la prendre. Ce sont les femmes qui sont là, d'un bout à l'autre de la Passion, et qui, les premières, seront témoins de sa résurrection. Elles ne peuvent plus l'assister ni le servir. Elles regardent. Elles sont notre regard. Elles nous invitent à regarder, nous aussi.

Après le sabbat, le premier jour de la semaine, de grand matin, comme le soleil se levait, elles vont au tombeau en se disant entre elles : « Qui nous roulera la pierre hors de l'entrée du tombeau ? » Et, ayant de nouveau regardé, elles virent que la pierre, si grande, avait été roulée de côté. Et c'est le message de l'Ange ! « Bouleversées et pleines de joie, elles coururent porter la nouvelle à ses disciples » (Mt 28,8). Mais ils ne les crurent pas, prenant leurs dires pour du délire. C'est à ce moment que l'évangile de Jean prend le relais du récit.

Marie de Magdala, ayant vu le tombeau vide, court trouver Simon-Pierre et l'autre disciple, celui que Jésus aimait, et leur dit : « On a enlevé le Seigneur du tombeau, et nous ne savons pas où on l'a mis » (Jn 20,2). Alors, ils courent tous les deux jusqu'au tombeau et Pierre, entrant le premier, voit les bandelettes à terre et, roulé à part, le suaire qui recouvrait sa tête. Alors entra à son tour l'autre disciple : « Il vit et il crut. » Quant à Marie, elle se tenait près du tombeau et sanglotait. Elle ne voit plus, ne regarde plus, n'entend plus ce qui se passe, là, devant elle. Elle est dans les larmes.

La résurrection du Christ, personne n'en fut témoin, sinon les anges. Mais sa manifestation, c'est à elle, et avec quelle divine délicatesse, qu'il est donné de la voir et de l'annoncer la première. Par trois fois, les anges, puis Jésus lui-même, s'adressent à elle : « Femme, pourquoi pleures-tu ? » – « Qui cherches-tu ? » Et Marie se retourna par deux fois, les yeux embués de larmes.

Elle est l'image même de la désolation. Mais au lieu de fuir, ou de s'enfermer comme les disciples, elle cherche, elle insiste, elle interroge les anges, puis Jésus lui-même, à la façon de la fiancée du *Cantique des Cantiques* : « J'ai cherché celui que mon cœur aime. Je l'ai cherché mais ne l'ai point trouvé ! Je me lèverai donc et le chercherai encore : Avez-vous vu celui que mon cœur aime ? » (Ct 3). Femme, pourquoi pleures-tu ? Qui cherches-tu ? lui dit Jésus, qu'elle prend pour le jardinier. « Si c'est toi qui l'as enlevé, dis-moi où tu l'as mis, et j'irai le chercher », lui répond-elle. Elle était avec Jésus ressuscité, dans le jardin du paradis, en ce premier jour du monde nouveau, sans pouvoir encore le reconnaître.

Penchée vers le tombeau, cherchant à saisir ce qui n'est plus, ce qu'on lui a ravi, elle est la figure de l'âme qui cherche Dieu et se désole, murmurant : « Je n'ai d'autre pain que mes larmes, moi qui chaque jour entends dire : Où est-il ton Dieu ? » (Ps 41). Elle est le symbole vivant de tous les liens rompus, des tendresses brisées, des espoirs déçus… et plus encore de ces deuils si douloureux, ces pertes de repères, cette absence de signe de Dieu dans notre monde.

Et Jésus lui dit : « Marie ! » Et elle le reconnut.

Mais aussitôt, son Seigneur et Maître l'envoie trouver ses frères (c'est la première fois que Jésus utilise ce mot pour désigner ses disciples) : « Ne me retiens pas, car je ne suis pas encore monté vers mon Père. Mais va dire à mes frères que je monte vers mon Père et votre Père, mon Dieu et votre Dieu. » Auprès d'eux, et jusqu'au cénacle où on la retrouve, priant avec les disciples et la mère de Jésus (Ac 1,14), elle sera la première à annoncer la Bonne Nouvelle, la première à témoigner de l'identité du ressuscité, lui qui se fit reconnaître d'elle en l'appelant par son nom. La première à affirmer que c'est bien le même que nous contemplons dans l'évangile et que nous avons tant de mal à reconnaître dans la vie de tous les jours, alors qu'il a promis qu'il serait là, jusqu'à la fin des temps, et qu'il nous appelle chacun par notre nom (Jn 10,3).

Marie de Magdala cherchait Jésus dans les signes passés de sa présence. Elle voulait étreindre ses pieds, elle croyait pouvoir le retenir comme avant. Mais Jésus l'envoie vers ses frères. Car le signe de son nouveau mode de présence, c'est l'amour fraternel, c'est la fraction du pain que l'on partage, c'est l'attention « au plus petit d'entre ses frères », devenus les membres de son corps, en particulier ceux qui souffrent. Comme le dira saint Augustin : « Voyez l'amour de notre tête. Déjà elle est au ciel, et cependant elle y souffre aussi longtemps qu'ici souffre l'Église. Ici le Christ a faim, il a soif, il est nu, il est errant, il est infirme, il est en prison. Tout ce que son corps souffre ici, il dit que c'est lui qui le souffre (Mt 25). Tout comme dans notre corps, la tête est en haut et les pieds sur terre, cependant, si, dans la cohue et la bousculade, quelqu'un t'écrase le pied, n'est-ce pas la tête qui dit : Tu m'écrases ? Ainsi le Christ, tête que personne n'écrase, dit : J'ai eu faim et vous m'avez donné à manger. »

Marie de Magdala va donc trouver les frères du Christ, ces frères devenus les siens et qui sont dans la peine. La première, elle va se faire auprès d'eux la servante du Christ consolateur. Et c'est ainsi que, désormais, elle va le trouver, vivant en elle, vivant en eux, façonnant son corps de ressuscité.

Cléophas et la leçon d'Écriture

Le récit des deux disciples faisant route vers Emmaüs habite toutes les mémoires. Ils retournent à leurs affaires, déçus, le visage morne. Et tout en marchant, ils discutent ensemble de tout ce qui s'était passé, les événements de ces jours et ce qui était arrivé à Jésus de Nazareth… Ils l'avaient suivi, ils avaient cru en ce prophète puissant en actes et en paroles, ils avaient espéré qu'il serait le libérateur d'Israël. Mais les chefs des prêtres et leurs dirigeants l'avaient livré : « Ils l'ont fait condamner et ils l'ont crucifié. » Et ils ressassaient leur désillusion.

On croirait entendre réciter le Credo : tout y est, ou presque, comme dans les médaillons d'un vitrail illustrant la Passion : le tombeau vide, le témoignage des femmes, les anges disant qu'il est vivant, la constatation des apôtres venus en courant jusqu'au tombeau. Tout y est, sauf la lumière du soleil levant, éclairant le vitrail de son éclat. Ils savaient tout cela, et les prophéties, mais leurs yeux, aveuglés de tristesse et de découragement, étaient empêchés de le reconnaître. Le libérateur ! Ils n'avaient pas compris. Ils en étaient restés aux espoirs humains : le Messie ne devait-il pas rétablir la royauté, libérer le peuple de l'occupant, assurer la justice et la paix universelles, écraser les méchants du poids de sa gloire ?

Il ne restait plus qu'à retourner chacun chez soi et, dans la désolation, à faire le deuil douloureux de ses illusions. C'est là, au cœur de leur détresse et alors qu'ils marchent à contre-voie en tournant le dos à Jérusalem, que Jésus les rejoint. Il les questionne, il écoute jusqu'au bout leur amertume, et lorsqu'ils ont pu la lui confier tout entière, il prend la parole : « Vous n'avez donc pas compris ? Comme votre cœur est lent à croire tout ce qu'ont dit les prophètes ! Ne fallait-il pas que le Messie souffrît tout cela pour entrer dans sa gloire ? »

Souffrir pour entrer dans sa gloire ? Non, vraiment, ils ne pouvaient saisir ce mystère. Quelle était donc cette nécessité de souffrir tout cela, et cette gloire qui les aveuglait ? Alors Jésus, « en partant de Moïse et de tous les prophètes, leur expliqua dans toutes les Écritures ce qui le concernait ». Comme on voudrait avoir entendu avec eux la leçon d'Écriture ! Comme on aimerait admirer, voir et comprendre enfin l'immense parabole biblique, déchiffrer les figures des patriarches et des prophètes, des rois et des sages qui annonçaient le Christ et ne parlaient que de lui ! Comme on voudrait contempler les médaillons du vitrail, illuminés par l'Astre du matin quand il se lève dans les cœurs ! Mais serions-nous aujourd'hui privés de cette lumière de la foi, de cet Esprit d'intelligence spirituelle et de sagesse chrétienne qui, depuis la Pentecôte, se répand non seulement sur le récit biblique, mais sur notre histoire et jusque dans nos vies personnelles, donnant sens et poids à nos existences ?

Car l'histoire de nos vies est, elle aussi, une histoire sainte. Elle a été saisie dans l'histoire du Christ, comme celle des deux compagnons de route. C'est nous qui la profanons trop souvent, en n'en voyant que la surface éphémère qui, tel un voile, nous cache sa profondeur et son mystère. Comme l'écrivait Caussade, l'auteur présumé de *L'Abandon à la Providence divine*, « les Livres saints que l'Esprit de Dieu a dictés ne sont, au regard de la foi, que le commencement des divines instructions. Tout ce qui arrive est pour elle la suite de l'Écriture. Ce qui est écrit est le commentaire de ce qui ne l'est pas. La foi juge de l'un par l'autre[1] ».

Saint Jérôme, qui passa sa vie à traduire la Bible en latin, disait que l'ignorance des Écritures est l'ignorance du Christ. Les disciples d'Emmaüs croyaient connaître Jésus, ils ignoraient le Christ. Mais à mesure qu'il leur parlait sur la route et leur faisait comprendre les Écritures, leur cœur devenait tout brûlant, leur espérance ressuscitait et une secrète allégresse s'emparait de leurs esprits, changeant leur tristesse en joie. C'était le sentiment d'une proximité, d'une présence derrière le voile des apparences. « C'est quand on se tourne vers le Seigneur que le voile tombe » (2 Co 3,16). Moïse, David, le Serviteur souffrant d'Isaïe, Jérémie, les figures du roi, du prêtre et du prophète, et leur propre histoire de disciples saisie dans le Mystère pascal, tout convergeait, tout s'intégrait comme les pièces d'un puzzle, laissant apparaître l'image glorieuse du ressuscité qui leur ouvrait les portes du Royaume.

Aussi, comme il faisait mine de continuer son chemin, Cléophas et son compagnon le prièrent : « Reste avec nous ! » Et ils le reconnurent à la fraction du pain. Tout basculait, tout reprenait sens et vie. Disparu de devant leurs yeux, Jésus leur demeurait présent à jamais. Mais pour le reconnaître vivant en eux, ils avaient besoin

1. J.-P. de Caussade, *L'Abandon à la Providence divine*, Paris, Desclée de Brouwer, coll. « Christus », 2006.

désormais, entre compagnons de route, de cette amitié dans le Seigneur qui leur permettrait de relire leur vie à cette profondeur. Aussi, reprenant le chemin de Jérusalem, ils coururent retrouver leurs frères et partager leur joie.

Marie, la première en chemin

Elle s'est voulue la servante. Dieu l'a choisie pour mère. Celle de son fils, et donc aussi la nôtre, la mère de l'Église. Mais de l'une à l'autre, de la servante dans son humilité à la mère dans la plénitude de sa vocation, quels déplacements, quel chemin ! Elle est, disait Claudel, « la femme dans la grâce enfin restituée », la fille de Sion qui, du fond des âges, ramène au jour la nouvelle Ève. Elle est ainsi la mère de tous les vivants, celle qui a dit oui au nom de l'humanité tout entière au dessein de Dieu sur le monde. Mère de Jésus, mère du Christ, mère de Dieu, c'est tout un, comme il a plu au concile d'Éphèse de le déclarer, non pour la mettre à part, mais pour professer dans la foi que Jésus de Nazareth, celui que l'on disait fils de Joseph, est le Fils unique de Dieu, engendré de Dieu, né de la Vierge Marie.

Ainsi, elle est bien la première dans la grâce de son Fils, la première en chemin ! La première bienheureuse, pour avoir cru en l'accomplissement de ce qui lui avait été dit de la part du Seigneur. La première annonciatrice de la Bonne Nouvelle, quand elle partit en hâte la dire à sa cousine Élisabeth et à l'enfant qu'elle portait en son sein, Jean-Baptiste. La première, encore, à chercher

Jésus quand il eut douze ans, revenant sur ses pas à Jérusalem après une journée de chemin.

L'évangile ne dit pas de Marie qu'elle suivit Jésus, comme de nombreuses autres femmes. Mais il dit qu'elle le cherchait. Marie chemine. Elle chemine sur les routes, elle chemine dans la foi, toujours en quête, même durant la vie cachée de la famille à Nazareth. Marie, dit saint Luc, « conservait avec soin toutes ces choses, les méditant en son cœur » (2,19 ; 2,51). Cette expression, deux fois répétée, encadre le temps de la jeunesse de Jésus, depuis la nativité jusqu'à son départ de Nazareth. Le temps où Marie et son époux Joseph, conscients du miracle de la conception de Jésus – un acte de Dieu accompli dans le silence, comparable seulement à celui de la Création du monde et à celui de la Résurrection de son Fils – ne cessaient de s'interroger sur leur enfant. Elle gardait, elle conservait fidèlement tous ces événements dans son cœur, nous indiquant ainsi le chemin de la méditation chrétienne.

Elle chemine donc en méditant, en se souvenant, en interrogeant son fils : « Mon enfant, pourquoi nous as-tu fait cela ? » Et elle médite en cheminant, allant jusqu'à le chercher dans la foule, un jour que les siens disaient de lui qu'il avait perdu le sens (Mc 3,31). Sa mère et les gens de sa parenté arrivent et, se tenant hors de la maison où il se trouvait, le firent appeler : « Voilà que ta mère et tes frères et tes sœurs sont là dehors qui te cherchent. » Mais lui de leur répondre, en promenant son regard sur ceux qui étaient assis en rond autour de lui : « Voici ma mère, et mes frères. Quiconque fait la volonté de Dieu, celui-là m'est un frère et une sœur et une mère. »

Marie en chemin, sans cesse déplacée par la parole de Jésus : – « Pourquoi me cherchez-vous ? Ne savez-vous pas que je dois être aux affaires de mon Père ? » (Lc 2,49) – « Femme, que me veux-tu ? Mon heure n'est pas encore venue » (Jn 2,4) – « Qui donc est ma mère ? » (Mc 3,33). Comme si son fils voulait sans cesse la déloger d'une place trop étroite, d'une maternité trop humaine, d'un horizon encore trop limité, pour la conduire jusqu'à l'accomplissement de sa mission. « Ne fallait-il pas », comme Jésus le dira pour lui-même – ne devait-elle pas traverser ses questions et ses angoisses, à la lumière de sa foi grandissante et dans sa confiance absolue en son fils, pour découvrir sa vocation plénière, devenir la mère de tous les disciples ? Au pied de la croix de Jésus, elle est là, debout, infiniment forte et douloureuse, le cœur transpercé d'un glaive à l'image de son fils, recevant de lui l'accomplissement de sa maternité : « Femme, voilà ton fils ! » Et dès ce moment, le disciple la prit chez lui.

Qui donc est « ce disciple que Jésus aimait » ? La tradition l'identifie à saint Jean, l'auteur du quatrième évangile. Mais l'évangile ne le nomme pas, laissant la place libre à qui veut la prendre, à qui se fera disciple à son tour jusqu'à la croix. Ainsi naît l'Église. Ainsi Marie reçoit-elle grâce et mission d'être la Mère de l'Église, non pas à part des disciples comme sur un piédestal, mais avec eux, toute proche et accessible, consolatrice, intercédant pour eux. Comme elle le fut au cénacle après la Résurrection de Jésus, dans la chambre haute où « tous, d'un même cœur, étaient assidus à la prière, avec quelques femmes, dont Marie, mère de Jésus, et avec ses frères » (Ac 1,14).

Comme l'a fait remarquer le théologien Urs von Balthazar, l'Église a une mère. Et c'est ce qui la préserve de toute idéologie. Car les idéologies n'ont pas de mère ! L'idéologie, c'est l'esprit de système, c'est la philosophie que l'on construit en l'appliquant à l'Église pour la vouloir telle qu'on la pense et la corriger à son idée. Mais l'Église n'est pas le fruit d'une conception humaine. Elle est née, elle a surgi de la conception divine du Premier-né, par l'action du Saint-Esprit, dans le sein de Marie. Elle s'est formée peu à peu dans sa mémoire et dans son cœur. Elle est donc, elle aussi, pérégrinante. Comment pourrait-on se la figurer immuable et statique, hors du temps en quelque sorte, comme une pyramide égyptienne, glorieux vestige d'un passé révolu, alors qu'elle est un peuple en marche vers la Terre promise ? Toujours en quête, toujours en chemin, elle renaît toujours jeune, attentive à la parole de confiance de celle qui n'a jamais douté, qui a accompli la volonté de Dieu jusqu'au bout et qui lui dit, à chaque étape : « Faites tout ce qu'il vous dira ! »

Le disciple que Jésus aimait

L'évangile selon saint Jean se termine par la signature du disciple que Jésus aimait : « C'est ce disciple qui témoigne de ces faits et qui les a écrits. » Une signature attestée par une communauté de croyants, un groupe de disciples proches de lui : « Et nous savons que son témoignage est véridique. »

Qui donc est-il, ce « disciple que Jésus aimait », cité cinq fois sous cette appellation dans l'évangile, au point que l'on peut esquisser son portrait ? Manifestement, il jouit d'une intimité particulière avec le Maître, lui qui était tout contre Jésus, littéralement « dans le sein de Jésus » à la dernière Cène (13,23). N'est-ce pas à lui que Jésus sur la croix confia Marie, sa mère : « Voici ta mère » ? Lui qui, averti par Marie de Magdala de la découverte du tombeau vide, y courut avec Pierre. Ils couraient tous les deux ensemble, mais lui, plus rapide, le devança. Pourtant, il n'entra pas et laissa Simon-Pierre, qui le suivait, entrer avant lui dans le tombeau. C'est alors qu'ils virent les linges, gisant à terre, et, roulé à part avec soin, le suaire. Entré à son tour, le disciple vit, et il crut. Presque toujours mentionné en compagnie de Pierre, il le respecte, l'attend, passe derrière lui. Mais il est le premier à croire à la résurrection, le premier à reconnaître le Seigneur au bord du lac : « C'est le Seigneur ! » (21,7). Lui qui, disciple de Jean-Baptiste, suivit Jésus avec André dès le commencement (1,37), qui plus tard fit entrer Pierre dans la cour du grand prêtre (18,15), se retrouve avec lui de nouveau après le repas au bord du lac, suivant Jésus ressuscité.

« Se retournant, Pierre aperçoit, marchant à leur suite, le disciple que Jésus aimait, celui-là même qui, durant le repas, s'était penché sur sa poitrine et avait dit : Seigneur, qui est-ce qui te livre ? Le voyant donc, Pierre dit à Jésus : Seigneur, et lui ? Jésus lui dit : Si je veux qu'il demeure jusqu'à ce que je vienne, que t'importe ? Toi, suis-moi. »

Quel est donc ce disciple qui demeure jusqu'à ce que Jésus vienne ? Aurait-il été inventé pour représenter le croyant par excellence ? Mais ce disciple, dont la mort a troublé la communauté (Jésus n'avait pas dit : « Il ne mourra pas »), appartient à l'histoire. Comment admettre d'ailleurs, comme le fait remarquer le P. Xavier Léon-Dufour, exégète chevronné, que Pierre, en compagnie duquel il est presque toujours mentionné, ait été un pur symbole ? « On doit reconnaître, selon une saine philosophie, que le symbole n'est pas opposé au réel, mais qu'il en est la profondeur ; de nombreux personnages johanniques, comme la mère de Jésus, Nicodème, la Samaritaine, Thomas, ont une portée symbolique qui ne nuit en rien à leur réalité historique. Le Disciple que Jésus aimait est un personnage réel. Il faudrait l'identifier[1]. »

1. X. Léon-Dufour, *Lecture de l'Évangile selon Jean*, IV, Paris, Seuil, 1996.

La tradition chrétienne l'a identifié à l'apôtre Jean, en le voyant avec Marie au pied de la croix. Mais comment comprendre alors cet anonymat du quatrième évangile ? Celui-ci ne désigne jamais Jean, sinon pour l'inclure dans « les fils de Zébédée ». Et comment, ajoute le P. Léon-Dufour, expliquer « qu'un pêcheur du lac de Galilée ait pu rédiger l'ouvrage étonnamment subtil qu'est le quatrième évangile ? » D'autres témoignages anciens attribuent cet évangile à Lazare, que « Jésus aimait » ; d'autres à Marc, appelé Jean dans les Actes. Hypothèses hasardeuses. D'autres, plus vraisemblables, comme celui de Polycarpe d'Éphèse, contemporain de saint Irénée au IIe siècle, à un autre Jean, Jean le Presbytre, ancien prêtre lévitique au service du Temple. Il faut bien conclure que nous n'avons pas de certitude.

Cette discrétion intrigue. Si le disciple que Jésus aimait, l'auteur de l'évangile, s'est effacé à ce point, s'il s'est montré d'une telle discrétion, lui qui a pris Marie chez lui et qui est resté le fidèle compagnon de Pierre, n'est-ce pas pour indiquer au lecteur de l'évangile qu'il y a une place à prendre ? Il a écrit, dit-il, il a rendu témoignage « pour que vous croyiez que Jésus est le Christ, le Fils de Dieu, et pour qu'en croyant vous ayez la vie en son nom » (20,31). Il a écrit ces mots pour indiquer au nouveau croyant que la place du disciple est toujours disponible, ouverte à celui qui veut la tenir. Il a offert sa place pour que celui-ci, quel qu'il soit, puisse se faire disciple à son tour, qu'il puisse se reconnaître, comme on se reconnaît dans le personnage de Zachée ou celui de la Samaritaine, dans le disciple que Jésus aimait. Et il l'a invité à demeurer dans la Parole pour que, méditant sa parole, contemplant sa vie, sa mort et son côté ouvert, il puisse à son tour demeurer en lui, demeurer jusqu'à ce qu'il vienne. « Si vous demeurez dans ma parole, avait dit Jésus, vous êtes vraiment mes disciples, et vous connaîtrez la vérité, et la vérité vous rendra libres » (8,31).

Prendre la place du disciple que Jésus aimait, ce n'est pas faire nombre avec lui, mais c'est continuer d'écrire, avec l'Esprit du Dieu vivant et sur des cœurs de chair, toutes ces choses que Jésus a faites, et qu'il continue de faire à travers les siens, « au point que si on les mettait par écrit une à une, le monde lui-même ne suffirait pas à contenir les livres qu'on en écrirait ».

Table

RÉALISATION : NORD COMPO À VILLENEUVE-D'ASCQ
IMPRESSION : NORMANDIE ROTO IMPRESSION S.A.S À LONRAI
DÉPÔT LÉGAL : SEPTEMBRE 2010. N° 103050 (102628)
IMPRIMÉ EN FRANCE

Collection Points

Série Sagesses

Sa127. Le Château de l'âme, *par Thérèse d'Avila*
Sa128. Sur le Bonheur / Sur l'Amour
par Pierre Teilhard de Chardin
Sa129. L'Entraînement de l'esprit
et l'Apprentissage de la bienveillance
par Chögyam Trungpa
Sa130. Petite Histoire du Tchan, *par Nguên Huu Khoa*
Sa131. Le Livre de la piété filiale, *par Confucius*
Sa132. Le Coran, *traduit par Jean Grosjean*
Sa133. L'Ennuagement du cœur, *par Rûzbehân*
Sa134. Les Plus Belles Légendes juives, *par Victor Malka*
Sa135. La Fin'amor, *par Jean-Claude Marol*
Sa136. L'Expérience de l'éveil, *par Nan Huai-Chin*
Sa137. La Légende dorée, *par Jacques de Voragine*
Sa138. Paroles d'un soufi, *par Kharaqânî*
Sa139. Jérémie, *par André Neher*
Sa140. Comment je crois, *par Pierre Teilhard de Chardin*
Sa141. Han-Fei-tse ou le Tao du prince, *par Han Fei*
Sa142. Connaître, soigner, aimer, *par Hippocrate*
Sa143. La parole est un monde, *par Anne Stamm*
Sa144. El Dorado, *par Zéno Bianu et Luis Mizón*
Sa145. Les Alchimistes
par Michel Caron et Serge Hutin
Sa146. Le Livre de la Cour Jaune, *par Patrick Carré*
Sa147. Du bonheur de vivre et de mourir en paix
par Sa Sainteté le Dalaï-Lama
Sa148. Science et Christ, *par Pierre Teilhard de Chardin*
Sa149. L'Enseignement de Sri Aurobindo
par Madhav P. Pandit
Sa150. Le Traité de Bodhidharma
anonyme, traduit et commenté par Bernard Faure
Sa151. Les Prodiges de l'esprit naturel
par Tenzin Wangyal
Sa152. Mythes et Dieux tibétains, *par Fabrice Midal*
Sa153. Maître Eckhart et la mystique rhénane
par Jeanne Ancelet-Hustache
Sa154. Le Yoga de la sagesse
par Sa Sainteté le Dalaï-Lama
Sa155. Conseils au roi, *par Nagarjuna*
Sa156. Gandhi et la non-violence, *par Suzanne Lassier*
Sa157. Chants mystiques du tantrisme cachemirien, *par Lalla*

Sa192. La Voie du tantra, *par Ajit Mookerjee et Madhu Khanna*
Sa193. Mythes incas, *par Gary Urton*
Sa194. L'Initiation de Kalachakra, *par Alexander Berzin*
Sa195. Patañjali et le Yoga, *par Mircea Eliade*
Sa196. Préceptes de vie du Mahatma Gandhi, *par Henri Stern*
Sa197. Rabbi Siméon bar Yochaï et la Cabbale, *par Guy Casaril*
Sa198. La Vie de Naropa, *anonyme*
Sa199. La Quête de la Sagesse, *anonyme*
Sa200. Saint Thomas d'Aquin et la théologie *par Marie-Dominique Chenu*
Sa201. L'Esprit du zen, *par Alan Wilson Watts*
Sa202. Rûmî et le Soufisme, *par Eva de Vitray Meyerovitch*
Sa203. Dzogchen, *par Sa Sainteté le Dalaï-Lama*
Sa204. Les Chants de l'île à dormir debout, *par Élizabeth Inandiak*
Sa205. Mythes russes, *par Elizabeth Warner*
Sa206. Mani et la tradition manichéenne, *par François Decret*
Sa207. Mythes chinois, *par Anne Birrell*
Sa208. La Vie merveilleuse des 84 grands sages de l'Inde ancienne *par Abhayadatta*
Sa209. Enseignements secrets, *par Chögyam Trungpa*
Sa210. Mots d'esprit de l'humour juif, *par Victor Malka*
Sa211. Sermons du Bouddha, *par Môhan Wijayaratna*
Sa212. Manuscrits autobiographiques *par Sainte Thérèse de l'Enfant Jésus*
Sa213. Zarathushtra et la tradition mazdéenne, *par Jean Varenne*
Sa214. Au cœur de l'éveil, *par Sa Sainteté le Dalaï-Lama et le Vénérable Maître chan Sheng-Yen*
Sa215. Le Bouddhisme, *par Peter Harvey*
Sa216. Saint Paul, *par Claude Tresmontant*
Sa217. Épictète et la Spiritualité stoïcienne, *par Gabriel Germain*
Sa218. Les Grands Sages du judaïsme, *par Victor Malka*
Sa219. Le chemin est le but, *par Chögyam Trungpa*
Sa220. La Fin de la souffrance, *par Pankaj Mishra*
Sa221. Promenade avec les dieux de l'Inde, *par Catherine Clément*
Sa222. Le Phénomène humain, *par Pierre Teilhard de Chardin*
Sa223. Frère François. Vie de François d'Assise, *par Julien Green*
Sa224. Saint Ignace de Loyola, *par Alain Guillermou*
Sa225. Le Sens du bonheur, *par Krishnamurti*
Sa226. Sainte Thérèse d'Avila et l'Expérience mystique *par Emmanuel Renault*
Sa227. Les Étapes de la méditation, *par Kamalashila*
Sa228. Soyez heureux, *par Jean-Marie Lustiger*
Sa229. La Raison d'être, *par Jacques Ellul*
Sa230. Miyamoto Musashi. Maître de sabre japonais du XVIIe siècle *par Kenji Tokitsu*
Sa231. Thérèse de Lisieux. La Confiance et l'Abandon *textes choisis et présentés par Patrick Autréaux*

Sa232. François d'Assise. La Joie parfaite
textes choisis et présentés par Stéphane Barsacq
Sa233. Saint Augustin. Le Temps de Dieu, *par Éric Bidot*
Sa234. Thérèse d'Avila. L'aventure de Dieu
textes choisis et présentés par Véronique Donard
Sa235. Saint Jean de la Croix,
textes choisis et présentés par Elyane Casalonga
Sa236. Charles de Foucauld. L'explorateur fraternel
textes choisis et présentés par Antoine de Meaux
Sa237. Maître Eckhart. Être Dieu en Dieu
textes choisis et présentés par Benoît Beyer de Ryke
Sa238. Catherine de Sienne. Le Feu de la sainteté
textes choisis et présentés par Christiane Rancé
Sa239. Bibliothérapie, *par Marc-Alain Ouaknin*
Sa240. Dieu comprend les histoires drôles, *par Victor Malka*
Sa241. Gesar de Ling, *par Douglas J. Penick*
Sa242. Les Dix Commandements, *par Marc-Alain Ouaknin*
Sa243. Trois soutras et un traité de la Terre pure, *par Jean Eracle*
Sa244. Rainer Maria Rilke. L'amour inexaucé,
textes choisis et présentés par Fabrice Midal
Sa245. Simone Weil. Le ravissement de la raison
textes choisis et présentés par Stéphane Barsacq
Sa246. Padre Pio. Le témoin,
textes choisis et présentés par Joachim Bouflet
Sa247. Le Soufisme, voie intérieure de l'islam, *par Éric Geoffroy*
Sa248. Se voir tel qu'on est, *par Dalaï-Lama*
Sa249. Sermons 2, *par Johannes Eckhart (Maître)*
Sa250. Trois Leçons sur la méditation vipassanā,
par Satya Narayan Goenka
Sa251. Préceptes de vie de Confucius, *par Alexis Lavis*
Sa252. Petit Livre de la sagesse des moines, *par Henri Brunel*
Sa 253. Shankara. Le libéré vivant
textes choisis et présentés par Michel Angot
Sa 254. Bouddha. Le diamant et le feu
textes choisis et présentés par Carisse Busquet
Sa 255. Confucius. L'appel à la rectitude
textes choisis et présentés par Jacques Sancery
Sa 256. Maîtres hassidiques. S'unir au divin
textes choisis et présentés par Jean-Rémi Alisse
Sa 257. Ramana Maharshi. Le libéré vivant
textes choisis et présentés par Ysé Tardan-Masquelier
Sa 258. Le Coran, *traduit par A. F. I. de Biberstein Kasimirski*
Sa 259. Le Rire de Dieu, *par Ami Bouganim*
Sa 260. La Conférence des oiseaux, *par Farid ud-Din 'Attar*